Mandíbula

Mónica Ojeda

Mandíbula

TRADUÇÃO
Silvia Massimini Felix

1ª reimpressão

autêntica contemporânea

Copyright © 2018 Mónica Ojeda
Direitos de tradução negociados pela Agencia Literaria CBQ.

Título original: *Mandíbula*

Todos os direitos reservados pela Autêntica Editora Ltda.
Nenhuma parte desta publicação poderá ser reproduzida,
seja por meios mecânicos, eletrônicos, seja via cópia
xerográfica, sem a autorização prévia da Editora.

EDITORA RESPONSÁVEL
Ana Elisa Ribeiro

CAPA
Alles Blau

EDITORA ASSISTENTE
Rafaela Lamas

ILUSTRAÇÃO DE CAPA
Susa Monteiro

REVISÃO
Maria do Rosário Alves Pereira

DIAGRAMAÇÃO
Guilherme Fagundes

Dados Internacionais de Catalogação na Publicação (CIP)
(Câmara Brasileira do Livro, SP, Brasil)

Ojeda, Mónica
    Mandíbula / Mónica Ojeda ; tradução Silvia Massimini Felix. --
1. ed. ; 1. reimp. -- Belo Horizonte : Autêntica Contemporânea, 2023.

    Título original: *Mandíbula*

    ISBN 978-65-5928-149-7

    1. Ficção equatoriana I. Título.

21-95077   CDD-E863

Índices para catálogo sistemático:
1. Ficção : Literatura equatoriana E863

Maria Alice Ferreira - Bibliotecária - CRB-8/7964

A **AUTÊNTICA CONTEMPORÂNEA** É UMA EDITORA DO **GRUPO AUTÊNTICA** ©

Belo Horizonte
Rua Carlos Turner, 420
Silveira . 31140-520
Belo Horizonte . MG
Tel.: (55 31) 3465 4500

São Paulo
Av. Paulista, 2.073 . Conjunto Nacional
Horsa I . Sala 309 . Bela Vista
01311-940 . São Paulo . SP
Tel.: (55 11) 3034 4468

www.grupoautentica.com.br
SAC: atendimentoleitor@grupoautentica.com.br

Um grande crocodilo em cuja boca vocês estão.
A mãe é isso.
Lacan

... a mandíbula da morte
da mandíbula canibal da morte.
Leopoldo María Panero

Tudo que escrevo se resume a duas ou três palavras.
Mãe Filha Irmã
É uma trilogia não prevista pela Psicanálise.
Victoria Guerrero

Há uma alegria no medo.
Joanna Baillie

O horror ligado à vida como uma árvore à luz.
George Bataille

Todo exercício da palavra é uma linguagem do medo.
Julia Kristeva

*E o tom da pele do vulto tinha a
brancura perfeita da neve.*
Edgar Allan Poe

*Acima de tudo, era a brancura da baleia
que me aterrorizava.*
Herman Melville

*… mais além se erguia o cume branco e
fantasmagórico do Monte Terror,
um vulcão extinto com três mil e
trezentos metros de altitude.*
H. P. Lovecraft

Aqui jaz, com a brancura e a frieza da morte.
Mary Shelley

I

Abriu as pálpebras e todas as sombras do amanhecer entraram por elas. Eram manchas volumosas – "A alma dos objetos é opaca", dizia seu psicanalista – que lhe permitiram divisar alguns móveis surrados e, além disso, um corpo fantasmagórico limpando o chão com um pequeno esfregão. "Merda", cuspiu na madeira contra a qual o lado mais feio de seu rosto de Twiggy-face-of-1966 se comprimia. "Merda", e sua voz soou como a de um desenho animado em preto e branco numa noite de sábado. Imaginou-se ali mesmo onde estava, no chão, mas com o rosto de Twiggy, que na verdade era o seu, exceto pela cor-pato-clássico das sobrancelhas da modelo inglesa; sobrancelhas-pato-de-banheira que não se pareciam em nada com a palha queimada sem depilar que ela tinha sobre os olhos. Embora não pudesse se ver, sabia a forma exata em que seu corpo jazia e a expressão pouco graciosa que devia ter naquele brevíssimo instante de lucidez. A consciência total de sua imagem deu-lhe uma falsa sensação de controle, mas não a tranquilizou por completo porque, infelizmente, o autoconhecimento não fazia de ninguém uma Mulher-Maravilha, que era o que ela precisava ser para se libertar das cordas que amarravam suas mãos e pernas, como faziam as atrizes mais glamorosas em seus *thrillers* favoritos.

Segundo Hollywood, 90% dos sequestros acabam bem, pensou ela, surpresa com o fato de sua mente não ter assumido uma postura mais séria num momento daqueles.

Estou amarrada. Como essa afirmação soava incrível em sua cabeça! Até aquele momento, "estar amarrada" tinha sido uma metáfora sem sentido. "Estou de mãos atadas", sua mãe costumava dizer, exibindo as mãos livres. Mas agora, em razão do espaço desconhecido e da dor em seus membros, ela tinha certeza de que algo muito ruim estava se passando; algo semelhante ao que acontecia nos filmes que ela às vezes assistia para ouvir, enquanto se acariciava, uma voz como a de Johnny Depp dizendo: "*With this candle, I will light your way into darkness*" – segundo seu psicanalista, aquela excitação que a acompanhava desde os seis anos de idade, quando começou a se masturbar no assento do vaso sanitário repetindo falas de filmes, correspondia a um comportamento sexual precoce que eles precisavam explorar juntos. Sempre imaginou a violência como uma sucessão de ondas dentre as quais as pedras se escondiam até que se chocavam contra a carne de algo vivo, mas nunca como aquele teatro de sombras ou como o silêncio interrompido pelos passos de uma silhueta encurvada. Na aula, a professora de Inglês as fizera ler um poema sombrio e ao mesmo tempo confuso. No entanto, ela memorizou dois versos que de repente, naquela provável cabana ou casinha de madeira rangente, começaram a fazer sentido:

*There, the eyes are
sunlight on a broken column.*

Seus olhos, agora, deviam ser isto: luz do sol numa coluna quebrada – obviamente, a coluna quebrada era o local de seu sequestro; um espaço desconhecido e aracnídeo que parecia o reverso de sua casa. Ela tinha aberto os olhos por engano, sem pensar em como seria difícil iluminar aquele retângulo sombrio e a sequestradora que o limpava como uma simples dona de casa. Ela queria não ter de se perguntar sobre questões inúteis, mas já estava fora de si, no emaranhado do alheio, sendo forçada a enfrentar o que não conseguia resolver. Olhar para as coisas do mundo, o escuro e o luminoso se costurando e se descosturando, o acúmulo do que existe e ocupa um lugar na composição histriônica do Deus *drag queen* de sua amiga Anne – o que ela diria quando ficasse sabendo de seu desaparecimento? E Fiore? E Natalia? E Analía? E Xime? –; tudo em seus olhos que ardesse mais do que qualquer outra febre era sempre um acidente. Ela não queria ver e se machucar com as coisas do mundo, porém quão séria era a situação em que se encontrava? A resposta anunciava um novo desconforto: uma protuberância na planície da garganta.

O corpo que limpava o chão parou para olhá-la, ou assim ela pensou, embora contra a luz não pudesse ver nada além de uma figura parecida com a noite.

– Se você já acordou, sente-se.

Fernanda, com o lado direito do rosto esmagado contra a madeira, soltou uma risada curta e involuntária da qual se arrependeu pouco depois, quando se ouviu e pôde comparar seu ruído instintivo com o guincho de um roedor. A cada segundo que passava, ela entendia melhor o que estava acontecendo e sua angústia aumentava e se disseminava pelo espaço na penumbra, como se estivesse escalando o ar. Tentou se sentar, mas seus movimentos contidos eram os de um peixe convulsionando sobre seus próprios terrores. Esse último fracasso a forçou a reconhecer como seu corpo, agora em frangalhos, era patético, e lhe provocou um ataque de riso que ela foi incapaz de controlar.

– Do que você está rindo? – perguntou, embora sem verdadeiro interesse, a sombra viva, enquanto espremia o esfregão na borda de um balde.

Fernanda reuniu toda a sua força de vontade para conter as gargalhadas que a tomavam, e quando finalmente conseguiu recuperar o controle, envergonhada pelo escasso domínio que tinha sobre suas reações, lembrou-se de que havia se imaginado no chão com um vestido azul elétrico, como uma versão moderna de Twiggy sequestrada, top-model-always-diva mesmo em situações extremas, e não com o uniforme escolar que ela realmente estava usando: quente, amassado e com cheiro de amaciante de roupas.

A decepção tinha a forma de uma saia xadrez e uma blusa branca manchada de ketchup.

– *Sorry*, Miss Clara. É que não consigo me mexer.

O corpo encostou o esfregão na parede e, enxugando as mãos na roupa de aspirante a freira, caminhou em sua direção, emergindo das sombras afiladas para uma luz forte que revelou sua carne rosada de pelicano depenado. Fernanda manteve o olhar fixo no rosto ovíparo de sua professora, como se fosse algo vital aquele instante de lente de aumento em que ela via as veias roxas, nas quais nunca tinha reparado, em suas bochechas. *Mas essas estrias não davam só nas pernas?*, ela se perguntou, enquanto mãos muito longas a levantaram do chão e a sentaram. Mas, por mais que tentasse aproveitar a proximidade com *Latin* Madame Bovary, não conseguia ver nenhuma palavra relacionada aos seus gestos. Algumas pessoas pensavam com o rosto, e bastava aprender a ler os músculos de sua face para saber de que fontes procediam, mas nem todos tinham a capacidade de elucidar as mensagens da carne. Fernanda acreditava que Miss Clara falava um idioma facial primigênio;

uma linguagem às vezes inacessível, às vezes nua como uma terra devastada ou um deserto. Não se atreveu a dizer nada quando a professora voltou a se afastar e as sombras mudaram de lugar. Assim, sentada, ela conseguiu esticar as pernas amarradas com uma corda verde – a mesma que usava no colégio para os exercícios de educação física – e ver os mocassins limpíssimos que a Charo, sua criada, limpara no dia anterior. Ao fundo, duas grandes janelas que ocupavam a parte superior da parede lhe permitiram ver uma folhagem exuberante e uma montanha ou vulcão com o cume coberto de neve que fez com que ela soubesse que não estavam em sua cidade natal.

– Onde estamos?

Mas essa não era a pergunta mais importante: por que você me sequestrou, Miss Clara?, devia ter dito, por que você *me amarrou e me tirou daquela cidade de poças d'água sujas, vadia-mal-fodida-filha-da-putíssima? Hein, sua puta de merda?* Em vez disso, suportou o silêncio com a resignação de quem sabe que o mundo desabou, e começou a chorar. Não porque estivesse assustada, mas porque seu corpo estava mais uma vez fazendo coisas sem sentido e ela não suportava todo aquele caos destruindo sua consciência. O autoconhecimento lhe deixara em pedaços e ela agora era uma desconhecida à qual podia imaginar por fora, mas não por dentro. Tremendo, observou com ódio o corpo da professora se movimentar como um galho sem folhas enquanto esfregava o chão. Mechas de cabelo preto roçavam sua mandíbula larga – a única característica que se destacava naquele rosto comum. Às vezes, quando sorria, Miss Clara parecia um tubarão ou um lagarto. Tal aparência, dizia seu psicanalista, era de uma agressividade discreta.

– Quero ir pra casa.

Fernanda esperou por uma resposta que aliviasse sua ansiedade, mas Miss Clara López Valverde, de trinta anos, 1,68 metro de altura, 57 quilos, cabelos na altura do peito, olhos de artrópode e voz de pássaro às seis da manhã, ignorou-a, da mesma forma que nas aulas, quando Fernanda lhe perguntava quanto tempo faltava para que o sinal tocasse e ela pudesse sair para o intervalo e sentar-se no chão com as pernas abertas, dizendo palavras obscenas ou olhando para as coisas do mundo – que no colégio eram sempre mais reduzidas e miseráveis do que em qualquer outro lugar. Ela devia ter perguntado: *quanto tempo vou ficar aqui, estúpida cadela de cu arrombado?* Mas as perguntas importantes não saíram de suas entranhas com a mesma facilidade com que o choro e a raiva deixavam à mostra seus molares, tão diferentes dos de Miss Clara e daqueles pintados por Francis Bacon, o único artista do qual se lembrava de sua aula de História da Arte e que, além disso, a fazia pensar em filmes de terror antigos com os dentes raivosos de Jack Nicholson, Michael Rooker e Christopher Lee. Ranger de dentes e mandíbulas: a força armazenada nos ossos não habitava sua boca; chorar como ela estava fazendo, com vergonha e ódio, era como se despir na mente enevoada de Miss Clara. Ou quase.

Passeou os olhos pelo lugar em que estava presa e descobriu que a cabana era pequena e lúgubre; o lar ideal para o verme em que ela se transformara, o covil onde teria de aprender a desvertebrar-se para sobreviver. De repente, suas mãos começaram a tremer de frio e Fernanda entendeu que estar fora de Guayaquil era flutuar dentro de um vazio suspenso no qual ela não podia se projetar. Esse vazio, aliás, ficava suspenso na respiração de Miss Clara e não tinha futuro. E se essa filha da puta me tirou do país?, perguntou-se, mas logo descartou essa possibilidade – não podia ser tão fácil levar uma adolescente sem documentos, completamente adormecida e amarrada, para o exterior. Então ela tentou reconhecer aquela montanha ou vulcão que se via pela janela, mas seu conhecimento das corcovas terrestres de seu país-pulga-da-América-do-Sul se reduzia a alguns nomes pomposos e a pequenas imagens incluídas em seu livro de Geografia. A costa de margens ocres, o calor e um rio correndo com a dramaticidade do rímel num rosto choroso era a única coisa que seu corpo identificava como lar, mesmo que o odiasse mais do que qualquer outra paisagem. "O porto é uma pele de elefante", dizia um poema que Miss Clara as fizera ler em sala de aula e com o qual todas as alunas fizeram aviõezinhos que se chocaram contra o quadro-negro. O que via pela janela, no entanto, era outro tipo de besta. *Maldito pedaço de terra nas nuvens*, pensou, endurecendo como uma rocha, e então olhou para a professora com todo o desprezo que ela se forçara a afogar sob os cílios.

– Você vai se foder por isso.

A silhueta parou de esfregar e, por vários segundos, pareceu uma peça de arte contemporânea no meio da sala. Fernanda esperou pacientemente por alguma reação que iniciasse um diálogo, uma voz que desequilibrasse o silêncio, mas nenhuma palavra foi proferida. Em vez disso, Miss Clara atravessou a penumbra e saiu por uma porta que, ao ser aberta, tragou toda a luz da tarde e iluminou o interior da cabana. Fernanda ouviu a água espirrando contra alguma coisa firme, o barulho do vento varrendo as árvores e o som de passos que aumentava, mas antes que a luz desaparecesse de novo ela viu um revólver brilhando como um crânio no centro de uma longa mesa.

E sua raiva arrefeceu.

– Não – disse Miss Clara quando já era uma sombra novamente. – Dessa vez é você quem vai ter que se foder.

Fernanda a viu se aproximando e fechou os olhos. Aquele corpo de galho às suas costas estava fazendo alguma coisa. Um hálito vaporoso se espalhou por sua nuca e então ela sentiu as cordas se afrouxando em torno dos pulsos. A dor da liberdade chegou com uma tepidez que correu através de seus braços no exato momento em que ela conseguiu deixá-los cair de ambos os lados do corpo. Tentou desamarrar a corda que prendia seus tornozelos, mas suas mãos responderam com uma rigidez e uma torpeza semelhante à de uma máquina enferrujada. O exterior, enquanto isso, se dilatava, ampliando seus olhos dolorosamente. Por quê?, ela se perguntou quando a corda cedeu e ela conseguiu afastar as pernas até que a saia do colégio se abriu como um leque. Por que *caralho eu estou aqui?*

Diante dela, Miss Clara a olhava com a autoridade que o revólver às suas costas lhe conferia.

– Fique de pé.

Mas Fernanda-libertada ficou quieta no lugar. Sabia que não havia sentido em negar a ordem; no entanto, não pôde evitar reagir da mesma forma que se comportava quando Miss Clara, Mister Alan ou Miss Ángela a expulsavam da sala de aula e ela, imóvel na carteira, olhava-os nos olhos esperando que se atrevessem a tocá-la, porque sabia muito bem que nunca fariam isso. Aquela segurança, agora que ela tinha sido sequestrada, não existia mais. Pela primeira vez, ela não era invulnerável ou, melhor dizendo, pela primeira vez tinha consciência de sua própria vulnerabilidade. Sua mente parecia um barco se enchendo de água, mas o naufrágio talvez fosse uma nova maneira de pensar.

– Fique de pé. Não me faça repetir.

Obedecer. Seu peito era um roedor fugindo para os esgotos durante o dia. Ainda achava desconfortável flexionar os dedos das mãos, mas dessa vez conseguiu apoiá-los no chão e ficar de pé desajeitadamente. Evitou olhar para o revólver que estava atrás da professora. *Talvez*, Fernanda refletiu, *se eu não olhar pra ele, ela vai pensar que eu não notei*.

Mas Miss Clara apontou com o queixo para a cadeira numa das pontas da mesa.

– Nós duas precisamos falar sobre o que você fez.

II

– Oi, meu nome é Anne e meu Deus é um vaga-lume cristalizado – cantou Annelise, rebolando com uma mão na cintura. – Ele diz que é meu amante e usa salto agulha. Ele pinta os lábios para beijar meu pescoço e dançar lambada quando estou triste. Suas vestes brilham de madrugada: suas unhas arrastam as cascas dos insetos esmagados que ele tirou da minha cabeça. Se vocês quiserem saber, eu o conheci certa noite no pequeno espaço do meu quarto. Ele cruzou as pernas e lambeu minha axila com seus cílios. Das suas vestes escorriam leite e diamantes negros enquanto ele raspava os insetos mais profundos do meu crânio. Ele me chamou de "filha" e eu o chamei de "mãe" por causa do seu sorriso vaginal cheio de olhos. Ele me disse: "Só quadris largos podem parir as dimensões do universo". Os cílios dele levantaram toda a terra molhada do meu coração. "Aprenda", ele disse. "O pai da criação é uma mãe que usa peruca e cheira a Dior."

Fiorella e Natalia aplaudiram quando viram a amiga declamando nas pontas dos pés, levantando círculos de poeira esbranquiçada do cimento, de costas para uma janela sem vidros onde se amontoavam pombas que Analía espantava, sem querer, com sua mão rechonchuda e suada.

– Deixe as pombas em paz – disse Fernanda, enquanto agitava uma lata de spray que lhe recordava o fixador Schwarzkopf-extra-forte que sua mãe passava nos cabelos.

– Não posso. Quero tocar nelas.

– Analía, pare já com isso! Deixe de ser idiota! – gritou Natalia.

– Pare de assustá-las! – gritou Fiorella.

– Eu faço o que quiser, estou me cagando pra vocês.

– Ah, está mesmo? Então levante a saia e deixe a gente ver sua cagada.

– Engraçadinha.

– Tenho certeza de que você tem uma bunda horrível.

– Não tanto quanto a sua.

– Ai! Vou fazer xixi!

O eco de suas vozes contra as paredes afugentava as lagartixas. "São répteis ou anfíbios?", perguntou Natalia. "São lagartos que parecem sapos", respondeu Fiorella enquanto fazia tranças no cabelo. Ali elas gritavam mais alto do que em qualquer outro lugar porque, com o tempo, tinham descoberto um prazer enigmático em falar com violência quando ninguém as escutava, como se no fundo estivessem cansadas dos bons modos, e como se a amizade nua e crua só pudesse ocorrer entre gritos esplendorosos às quatro da tarde. Foi Annelise quem encontrou o lugar. "Quero mostrar uma coisa para vocês", disse a elas, e desde então o visitavam às escondidas, depois do colégio, para pintar nas paredes, cantar, dançar ou não fazer nada, só habitá-lo durante umas poucas horas vagas com a sensação às vezes frustrante, às vezes excitante, de que estavam ali por algum motivo preciso; algo que pressentiam bem no íntimo, mas que ainda eram incapazes de ver claramente. Era um prédio abandonado de três andares, uma estrutura acinzentada com escadas irregulares, arcos semicirculares e fundações à vista que, segundo lhes dissera o pai de Fernanda, agora pertencia a um banco que ainda não se decidira se ia terminá-lo ou demoli-lo. Todas elas se sentiram atraídas pelo ar de ruína que flutuava na construção nua. "Nosso abrigo", disse Annelise. "Eu gosto. Parece animal", disse Fernanda. A construção logo se converteu em sua sede antipais, antiprofes, antibabás; um espaço de sons fantasmagóricos que tinha algo de tétrico e ao mesmo tempo romântico. Sua beleza residia, nas palavras de Annelise, em seus horrores insinuados, em como era fácil desembocar em abismos ou encontrar cobras marrons, iguanas mortas e cascas esmigalhadas pelo chão. Fernanda gostava de ver como a natureza ia recobrindo de vida o que estava morto. "O caos divino devora a ordem humana", disse a elas. "A natureza viva devora a natureza morta", traduziu Annelise, enquanto observava como a hera abria passagem pelas paredes do primeiro andar e os insetos se instalavam em seus cantos. Havia tardes em que o prédio parecia um templo bombardeado; outras, um jardim suspenso; mas quando a luz começava a minguar e as paredes se ensombreciam, a estrutura adotava o aspecto de um calabouço infinito – ou de um castelo gótico, segundo Analía – que as inquietava e as fazia voltar para casa. Do grupo, Fernanda e Annelise foram as primeiras a pular a cerca que rodeava o terreno. As outras as seguiram, embora menos convencidas, para não ficar para trás e porque "ser covarde nunca esteve na moda", disse Natalia certa vez, enrolando o indicador num de seus cachos. A princípio, a ideia de invadir uma propriedade privada as assustou, mas demoraram pouco em se contagiar pelo entusiasmo e pela curiosidade de Fernanda e Annelise – as inseparáveis, as irmãs de mente suja; sempre destemidas e dispostas a inventar aventuras para não se aborrecer. Naquela tarde, já na zona proibida, as seis se sentiram temerárias e rebeldes, com vidas dignas de ser filmadas e comentadas num reality show ou retratadas numa série de televisão. De repente – elas souberam de imediato –, tinham um segredo de verdade. Não como aqueles outros pelos quais não valia a pena baixar a voz e que, mesmo assim, por muito tempo as mantiveram falando baixo, murmurando os conselhos da mamãe, sussurrando com as mãos em concha nos ouvidos de alguém porque de vez em quando era *chic* e porque todas elas, nessa idade, queriam sentir que tinham algo precioso para esconder, algo que só poderia ser compartilhado com um número reduzido de pessoas: um mundo privado, complexo, cheio de matizes e reviravoltas abruptas. Por isso, quando elas pularam a cerca e sentiram a adrenalina preenchendo-lhes os olhos e subindo por seus joelhos, tiveram certeza de que a riqueza de seu segredo-de-verdade residia em como isso as tornaria interessantes: nunca mais seriam apenas alunas de elite de um colégio Opus Dei, mas também exploradoras, violadoras do desconhecido, *enfants terribles*, como dizia a mãe de Ximena desde que se matriculara num curso de francês cujas aulas eram ministradas no jardim da casa de uma amiga do clube de badminton, acompanhadas de mojitos e caipirinhas. A partir daquele dia, elas sentiram que tomar posse do lugar era o prólogo de um assunto mais amplo, mas não o discutiram entre si porque não sabiam muito bem para que seria usado. Em vez disso, começaram a percorrer cada canto e encontraram sapatos, seringas e pedaços de lençóis de indigentes que outrora tinham transformado o prédio num lar improvisado. Nos dias seguintes, elas ficaram com medo de que alguém morasse ali – "uma pessoa da rua", dizia Fiorella como se estivesse falando de um rato debaixo do travesseiro –, mas, depois de várias semanas visitando e percorrendo até o último canto do prédio, concluíram que eram as novas e únicas inquilinas.

– O lugar é nosso, *bitches* – disse Fernanda, depois de lhes mandar pelo ar um beijo que ricocheteou em todas as paredes.

Os andares não tinham nada além de plantas trepadeiras, poeira, insetos, cocô de pombas gordas e cinzentas – "ratazanas aéreas", como Ximena as chamava, "baratas do céu", "sapos das nuvens" –, pequenos lagartos que vinham do manguezal e tijolos. As escadas eram perigosas, imprecisas e tortas, com depressões inesperadas nos patamares, mas no último andar havia um terraço com colunas e arames de onde se podia ver o pôr do sol. Durante o primeiro mês, elas se puseram a fazer a mesma coisa que faziam em qualquer lugar, só que ali dentro, rodeadas pela fauna e flora que crescia em seus jardins. "Não vamos adotar este lugar, vamos fazer parte do seu abandono", disse Annelise, determinada a encontrar uma trama espetacular que combinasse com o espírito de seu novo cenário-castelo de *The Rocky Horror Picture Show*. Por isso conversavam, brincavam com os insetos, com as lagartixas e os ovos que gostavam de espatifar nas paredes, cheiravam os cabelos umas das outras, observavam o pôr do sol com os cílios pesados de suor e depois iam embora para dormir em casa à noite. Gostavam de entregar suas tardes ao nada que o prédio lhes oferecia: ao silêncio que na verdade estava infestado de ruídos de animais, ao ambiente pós-apocalíptico que respirava resíduos em cada andar-ruína-do-mundo; mas, com o passar dos dias, pores do sol e lagartos, elas reconheceram uma frustração escamosa friccionando-lhes o estômago, uma insatisfação derivada do fato de não terem encontrado o clímax de sua aventura. Era como se a mente delas vacilasse diante da imprecisão e seu desejo crescesse sem que conseguissem encontrar a forma concreta de agradá-lo. Pouco depois do primeiro mês de imprecisões e devaneios, começaram a explorar outras possibilidades: experiências desajeitadas destinadas ao fracasso, mas que deram lugar a uma indagação conjunta que pretendia estender os limites do que poderia ser feito num local sem adultos e sem regras. Foi assim que pararam de compartilhar os mesmos cômodos para se apossar de espaços que reivindicavam como individuais. O jogo começou com a delimitação do território: Fernanda ocupou o último andar; Annelise, a sala do primeiro; e as demais, os quartos do segundo. Por duas ou três horas elas se separavam e, sozinhas em seus respectivos espaços, falavam para si mesmas. Fernanda propôs o exercício, embora nem todas tenham conseguido executá-lo. Fiorella e Natalia acabaram se cansando e se encontrando às escondidas desde o quarto dia, enquanto Analía, ao invés de falar em voz alta para si mesma – atividade que lhe parecia coisa de loucos –, decidiu cantar as músicas do último álbum de Taylor Swift. Ximena, de um quarto próximo, cantava de vez em quando as músicas da banda Calle 13. "Não gosto de ouvir a mim mesma. Isso me assusta", confessou a Fernanda. "Não me assusta, mas não tenho nada a dizer a mim mesma e fico entediada", comentou Fiorella. "Eu, por outro lado, tenho coisas terríveis para me dizer, e digo mesmo", disse Annelise com a intenção de encorajar a amiga.

– Meu psicanalista diz que quando você fala em voz alta sem parar, durante muito tempo, e realmente se escuta, os mistérios acabam emergindo dos meandros do seu subconsciente – explicou Fernanda um dia antes de mudar o exercício.

Fernanda falava em voz alta sempre que podia: quando tomava banho, quando ia dormir, quando o motorista do pai a levava ao colégio, quando almoçava sozinha na mesa de oito lugares, quando a Charo lhe calçava as meias e os sapatos de manhã, quando se trancava no quarto, quando penteava os cabelos, quando cortava os longos pelos púbicos com a tesoura de unha da mãe, quando ia ao banheiro do colégio e ficava sentada olhando para os azulejos e a porta número 5 cheia de testemunhos Hugo-&-Lucía-4ever, Salsa-is-not-dead, Daniela-Gómez-é-lésbica, Sempre-vou-te-amar-Ramón, Bea-&-Vivi-BF, We-don't-need-no-education, Deus-ama-a-gente-mas-não-te-ama, Miss-Amparo-cadela, Mister-Alan-desgraçado, quando fingia fazer o dever de casa, quando propositalmente sujava suas roupas para que a Charo tivesse de lavá-las, quando nadava na piscina e fazia xixi dentro dela antes de sair, quando via filmes sozinha ou acompanhada – seus pais, que nunca viam filmes com ela, não se incomodavam em nada com sua tagarelice solipsista porque acreditavam que se tratava de um exercício proposto pelo dr. Aguilar, o psicanalista com quem Fernanda se consultava desde criança e que tinha um olho vago, quase cego, que cobria com um tapa-olho por razões estéticas. Ela falava consigo mesma porque queria e, embora não fizesse parte de sua terapia, tinha descoberto que existia alguém mais maledicente habitando-a e compartilhando seus pensamentos; uma menina que era ela e, ao mesmo tempo, não era. "O importante é que essa pessoa sempre tem algo a me dizer", disse ela. "Meu psicanalista me garantiu que todas as pessoas têm essa voz dançando dentro da cabeça." Fernanda queria que as amigas se ouvissem pela primeira vez para saber se o que diziam era parecido com o que ela dizia a si mesma. Ela se perguntava se suas vozes ocultas seriam mais ou menos iguais às dela, aquela que pedia aos gritos coisas como bater na mãe, beijar o pai ou tocar na calcinha de Annelise e morder sua língua. O prédio lhe parecia o lugar ideal para fazer terapia em grupo, mas Annelise não estava convencida de que era o que precisavam fazer. De qualquer maneira, para agradar a Fernanda, compraram sprays, pincéis e tintas de cores diferentes para escrever nas paredes. "Meu psicanalista diz que a escrita é um lugar de revelações", disse ela. "Eu odeio escrever. Vou desenhar", disse Analía pouco antes de fazer uma versão estranha de Sakura Card Captors na parede. Ximena, Fiorella e Natalia escreveram seus desejos em forma de epigramas e Annelise desenhou seu Deus *drag queen* no primeiro andar: uma boneca com pelos no peito, sobrancelhas unidas, vestido de cancã e barba encaracolada. De todas elas, Annelise era a única que compartilhava da busca de Fernanda, embora não de seus métodos. O prédio lhes propunha a análise de uma revelação que pulsava dentro delas. "Aqui temos de ser outras pessoas, ou seja, quem realmente somos", Annelise lhes explicou. E por várias semanas não voltaram a falar no assunto, talvez porque, embora entendessem que para extrair o máximo da experiência era preciso despir-se e abrir a mente, não tinham a menor ideia de como fazê-lo, muito menos de como lidar com a vergonha de fazer coisas que não fariam na frente de outras pessoas. "Também não se trata de fazer qualquer coisa", dizia Fernanda, enquanto Annelise assentia a cada uma de suas palavras. "Temos de fazer algo que não podemos fazer em nenhum outro lugar do mundo." Sabiam que, fosse o que fosse, precisava ser algo que fizesse sentido, algo que as sacudisse por dentro e causasse uma espécie de febre, mas também as conectasse e as unisse de forma especial. Uma questão não muito simples que durante meses elas não souberam como resolver, mas na qual persistiram apesar da dificuldade em esconder dos adultos onde passavam as tardes. As desculpas tinham de mudar, necessariamente, a cada certo tempo, e com isso precisaram diminuir as visitas ao prédio para três dias por semana. "Seus pais são muito irritantes", disse Ximena a Fiorella e Natalia, cujos pais faziam muitas perguntas, embora quase nunca estivessem em casa, pois eram donos de uma agência de publicidade que todos os anos concorria ao prêmio El Ojo de Iberoamérica. "E se destinarmos cada andar e cada cômodo a alguma atividade?", sugeriu Analía certo dia. "Sim, mas que atividades, tonta?", disse Natalia. "Vamos contar histórias de terror!", disse Fernanda, inspirada em *Quem tem medo do escuro?*, da Nickelodeon, um programa dos anos 1990 que ela tinha visto num vídeo do canal PlayGround, no qual um grupo de jovens se reunia ao redor de uma fogueira para contar histórias de terror. "Tudo bem, podemos tentar", disse Annelise. "Mas precisamos de algumas regras." A primeira era que as histórias precisavam ser contadas no segundo andar, num quarto sem janelas que Fernanda tinha pintado de branco; a segunda, que as narrações acontecessem uma vez por semana; a terceira, que em cada reunião se contasse apenas uma história; a quarta, que a vez de cada uma seria definida aleatoriamente; e a quinta – talvez a mais importante –, que quem contasse uma história que não assustasse as outras teria de cumprir um desafio escolhido pelo grupo. A atividade começou com certa apatia por parte de Annelise, que não confiava nas habilidades de contação oral das amigas. Analía foi a primeira a contar sua história e, claro, a primeira a ser forçada a enfrentar o desafio. As outras debateram intensamente antes de lhe atribuir a tarefa de levantar a saia e mostrar a bunda para Miss Clara, também conhecida como *Latin* Madame Bovary – porque era parecida com o desenho da capa do livro de Flaubert. "Eu não vou fazer isso, vocês estão loucas? Ela vai ligar pros meus pais!", gritou Analía. "Você tem que fazer sem que ela te veja", explicou Annelise. "Se você se der bem, ninguém vai ligar pros seus pais. Se você se der mal, vai merecer, por ser tola." Naquela tarde, elas discutiram e se insultaram, e Analía voltou cedo para casa, chorando de raiva. "Talvez devêssemos mudar o desafio", disse Fiorella, mas Annelise se negou categoricamente: "Se a gente fizer isso, nunca mais vai ser divertido". Fernanda concordou e propôs às demais que não falassem com Analía até que ela cumprisse o castigo.

– Estou começando a gostar desse jogo – disse Ximena.

Dois dias depois da lei do gelo, Analía aproveitou um momento em que Miss *Latin* Madame Bovary escrevia na lousa alguma coisa sobre gêneros literários para levantar a saia e rebolar a bunda às suas costas. A turma abafou o riso e, embora o murmúrio tenha feito Miss Clara se virar, ela não teve tempo de ver o que havia acontecido. Logo, as tardes de contação de histórias de terror se tornaram uma desculpa para inventar desafios que, a princípio, tinham a finalidade de diverti-las e fazê-las rir, mas aos poucos foram se transformando até se estabelecerem como o que Fernanda chamou de "exercícios de corda bamba". Afinal, tratava-se de realizar pequenas proezas: coisas que teriam certo grau de dificuldade para quem as praticava, quase sempre em nível corporal – o primeiro exercício consistiu num duelo de tapa-mãos entre Annelise e Fernanda, no qual ambas usaram os anéis das mães e suportaram os golpes por uma hora; no segundo, Fiorella gritou na sala de gritos até ficar sem voz; no terceiro, Natalia pulou do segundo andar para o primeiro sem usar os degraus. Havia algo nessas atividades infantis de resistência que enchia o grupo de uma emoção difícil de disfarçar, uma sensação de poder e controle que ultrapassava a dor física. Eram jogos que todas já tinham jogado – ou visto outras pessoas jogar – em algum momento da vida, como a roleta-russa ou o jogo das bofetadas, e que aos quinze anos nunca admitiriam jogar pelo simples fato de serem infantis e de uma corporeidade desconcertante, mas que por dentro pareciam ter sido redimensionados para se tornar acontecimentos singulares, rupturas no tempo que as faziam sentir-se estranhamente entusiasmadas. Depois de pouco mais de um mês, decidiram separar os exercícios de corda bamba das tardes em que contavam histórias de terror e instituíram o jogo como mais um passo em direção ao que procuravam: um sentido novo e unificador, uma experiência transcendente. "Acho que aqui devíamos ter outros nomes", disse Fernanda alguns dias antes de Mister Alan, também conhecido como Bunda Cósmica, encontrar no caderno de Ximena um esboço do Deus *drag queen* de Annelise. O escândalo foi imediato: ele não apenas ligou para os pais dela, mas levou o assunto à direção do colégio. "Imagino que você saiba como é sério brincar com o nome e a imagem de Deus, e ainda por cima dessa maneira, travestindo-o, como se ele fosse um monstro", disseram-lhe. "Conte-nos o que se passava na sua cabeça quando decidiu desenhar essa coisa." Cenhos franzidos, lábios contraídos, a voz estridente da mãe de Ximena se erguendo um tom acima, a diretora batendo os saltos do sapato no chão, a Bíblia na mesa, o Jesus crucificado sangrando ao lado de uma falsificação de Guayasamín e Mister Alan, aliás Bunda Cósmica, olhando-a como a ovelha perdida do rebanho que ela era. Ximena, é claro, não resistiu à pressão e acabou delatando Annelise. "Eu nem sei desenhar!", ela disse. Desde então, distanciou-se do grupo, incapaz de se retratar, e Annelise se expôs a inúmeros sermões e ao castigo de ter aulas extras, todas as sextas-feiras, de Língua e Literatura.

— Um dia ela vai ter que voltar a andar com a gente — disse Fernanda enquanto grafitava uma parede.

— Quem? A Ximena? — perguntou Natalia.

– Quem mais seria? – continuou. – Precisamos de nomes novos. E um manifesto, ou algo do tipo.

– Por quê? – perguntou Fiorella.

– Porque sim. Eu li que é isso que se faz.

– Jura? E onde você leu isso?

– Pra que você quer saber?

E, de fato, um dia Ximena voltou. Apareceu no prédio com o olhar imperturbável e o uniforme sujo porque de manhã, na aula de Educação Física, Fernanda a fizera tropeçar e cair na terra molhada. Menos envergonhada do que resignada, ela se desculpou e jurou nunca mais ser dedo-duro. "De agora em diante, prefiro cortar a língua a contar nossas coisas", disse, e Annelise olhou para ela sem dizer nada por um tempo que todas acharam agoniante porque, embora o novo e unificador sentido que tinham procurado estivesse se entrelaçando naquele exato momento sob suas línguas, elas esperavam que fosse a outra que desse o passo, aquele que o grupo precisava para encerrar o período de hesitação e iniciar a época da verdadeira experiência. Por isso, quando Annelise disse o que disse, além de ficar empolgadas, elas se sentiram aliviadas, livres do fardo de verbalizar o que cada uma delas pensava, inclusive Ximena, que parecia antecipar e desejar o que iria acontecer, e que teve de enfrentar o primeiro desafio real – aquele que deu início a tudo – com estoicismo admirável.

Naquela tarde, todas foram elas mesmas e nenhuma se sentiu envergonhada.

III

Se tivesse de ser honesta durante a entrevista de emprego, Clara López Valverde se veria na incômoda situação de precisar admitir que era uma professora de Língua e Literatura sem nenhuma vocação para a docência. Não que ela fizesse mal seu trabalho, pelo menos não muito pior do que aqueles que demonstravam verdadeiro entusiasmo pela educação e que mergulhavam em profundas discussões sobre aprendizagem significativa, metodologias pedagógicas, cognitivismo e outros problemas na sala dos professores ou nos corredores, mas lhe faltava uma inclinação particular – isso que chamam de "paixão", na falta de uma palavra mais sincera – pela atividade dentro de uma sala de aula com adolescentes. Sua mãe, que morrera havia cinco anos, mas estava mais viva do que nunca em seus pensamentos – especialmente quando Clara ficava nervosa e suava, beliscando a delicada pele localizada entre os dedos da mão esquerda –, já lhe advertira que, para ensinar alguém, ela tinha de acreditar naquilo; que a educação era uma espécie de religião em que o professor era o sacerdote, o ministro, o pastor, e que sem fé não havia sentido, e sem sentido não havia nada que merecesse ser aprendido – a mãe gostava de ser sentenciosa e rimar porque o som da repetição, sobretudo o da rima consoante, a fazia sentir-se como uma médium através da qual falava uma espécie de sabedoria clássica imortal. Dizia isso de forma muito enérgica, rimando sentada numa poltrona com estampa de tigre enquanto fumava seu baseado terapêutico do dia, quando Clara mal começava a se preparar para o magistério e já usava saias e vestidos abaixo do joelho, laquê para o cabelo e blusas com botão de pérola – não por pudor, recato ou qualquer puritanismo inadequado para alguém com as pernas parecidas com as patas de um pelicano, os seios como dois limões murchos e o cabelo áspero de um gorila, mas porque a faziam se parecer com sua mãe nos anos 1980, ou seja, muito *vintage*, e se sentir mais professora do que se vestisse outra coisa. As sentenças maternas – ela lembrou enquanto mudava de assento para evitar a corrente de ar-condicionado que fazia balançar três fios de cabelo sobre seu nariz – geralmente tinham a intenção de desanimá-la. Afinal, essa era a melhor coisa que sua mãe fazia no papel de mãe, além de destacar – sempre num tom condescendente – o incômodo que ela sentia com 90% das decisões tomadas por sua filha-bezerro – "Bezerrinha de Ouro", como ela a chamou até os dez anos, e depois, com os dissabores, apenas "Bezerra"; alongando os erres se estivesse com raiva, encurtando-os se estivesse de bom humor. Elena Valverde, ou seja, a mãe na qual Clara pensava agora em decorrência dos quase quarenta e cinco minutos de tédio na recepção do Colégio Bilíngue Delta, havia sido professora de Ensino Fundamental por trinta anos até que o agravamento de sua escoliose neuromuscular a impediu de continuar com a profissão que, relutantemente – pois o que sua filha saberia sobre o que era realmente ensinar se era uma pirralha egoísta, nada criativa e doente da cabeça? –, teve de ceder a Clara, a garota mais agoniante do universo – assim ela falou pouco antes de morrer: "Você é a garota mais agoniante do universo". Também lhe disse em outro momento, quando ainda acreditava que era possível convencê-la a parar de usurpar sua vida, que o ensino não tinha sido pensado para niilistas tropicais. Mas Clara, a filha-bezerra, não se considerava niilista, e sim uma mulher dos trópicos com crenças flexíveis e certezas plurais, como os políticos – ou como aquelas pessoas com baixa autoestima que nunca estavam totalmente certas do que pensavam –, e a única coisa à qual realmente resistia eram as crenças da mãe. Então, depois de vários anos de preparação, ela se converteu numa professora de Língua e Literatura sem fé, embora atraída por etimologias, aliterações, gramática, poemas em verso livre – as rimas lhe pareciam tão artificiais quanto a maquiagem natural ou as meias-calças cor da pele –, ortografia, vulcões e romances de terror gótico – algo de que ela particularmente se orgulhava, mas evitaria comentar durante a entrevista, pois não via como isso poderia ajudá-la a atingir seu principal objetivo, que era ser contratada (o mais cedo possível) no Colégio Bilíngue Delta, *High-School-for-Girls*.

Sua mãe, recordou enquanto espantava do joelho um mosquito engordado pelo sangue alheio, costumava repreendê-la por ter escolhido uma profissão que ela considerava sua, marchando com a coluna em forma de S mal corrigida por um colete dorsolombar que ela tinha batizado com o nome de "Frida Kahlo" – de todas as coisas que a filha arrebatou de sua identidade era esta, a profissão perdida, que consolidara seu ressentimento filial. Clara não sabia exatamente, mesmo naquele momento, ao ver as recepcionistas da secretaria do Colégio Bilíngue Delta, *High-School-for-Girls*, oferecerem aos visitantes chá em xícaras de porcelana e biscoitos em forma de animais – pandas crocantes, elefantes crocantes –, quando tinha começado sua obsessão em se tornar uma réplica exata da mãe. Essa imitação imperfeita, no entanto, criara um abismo entre ambas até o fim, de modo que só agora – beliscando a pele delicada entre os dedos da mão esquerda enquanto a seu lado direito zebras e rinocerontes crepitavam – Clara era capaz de reconhecer em sua atitude uma violência tortuosa que impôs, de forma inconsciente mas prolongada, sobre alguém – a mãe – que não teve escolha a não ser ir morrendo enquanto ela – a filha – crescia como uma árvore sobre sua morte – porque os filhos acentuavam a mortalidade dos pais, concluíra ela, convertendo-os em adubo e encarnando a caveira de Yorick que se chacoalha de tanto rir todas as manhãs (coisa que, no entanto, Clara jamais diria durante a entrevista, pois poderia parecer que ela não gostava de relacionamentos paterno-filiais). Ser filha, ela entendeu em determinado momento, a convertera na morte da mãe – todos engendravam seus assassinos, pensou, mas só as mulheres os davam à luz –, uma morte que ela carregava como uma semente na profissão, no penteado, nas roupas e até nos gestos, mas não em suas crenças ou em seu modo de falar – "vocação", por exemplo, era uma palavra que Clara achava desagradável, como um sapato velho e fedorento ao lado da cama, mas que sem dúvida repetiria várias vezes durante a entrevista, pois era um termo que as diretoras-de-colégio adoravam ouvir (tanto ou mais do que sua mãe).

Havia coisas que ela não podia dizer se quisesse ser contratada pelo Colégio Bilíngue Delta, *High-School-for-Girls*, e que ela repassava na mente ao mesmo tempo que as secretárias na recepção atendiam aos telefones, conversavam com alguns pais de família que trituravam cavalos e camelos, recebiam suas possíveis concorrentes e as faziam sentar-se bem perto dela. Coisas anódinas, embora potencialmente irritantes para as diretoras de colégio, como seus verdadeiros interesses, *hobbies* ou perspectivas de vida – "Vão atendê-la daqui a pouco", disse-lhe uma secretária com voz de menina de cinco anos enquanto uma mulher-mãe-de-família mordia a cabeça de uma girafa. O que realmente chamava sua atenção na docência – e que ela sabia que não poderia dizer durante a entrevista – era o que acontecia fora do horário de aula. Ela se reconhecia como apreciadora de leitura e de assuntos linguísticos e ortotipográficos, ou, como costumava chamar, assuntos de "forma"; gostava de tradições literárias variadas e díspares – de Ésquilo a Parra, de Woolf a Dante… (embora, no momento, estivesse ocupada com um exercício de tradução que a fazia ler apenas em inglês) – e de detectar erratas em jornais, revistas, livros, anúncios, grafites etc. Tinha aprendido com a mãe, que usava para quase tudo a famosa frase de Flaubert (ou Warburg, ou Voltaire, ou provavelmente Van der Rohe), "Deus está nos detalhes", apesar de ser ateia e ter cuspido numa testemunha de Jeová que bateu à porta quando ela ainda não havia fumado seu baseado terapêutico do dia (fundamental para aliviar a dor insuportável de sua escoliose neuromuscular avançada). Talvez, para ser justa com o trabalho, Clara tivesse de admitir que a única coisa de que gostava na docência era corrigir os textos de seus alunos – embora nunca fosse dizer isso na entrevista porque, além de desfavorável, trazia de volta lembranças de quando sua mãe a censurava por sua estreita visão pedagógica, para não ter de censurá-la por outros assuntos (como ter escolhido sua profissão e se vestir e falar exatamente como ela, mas vinte e oito anos mais jovem e sem uma Frida Kahlo abraçando sua coluna vertebral). Ao final de cada curso, Clara sempre conseguia que alguns alunos aprimorassem a escrita. Professores mais velhos do que ela, por outro lado, tratavam os problemas de expressão escrita de seus alunos como uma questão menor – ou como se não conseguissem identificá-los, ela às vezes pensava. Em várias ocasiões, ela se entreteve detectando erros nos exames elaborados por seus colegas que, em sua maioria, eram discípulos de Paulo Freire – durante as discussões sobre pedagogia do oprimido e métodos da cultura popular, eles eram seguidores de Sarmiento e ela, que preferia falar sobre o uso correto da ortografia e da gramática, discípula de Bello e da própria mãe. Muitos dos professores que ela tinha conhecido em seus quatro anos de exercício docente eram desleixados e defendiam sua falta de cuidado, seu pouco gosto pelos detalhes, minimizando os aspectos formais da escrita. "O que importa não é como, mas o quê", diziam, mas Clara era incapaz de compreendê-los, muito menos quando falavam do poder da oralidade na tradição ancestral dos países andinos, relegando a escrita a uma tecnologia de colonização epistemológica – posição que sua mãe (a implacável professora de Ensino Fundamental) sempre achou reducionista e contra a qual protestou pintando o rosto de Walter Mignolo de azul e escondendo Cornejo Polar dentro de uma caixa de papelão. Clara, por sua vez, estava convencida de que era possível conhecer uma pessoa por meio de sua escrita. Gostava de pensar que, no fundo, seu trabalho ajudava outras pessoas a descobrir e mostrar seu verdadeiro caráter – o de sua mãe, por exemplo, era rítmico, definitivo, sibilino; o dela, desordenado, digressivo, cheio de orações subordinadas e de enumerações. Certa vez, por causa da lição de um aluno que ela classificou como "Insuficiente" – seis pontos em dez –, por seus óbvios problemas textuais, teve início um debate entre os professores em tempo integral: um grupo, o mais amplo, defendeu que a nota deveria ser sete em dez – "Suficiente", "Aceitável", "Compreende os temas requeridos" –, pois o conteúdo desenvolvido nas páginas era argumentado de forma criativa, enquanto um pequeno grupo, no qual ela se encontrava, disse que o conteúdo e a forma eram indissociáveis e que os argumentos, ao não ser bem expressos, perdiam o efeito e resultavam em falácias – além da falta de lógica. O debate – que na verdade girou em torno da precisão da linguagem das avaliações padronizadas – terminou com os dois lados em desacordo – coisa comum nesse tipo de discussão, já que todos acreditavam ter a última palavra sobre a verdadeira educação e estar na vanguarda pedagógica (embora ela não fosse dar sua opinião sobre os egos de seus colegas, em hipótese alguma, durante a entrevista, porque a diretora do Colégio Bilíngue Delta, *High-School-for-Girls*, poderia interpretar como uma animosidade injustificada e não recomendada para o ambiente de trabalho e aprendizagem).

Sua mãe – antes de saber que sua coluna vertebral estava se convertendo numa serpente – gostava muito de fazer os alunos tomarem gosto pela leitura, e quase nada de ensinar o uso correto do idioma – "O que importa é a arte, Bezerra. A arte nos faz ser gente", disse-lhe certa vez, quando já começava a exagerar o grau de sua miopia para se sentir mais oracular ao proferir frases com rima consoante. Clara, por outro lado, ficava irritada com o pouco amor que as escolas dedicavam a Rimbaud – *Uma temporada no inferno*, por motivos pouco contemporâneos, costumava incomodar as diretoras de escola – e, diante da pouca liberdade de que dispunha para escolher a literatura de seu curso – e como ela se sentia pouco comprometida como motivadora de leitura (convencer seus alunos de que ler era agradável parecia tão absurdo quanto não amar Rimbaud) –, decidiu se concentrar em impulsionar o desenvolvimento da escrita de seus pupilos. Era algo que a satisfazia: encerrar em círculos as palavras mal utilizadas; em triângulos, os erros de ortografia; e em retângulos, os de sintaxe; encher o papel de tinta vermelha e depois pedir a reescrita do trabalho para preenchê-lo novamente de vermelho, embora em menor quantidade, até que finalmente a folha estivesse limpa de sua própria geometria. Não tinha sucesso com todos, mas dois ou três dos alunos aprendiam a escrever melhor depois de suas aulas. Construir amantes da literatura, pelo contrário, parecia-lhe uma enteléquia – não para sua mãe, mas para professoras como ela mesma: afinal, Clara nunca tinha sido boa em contagiar os outros com suas próprias paixões – embora não fosse dizer isso, definitivamente, durante a entrevista, porque se algo arrepiava os pelos dos braços (às vezes longos e oxigenados de loiro) das diretoras de escola era que os professores fossem contagiantes e apaixonados (exceção feita ao currículo).

Em suma, ela não estava convencida de ser uma professora que instigava seus alunos a se interessarem pelas artes literárias, mas pelo menos era uma revisora de texto decente.

"Você é uma revisora decente e uma professora indecente", disse-lhe a mãe dois dias antes de irem para o hospital e verem, pela primeira vez, a radiografia da coluna serpenteando por sua carne, curvando-a, retorcendo-a como um monstro predatório do qual Clara se alimentaria. Conservava a radiografia cinzenta pendurada na parede da sala como o retrato de um feto – sua mãe a colocou ali para observá-la nos momentos em que se esquecia de fingir sua cegueira oracular simbólica. Era o testemunho da criatura óssea que conseguiu destruir a única pessoa que ela tinha amado de verdade – quando Elena Valverde morreu, Clara adotou todas as suas coisas, até as roupas íntimas (que agora usava para dormir porque, infelizmente, ficavam muito grandes para que ela as vestisse durante o dia sob as saias de cintura alta e as blusas de cetim estilo-materno-dos-anos-noventa). Mesmo naquele momento, cercada por estranhos que não tinham a menor ideia de que sua tiara de cabelo era do mesmo modelo daquela que sua mãe usava nos anos 1980, ela se lembrava de como os poucos parentes que compareceram ao velório – e que perceberam que ela estava vestindo a Frida Kahlo sob a blusa preta estilo-materno-de-dois-mil-e-dez – a olharam com a mesma displicência e repugnância com que Elena a olhara até o último momento, quando já não conseguia mais nem sair da cama e Clara a alimentava, dava-lhe banho, penteava seus cabelos e limpava seu penico enquanto, nas horas vagas, aperfeiçoava a arte de andar com a coluna ligeiramente curvada para a esquerda. Clara tinha aprendido que, por algum motivo totalmente incompreensível para ela, os outros achavam sua imitação da aparência física da mãe obscena, como se houvesse algo abjeto em sua mimese amorosa que obrigava os outros a franzir o rosto e lançar olhares desconfiados – algumas vezes notou, por parte dos poucos parentes vivos que lhe restavam (e com os quais não tinha mais nenhum tipo de contato), um desprezo evidente por causa do desconforto que sentiam quando ela não apenas fingia ser sua mãe, mas chegava a sê-lo (nessas ocasiões, em que sua interpretação atingia o auge, Clara se via a si mesma diluindo-se no personagem materno como uma gota de sangue sobre outra gota de sangue). Beliscar a delicada pele entre os dedos da mão esquerda, por exemplo, era algo que lhe ocorria naturalmente quando estava ansiosa, mas demorou quase sete meses para adotar os gestos da mãe – levou dois anos para transpirar como ela; um ano e meio para ir ao banheiro na mesma quantidade de vezes que ela ia durante o dia. Tudo isso irritava Elena Valverde, que chorava, gritava e puxava os cabelos, mas nunca se atreveu a falar com a filha sobre o assunto; nunca perguntou: "Por que você é minha cópia sinistra?", nem lhe confessou que estava assustada de se ver em outra pessoa como um reflexo danificado ou um *doppelgänger* prestes a desaparecer para que seu duplo existisse. Só mais tarde, quando a mãe começou a falar olhando para o nada e a concluir que sua cegueira fingida lhe permitia ver com clareza assuntos metafísicos – e a usar uma velha vassoura como bengala para se parecer com o Tirésias de Martha Graham –, Clara entendeu que por trás da raiva da mãe havia um horror arcano e uma rejeição indisfarçada de uma imitação que, talvez, sempre fora percebida como uma afronta ou zombaria, e não como o que realmente era: um ato de amor. Porém, e ao contrário do que Elena Valverde acreditou até o fim, Clara não tinha decidido se tornar professora de Língua e Literatura apenas para imitá-la, mas também porque era o tipo de trabalho que mais se adequava ao que ela queria que fosse sua personalidade. Ela não se sentia culpada – e reconhecia isso enquanto lia no cartaz, às vezes ofuscado pelos cabelos de gambá de um pai-de-família, uma frase de Gabriela Mistral: "O pior professor é o professor com medo" – por ter escolhido uma profissão que apresentava um discurso quase religioso de abnegação, sacrifício e recompensa pelos sucessos do outro, pelo conforto pessoal não monetário, mas atitudinal. Afinal, e depois de quatro anos trabalhando numa escola pública, comprovara com os próprios olhos que a maioria dos professores-formadores-do-amanhã ficava satisfeita com a imagem de mártires que projetavam ao mundo – seu esgotamento e dedicação eram o emblema pelo qual estufavam o peito, mas Clara percebia que por trás daquele orgulho havia um esforço descomunal para esconder de si mesmos, e dos outros, que eram professores com medo (sua mãe, embora nunca tivesse admitido, também foi uma professora com medo, como ela [mas a diretora do Colégio Bilíngue Delta, *High-School-for-Girls* com ensino internacional, não tinha por que saber disso]). O setor educacional – como já demonstrava sua experiência e a de sua mãe-costas-de-tatu – era o escoadouro da mediocridade superestimada: todos se acreditavam essenciais e indescritivelmente valiosos, mas quase ninguém o era de fato. Clara admitia para si mesma – embora não para as diretoras de colégio – que pouco tinha a contribuir e que, para ela, dar aulas era apenas um pretexto para ler e resolver problemas de redação como se fossem palavras cruzadas dominicais. Vista dessa perspectiva – ela pensava enquanto vacas e veados crepitavam a seu lado –, sua falta de vocação não afetava ninguém. Seus alunos, com poucas exceções, a respeitavam – e isso ela mencionaria sutilmente durante a entrevista, pois as diretoras de escola adoravam professoras que infundiam respeito. Além disso, ela ainda não conhecera nenhuma professora de Língua e Literatura do Ensino Médio que lidasse com o conteúdo de sua matéria melhor do que ela – de sua mãe ela tinha herdado (ou talvez adotado) a voracidade de leitura que os professores com cinquenta anos ou mais, decepcionados e cansados ("os dinossauros", ela os chamava quando descansava a cabeça no travesseiro), haviam perdido desde o Pleistoceno. Apesar de tão jovem, Clara tinha conquistado, em sua opinião, duas coisas essenciais para uma professora: o domínio do conteúdo e o domínio da sala de aula. Sem o primeiro, uma professora poderia permanecer em seu posto até o fim dos tempos, mas sem o segundo dificilmente conseguiria manter a confiança dos diretores em suas habilidades – ela pensou sentada, com os joelhos unidos e a pele entre os dedos da mão esquerda se tornando magenta-escuro.

A educação, ela teve de aprender muito cedo, era uma questão de força.

"Ninguém gosta de contar isso, Bezerra, mas o sistema educacional é feito para domadores de leões, não para professores", disse-lhe certa vez sua mãe, tranquilizada por seu baseado terapêutico do dia, quando ainda não tinha batizado seu colete dorsolombar de Frida Kahlo – e quando ainda acreditava que as dores seriam temporárias. Mas o verdadeiro desafio, Clara pensou, era ser uma domadora de domadores, que foi o que ela se tornou quando usurpou a identidade de sua mãe acuada, fria no tempo como um molusco, durante anos esculpida pela doença na mesma poltrona de estampa de tigre onde mais tarde – cinquenta e sete meses depois, para sermos exatos – duas alunas amarraram Clara para roubar suas provas de fim de ano – a recordação daquele dia escapou por seus olhos e a fez coçar, sem querer, a delicada pele entre o dedo indicador e o polegar da mão esquerda. Seu sequestro – ou como os outros preferiam chamá-lo: "o caso do furto das provas" – era um dos muitos assuntos que decidira evitar durante sua entrevista de emprego -- embora, é claro, contemplasse o possível cenário em que a diretora do Colégio Bilíngue Delta, *High-School-for-Girls*, com teatro para duzentos e cinquenta lugares e cortina de veludo vermelha, lhe perguntasse sobre sua recuperação e lhe pedisse, além de um relatório médico, um laudo psicológico (e ela, que herdara [ou adotara] de sua mãe o talento da prevenção, carregava ambos os relatórios em sua bolsa azul modelo-materno-do-ano-de-setenta-e-seis). Também ensaiou diante do espelho – para o caso de a diretora lhe perguntar – sua versão do que aconteceu durante as treze horas e cinquenta e sete minutos em que suas alunas a mantiveram amarrada à poltrona com estampa de tigre – ela diria: "Foi uma experiência muito dura que, no entanto, reafirmou minha vocação para a docência", e pronunciaria muito bem a palavra "vocação" para satisfazer os ouvidos pedagógico-institucionais da diretora do colégio com a maior biblioteca da cidade. Também poderia ocorrer – e esse era o cenário que mais convinha a Clara – que a diretora do Colégio Bilíngue Delta, *High-School-for-Girls*, não estivesse interessada em lhe perguntar sobre algo que acontecera três meses, dois dias e onze horas atrás porque, apesar de ser um caso que apareceu em todos os jornais nacionais – e inclusive em alguns regionais – e ser o motivo de seu afastamento temporário das salas de aula –, bem como de sua presença obrigatória em audiências com pessoas que usavam relógios caros – era um incidente que nada tinha a ver com seu desempenho profissional. Clara queria ser positiva e pensar que era possível – embora pouco provável – que a diretora do único colégio do país com piscina olímpica coberta não tivesse interesse em conhecer os detalhes de sua experiência com Malena Goya e Michelle Gomezcoello – conhecidas como *M&M's* por seus colegas de sala, como *Hard Candies* pela imprensa amarela, como *Aquelas Duas* pela direção do colégio onde trabalhava anteriormente e do qual renunciara sem remorso algum. Mas a verdade é que foram poucas as pessoas que, sabendo o que acontecera havia três meses, dois dias e onze horas, não gostariam de ouvir da boca da vítima uma história que prometia ser trepidante – embora talvez um pouco mórbida –, então Clara achava difícil escapar de um "E como você se sente depois do que aconteceu com Aquelas Duas?", pergunta que – agora que pensava melhor, enquanto duas mães-de-família com dentes sobrenaturalmente brancos se cumprimentavam com um beijo no ar – ela não tinha ensaiado responder, mas sim evitar, pois a elaboração narrativa das treze horas e cinquenta e sete minutos em que foi amarrada à poltrona com estampa de tigre da mãe – com suas alunas passeando pela casa, comendo sua comida, brincando com suas coisas e, acima de tudo, zombando de seu medo – era muito complexa até mesmo para ela. E talvez por isso – pensou enquanto olhava para um horrível retrato de Josemaría Escrivá de Balaguer (às vezes escondido atrás da proeminente corcunda de um avô-de-família) –, ou seja, porque se recusara a contar em detalhes o que na realidade aconteceu, é que os professores e a direção do colégio onde ela trabalhava – e que a princípio expressaram seu apoio incondicional à atitude "bárbara" e "selvagem" das M&M's – acabaram acreditando que ela devia ter feito algo como professora – e ser humano – para que duas meninas de catorze anos quisessem mantê-la cativa dentro de sua própria casa. Não que eles justificassem o que as M&M's fizeram – Clara concluiu alisando a saia enquanto, à sua esquerda, uma mãe-de-família ganhava uma partida de *Candy Crush* –, mas que, na visão de seus colegas e superiores, tinha de haver motivos por trás de um ato tão violento e desconcertante; motivos como o ambiente familiar das meninas, suas amizades fora do colégio, o uso de drogas e, obviamente, o tipo de relacionamento que tinham com Clara – pois o que fizeram foi feito a ela, não a outra professora do instituto, e isso bem que podia significar que Clara fosse, na verdade, uma má professora (uma déspota ou covarde) que conquistara seu ódio. Nunca lhe disseram que era isso o que pensavam, mas era evidente – tanto no olhar como nos gestos – que a culpavam em parte pelo que acontecera com as M&M's e que, ao mesmo tempo, tinham vergonha de culpá-la porque aquela experiência terrível poderia ter acontecido com eles – e porque, no fundo, estavam loucamente felizes que não tivesse acontecido.

Clara compreendia aquele tipo de felicidade que se sustentava na desgraça dos que estavam muito próximos. Era um sentimento de culpa, mas forte, que a maioria tentava esconder quando aparecia dentro deles na forma de "Que bom que não aconteceu comigo!" – "Que bom que eu era *sua filha e não sua mãe!*", pensou ela quando enterrou Elena Valverde num túmulo sem lápide. Ela tinha certeza de que seus colegas sentiram essa alegria mesquinha e não jogava isso na cara deles, mas às vezes – como, por exemplo, naquele instante, com leões-marinhos crocantes e um pai-de-família assoando o nariz com um lenço de papel – ela se perguntava se não os estava interpretando mal e se na verdade eles não tinham se sentido felizes e culpados, mas assustados – "O pior professor é o professor com medo", leu novamente enquanto a secretária com cheiro de esmalte abastecia os pratos com novos animais. Para Clara, o medo tinha um cheiro muito específico, tão reconhecível como o daquela sala e o de cada uma das pessoas que aguardavam – sua mãe, por exemplo (lembrou enquanto pegava uma baleia do prato e a partia com os dentes), cheirava ao antiperspirante que usava para evitar o suor abundante dos pés ("Eu gosto do cheiro dele", dizia Elena, borrifando-o no pescoço como se fosse perfume). O medo cheirava a corpo: a urina quente molhando um pijama de luas e estrelas. Clara sabia que nenhum dos adultos à sua volta naquela recepção – em parte capela, em parte zoológico – usava pijama de criança ou urinava em si mesmo, mas alguma vez o fizeram e, mesmo que ignorassem, poderiam fazer de novo;

porque se algo ela tinha aprendido sendo uma filha-bezerra
– e cópia obstinada de sua mãe – era que em qualquer idade seria possível urinar de medo – Elena Valverde o fazia,
deitada em sua cama de hospital enquanto agonizava; e ela
também o fizera, três meses, dois dias e onze horas antes,
amarrada à poltrona com estampa de tigre. Talvez – pensou olhando para o espaço claro decorado com plantas de
interior – seus ex-colegas tivessem medo de assumir que o
que acontecera com as M&M's havia sido arbitrário – assim como tudo que realmente atemorizava as pessoas – e,
para evitar a vertigem – e porque pelo menos assim havia
uma certeza, uma explicação razoável que se impunha ao
desconhecido –, preferiram concluir que parte da culpa
pelo incidente fora dela, a sequestrada, mas acima de tudo a
única adulta do triângulo; aquela que não tinha permitido
se urinar e que, apesar disso, ameaçava molhar o pijama de
luas e estrelas de suas mentes. Clara acreditava que então
– quando não quis entrar em detalhes sobre o que aconteceu durante as treze horas e cinquenta e sete minutos em
que foi amarrada à poltrona com estampa de tigre – seus
ex-colegas se protegeram do medo da incerteza como os
adultos faziam: através da razão, e por isso mesmo – porque
aquela aparente sensatez, aquele fantasma do bom senso,
pôde tê-los impedido de aceitar que não houvesse existido
outro motivo para a violência além da própria violência –
acabava perdoando-os várias vezes na semana, mesmo em
momentos como aquele, enquanto mordia a carapaça de
uma tartaruga e fazia o exercício de inventar razões para
explicar o entusiasmo com que as M&M's beliscaram sua
barriga. Essa excessiva e involuntária análise que Clara fazia
de situações incômodas – além de fortalecer os sintomas
inegáveis de seu transtorno de ansiedade – lhe ajudava a ter

consciência de tudo que estava acontecendo ao seu redor, e também a criar uma falsa – mas necessária – ilusão de controle. Ela tinha uma enorme capacidade – e era o que sua mãe lhe dizia quando ela era pequena – de confundir as possíveis reações das pessoas e de deduzir, em linhas gerais, o que elas sentiam e pensavam sobre ela e sobre os outros – "Meninas que pensam demais terminam doentes da cabeça", disse-lhe a mãe quando ouviu, pela primeira vez, o que Clara achava que seus professores pensavam sobre a maneira como ela escrevia, desenhava, corria, soletrava, mastigava e espirrava. Era um hábito insano e, ao mesmo tempo, um talento que servia para acalmar suas próprias inquietações, mas que – apesar de não se sentir envergonhada – resolvera esconder durante a entrevista porque a diretora do Colégio Bilíngue Delta, *High-School-for-Girls*, poderia não gostar do que ela interpretava – ou superinterpretava – que seus ex-colegas sentiram ou pensaram a partir de um incidente que não a definia como pessoa – ou como professora de Ensino Médio.

"Seu cérebro é um ninho de baratas", disse sua mãe quando ela explicou o que achava que seus professores pensavam sobre a maneira como ela pronunciava os erres e limpava obsessivamente as mãos durante o recreio.

Para Clara, seu maior problema eram os pensamentos que surgiam quando ela não solicitava e que – como as baratas – depositavam ovos dentro de sua cabeça. Mas a ansiedade que subia por suas pernas como uma tarântula enquanto leões crepitavam, gaivotas crepitavam – e enquanto ela chupava furtivamente uma gota de sangue da pele delicada entre o polegar e o indicador da mão esquerda –, não apenas era devida à inevitável revisão mental do que podia dizer durante a entrevista, mas também ao fato de nunca ter estado num colégio particular, muito menos o mais caro – e portanto exclusivo – de uma cidade subdesenvolvida, embora de crescente espírito aristocrático – sua mãe, que trabalhou a vida inteira na rede pública de ensino, a teria chamado de "vendida" se a visse ali, prestes a beber numa xícara de porcelana no único colégio da cidade com clube de xadrez e quadra de ginástica artística. A espera na recepção também aumentava sua angústia, pois a obrigava a repassar uma situação que já tinha estudado exaustivamente em casa – sozinha e diante do espelho –, mas que agora – com novos elementos na paisagem – se tornava muito mais densa. Por exemplo – concluiu acariciando os cotovelos –, os pais das meninas daquele colégio pagavam uma mensalidade duas vezes maior do que seu antigo salário e que ficava evidente em cada detalhe do mobiliário, na infraestrutura, nos lindos uniformes e nas pequenas câmeras de segurança, embora não na qualidade da escrita – ao longo de sua espera, Clara detectou oito erros nos trípticos, cartazes e textos das paredes e da mesa central da recepção (sua ansiedade [confirmou naquele momento] tinha um importante componente ortográfico). Elena Valverde, a implacável professora de Ensino Fundamental, teria se dado por vencida diante da parafernália sem fim do Colégio Bilíngue Delta, *High-School-for-Girls* – que em seus folhetos informativos se definia como "um centro de vanguarda" cujo objetivo era "preparar mulheres capazes de responder às necessidades políticas, econômicas e sociais de sua sociedade". Mas ela não era sua mãe – mesmo que desejasse ser –, e havia algo de sedutor no perfume floral das plantas, no som dos saltos, nas vozes em decibéis baixos, dóceis, e no frescor do ar-condicionado que a fazia esquecer-se de que estava cercada por manguezais.

Aqui, pensou, *não vou transpirar*, e franziu o nariz ao ver que uma mosca penetrava na selva capilar de uma máe-de-família que bocejava de boca fechada.

Clara tinha decidido – e se reafirmou na decisão quando descobriu um novo retrato de Josemaría Escrivá de Balaguer espreitando pela porta entreaberta do gabinete da diretora – que não faria alusão a temas religiosos durante a entrevista e sim, pelo contrário, a questões que os omitissem, como a crise das humanidades – que (na opinião da mãe que habitava sua mente) era o tema preferido das diretoras de escola. Por isso, em seus planos meticulosamente ensaiados – e reinventados – diante do espelho, enquanto a diretora do Colégio Bilíngue Delta, *High-School-for-Girls*, tamborilasse seus enormes anéis na mesa de madeira envernizada, Clara mostraria interesse pelo futuro das disciplinas humanísticas do Ensino Médio – especialmente aquelas que importavam para a diretora – para evitar falar, por exemplo, da tradução que ela estava fazendo de alguns poemas sobre vulcões – exercício que pouco faria para ajudá-la a conseguir o desejado cargo de professora de Língua e Literatura, apesar de (na opinião dela) falar muito sobre sua personalidade e destacar seu viés criativo (traço essencial para uma boa professora, de acordo com a sabedoria popular da pedagogia moderna). "Minha coluna parece a chaminé de um vulcão de gelo", disse-lhe a mãe certa noite, olhando para a radiografia de suas vértebras como uma paisagem petrificada na parede. Clara não acreditava que as diretoras de escola gostassem de vulcões, mas tampouco de literatura – já que não amavam Rimbaud –, de modo que, segundo seu plano meticulosamente elaborado – ensaiado e reinventado – diante do espelho, ela falaria por dois minutos – no máximo três – sobre resultados de aprendizagem e metodologias pedagógicas

– mesmo que a diretora não pedisse porque, de acordo com o ponto de vista dela (e da mãe que habitava sua mente), isso a tornaria mais contratável do que qualquer uma de suas concorrentes. Também procuraria não se distrair com os títulos, medalhas, certificados, diplomas, dentre outros reconhecimentos que sem dúvida ocupariam o gabinete da diretora do colégio com o mais numeroso corpo docente do país – "Esses são os títulos nobiliários da educação: o sistema de castas da episteme do Ocidente", diria sua mãe se estivesse viva. Porque a educação, ela aprendera desde cedo, era uma questão de status; embora ninguém gostasse de dizê-lo em voz alta, nem mesmo ela – que se sentia repelida pela atitude de resistência docente a coisas que não podiam ser mudadas (como o fato de fazerem [quisessem ou não] parte de uma elite). Nos colégios Opus Dei, esse status era sustentado com base na autoridade e na ordem – a que Clara concordava com alívio, não por afinidade religiosa, mas psicológica (uma vida ordenada, que correspondia a um determinado sistema, era a única coisa que acalmava as baratas de sua mente) –, mas ela sabia que para conseguir o emprego de professora de Língua e Literatura no Colégio Bilíngue Delta, *High-School-for-Girls*, ela teria de evitar pronunciar essas palavras. Se ela conseguisse guardar suas interpretações – ou interpretações exageradas – para si mesma e controlar os sintomas às vezes galopantes de seu transtorno de ansiedade, era muito provável que fosse contratada; afinal – começou a se convencer ao ver uma mãe-de-família sair da diretoria – ela era jovem, tinha o perfil, a experiência e uma recomendação direta da diretora do colégio em que trabalhara até o episódio com as M&M's. Suas preocupações sobre quanto custaria para se ajustar a um novo – e desconhecido – ambiente careciam de fundamento, ela pensou:

seu trabalho em salas de aula espaçosas com até vinte alunos seria o mesmo que ela vinha fazendo em salas de aula minúsculas com quarenta crianças suadas e agitadas, só que em condições confortáveis e propícias para um aprendizado que – segundo os folhetos informativos do único colégio da cidade com capela particular – "aspirava a educar mulheres competentes e com afetividade madura, cultivando os ensinamentos doutrinários da Igreja" – objetivo que para ela era irrelevante, pois sua disciplina tinha aspirações menos grandiloquentes. Portanto – pensou enquanto contava doze plantas de interior, oito pares de saltos e quinze tipos de animais de biscoitos doces –, nem a espera na recepção, nem o gabinete da diretora do colégio com mais de cinco medalhas nacionais de debate juvenil – nem mesmo a lembrança dos olhos mortos da mãe como duas águas-vivas afundando na água – poderiam fazê-la esquecer suas falas tantas vezes praticadas diante do espelho: "Eu gostaria de trabalhar aqui porque é um dos poucos lugares em que há tudo que uma professora precisa para fazer um trabalho excepcional", diria ela à diretora. E, embora a luz que entrava pelas janelas conferisse ao espaço um estranho ar de irrealidade – um pouco salão de chá, um pouco agência de viagens – e isso a deixasse agitada e com vontade de fugir, ela não fugiria; não diria nada sobre os acentos e os tremas ausentes, as vírgulas mal colocadas ou o equivocado uso das maiúsculas – nem mesmo sobre o quanto sua mãe odiava plantas de interior porque elas respiravam à noite (assim como ladrões ou assassinos em série). Ela controlaria a língua: subjugaria seu músculo mais bárbaro como deveria ter feito antes, quando tentou entrar – sem permissão – na boca da mãe com um beijo que ela rejeitou batendo-lhe com os nós dos dedos na testa. Clara manteria as pernas quietas, os joelhos juntos, os ombros relaxados e diria – decidiu enquanto uma recepcionista punha o telefone no gancho e olhava para ela com um sorriso sem dentes -- que uma professora-por-vocação se adaptava a todo tipo de situação, e assim o faria, sem pensar no gosto dos cílios que arrancou do cadáver da mãe como um buquê de flores, nem no pai-de-família que naquele momento se levantou e tirou o tecido da calça do meio da bunda, nem no verde-claro das plantas de interior que tremiam quase imperceptivelmente com a brisa do ar-condicionado, nem na insuportável mancha de água sanitária na saia da recepcionista que agora estava caminhando em sua direção.

"Sejamos cuidadosos na documentação", leu num cartaz ao lado de um vidro embaçado; "Deus é CONSCIENCIA", leu em outro próximo ao bebedouro. "Que uma palavra seja escrita em maiúsculas não a exime de ser acentuada", explicara centenas de vezes aos seus pobres alunos – ou "humildes", como preferiam dizer aqueles que, além de cuidadosos na documentação, também eram cuidadosos com a linguagem. Se a contratassem, ela teria alunas ricas e lhes explicaria o mesmo porque era a única coisa que se sentia capaz de ensinar: onde e quando colocar os acentos, os pontos e as vírgulas, como ler um poema, como comentar uma leitura, como escrever diferentes tipos de documentos, o Romantismo, os gêneros literários, Shakespeare, ficção científica, Cervantes... Iria explicar a elas – canibalizando a mãe – que as regras existem para ser respeitadas, pelo menos as da língua e as de sua aula – porque a educação, ela aprendeu cedo, era uma questão de forma.

A dois passos de seu assento, a recepcionista lhe mostrou os dentes.

Todas as plantas de interior eram de plástico.

IV

A: Quero te contar a história do dia em que matei o meu amigo imaginário.

F: Essa é a minha história.

A: Ele se chamava Martín, como o meu irmão morto.

F: O Martín é o meu irmão morto.

A: Tínhamos ido à praia, mas não fazia sol.

F: Tinha sol. Estávamos na piscina do hotel e fazia muito calor.

A: Começamos a construir uma casa parecida com a nossa perto das ondas.

F: O meu psicanalista diz que é normal que o meu amigo imaginário se chamasse Martín.

A: Era impossível ver o céu, e o rosto do Martín ficou cinza.

F: O Martín era uma criança feia.

A: O Martín era uma criança muito feia.

F: O meu psicanalista diz que é normal que o meu amigo imaginário se chamasse Martín.

A: Eu perguntei o que estava acontecendo com ele, mas ele não me respondeu, porque os seres imaginários não falam.

F: Ele me respondeu que estava morto.

A: Estava tão cinza que parecia um morto.

F: O meu psicanalista diz que é normal que o meu amigo imaginário se chamasse Martín.

A: Então eu soube que eu queria que ele estivesse morto.

F: Então eu soube que eu queria mostrar a ele o que é estar morto.

A: Eu o agarrei pelos cabelos e o arrastei para as ondas.

F: E disse a mim mesma: "Vou me dar um morto de presente".

A: Eu disse a ele: "Vou te dar um morto", e afundei a sua cabeça na correnteza.

F: A cabeça dele era tão pequena quanto uma manga e eu a esmaguei contra a borda da piscina pra deixar sua doçura se espalhar.

A: Como ele não parava de se mexer, apertei o pescoço dele debaixo d'água.

F: O meu psicanalista diz que é normal.

A: Cravei as minhas unhas na sua garganta de algodão. Na sua garganta de pêssego.

F: O meu psicanalista diz que é muito normal.

V

Fernanda acordou com o pescoço duro e a saliva fazendo uma poça salgada sobre a mesa. Já era amanhã, hoje, o futuro-presente? Por que ainda estava lá? Por que ainda não a haviam resgatado? Ela se moveu lentamente para que seus músculos e as articulações intumescidas depois de horas desempenhando o papel tranquilo de bela adormecida não estalassem, mas seu corpo foi tomado por tremores e incômodos muito piores do que qualquer doença. Pior do que a estomatite que teve anos atrás e encheu sua boca de aftas. Pior do que a febre da estomatite e o sangue que escorria pelas comissuras dos seus lábios quando tentava comer o que a Charo fazia. Seus pais ficaram muito preocupados na ocasião – seus pais deviam estar morrendo de preocupação agora. Ela sentiu nojo de si mesma porque a saliva parecia cair toda vez que fechava os olhos, uma baba que fedia a ovo e atum – a última coisa que comeu no refeitório do colégio antes de seu sequestro. Quantas horas já tinham se passado desde que comeu ou bebeu alguma coisa? *Muitas*, respondeu a si mesma, e estava morrendo de fome igual o coiote quando perseguia o papa-léguas, e na sala ao lado sua mãe chorava – sua mãe devia estar chorando agora. Ergueu-se a duras penas e colou as costas no espaldar da cadeira. Precisava fazer xixi, escovar os dentes, lavar o cabelo. Parecia absurdo que a higiene pessoal, algo aparentemente irrelevante nessa situação, continuasse tendo a mesma importância de antes. Esfregar pasta de dente nas gengivas, cuspir o mau hálito na pia, deixar que a água e os canos levassem embora a gordura de seu cabelo-Mia-Farrow-em-*O-bebê-de-Rosemary*; teria dado qualquer coisa para limpar a prisão de sua alma, como costumava dizer Mister Alan, seu professor de Teologia. Qualquer coisa, menos seu cérebro de lebre. Sua liberdade sim, mas não seu cérebro. Com seu cérebro podia obter outras liberdades e até recuperar as perdidas. É por isso que Mister Alan era um idiota cuja única e verdadeira distinção consistia em ter uma bunda grande: porque falava da alma e não da mente e porque, como Descartes, mas sem sua astúcia, acreditava que o ser humano era composto de duas substâncias intermediadas por Deus. "O corpo é a prisão da alma", costumava dizer. "A alma é a prisão do corpo", ela lhe dissera certa vez, apenas para vê-lo inchar como um baiacu. "Por que Deus preferiu a oferenda de Abel se Caim trabalhou tanto quanto seu irmão? Qual é o sentido dessa injustiça?", "Deus se arrepende das suas ameaças; é instável. Jonas sabe disso, portanto não quer ir para Nínive", "Se, graças a Cristo, Deus pôde saber o que é ser homem, sofrer como sofremos e nos perdoar, então não é verdade que ele sabia de tudo desde o início. Deus foi, em algum momento, ignorante." A mente é corporal e o corpo é mental, por isso precisava limpar até a alma, livrar-se da sensação de desastre, para se sentir limpa de novo. Fernanda teria dado qualquer coisa, exceto sua consciência, para rir mais uma vez, com suas amigas, de Mister Alan, também conhecido como Bunda Cósmica; de suas calças de cintura alta, de suas camisas de lenhador, das meias-tabuleiro-de-xadrez. Até tinha lido partes de um livro de Hume, *História natural da religião*, só para poder contestá-lo na aula e vê-lo se inflamar e ficar vermelho como um incêndio na floresta. "Hume diz que não devemos recorrer à religião para estabelecer a moral, mas à sociedade e a nós mesmos, pois do contrário a moralidade seria baseada no dogma e na superstição, e não na razão", "Deus não quer que Adão e Eva saibam a diferença entre o bem e o mal; não quer que saiam da ignorância", "O senhor não acha que Deus é machista?" Queria limpar seu corpo para limpar sua mente, mas ela tinha sido sequestrada e o conhecimento de Deus era mais obscuro do que aquele revólver que respirava a um metro dela. *Tenho certeza de que Bunda Cósmica nunca viu uma arma de verdade*, ela pensou com estranha satisfação. *Se ele estivesse aqui, estaria se mijando todo.*

A luz embranquecia o interior da cabana: dois móveis, uma mesa, um revólver, duas cadeiras, um fogão e uma bancada de pedra. Havia algo sinistro na brancura translúcida que lhe permitia ver, melhor do que antes, o espaço meio vazio, largo e profundo como deveria ser o interior de uma baleia. Miss Clara as fizera ler o capítulo "The whiteness of the whale" de Moby Dick e, embora mal se lembrasse de seu conteúdo, o sentido do texto ainda estava claro: dizer que havia algo de inominável e perturbador no branco – era isso, depois de tudo, que inspirara Annelise a criar sua história da idade branca e do Deus Branco. Fernanda, é claro, concordava; é por isso que a luz da manhã espumosa que desbotava os objetos a mortificava e a fazia sentar-se ereta na cadeira. Do lado de fora, os cantos das aves e de antenas se multiplicavam, enquanto ali dentro tudo parecia coberto por uma membrana de peixe e nada se movia. A sala era uma paisagem de natureza-morta que ela odiou instantaneamente porque a fez pensar na morte. *Vão me encontrar logo, sem dúvida*, ela disse a si mesma, batendo os calcanhares ritmicamente no chão como sinal de sua bexiga cheia. No cinema, nenhuma morte era sem sentido: tudo estava disposto para que servisse, de alguma forma, ao desenvolvimento de um argumento. Era por isso que ela nunca tinha pensado a sério na morte, prendendo a respiração em seu peito diminuto como o de Keira Knightley. "Todos nós já sonhamos que matamos alguém ou que morremos", disse-lhe seu psicanalista. "Eu não", respondeu ela, mas estava mentindo. O quarto dos pais era o único lugar da casa em que havia fotos de Martín, seu irmão mais novo de quem ela mal se lembrava e que tinha vivido apenas um ano. "Viver um ano é ridículo", disse ela ao psicanalista. "Teria sido melhor se ele nunca tivesse nascido." Seus lábios estavam secos e ela começou a mordê-los com gosto. "Como você se sente quando pensa assim?" "Normal, *why*? Deveria me sentir de alguma forma especial?" Um gosto metálico a fez perceber que tinha se machucado, e ela praguejou baixinho. "Não, Fernanda. O importante é que você saiba que o que aconteceu com o Martín não foi culpa sua." E ela o ouvia e sentia um estranho desconforto com a mentira dele, porque a culpa havia sido dela sim, mesmo que seus pais tivessem explicado de forma diferente, de mãos dadas, olhando para ela com compaixão e depois marcando consultas semanais com um especialista em comportamento humano que se sentava como uma menina e usava suspensórios para segurar as calças. Ela tinha cinco anos quando aconteceu aquilo com Martín. Ela deveria ser capaz de se lembrar, e, no entanto, suas memórias eram assim: fundo branco, fundo leitoso.

Por que estou pensando no Martín *agora*?, ela se perguntou, olhando para os pulsos machucados. *Não vou morrer, isso está fora de questão.* Estava decidido. Respirou fundo com a intenção de se acalmar, mas só conseguiu empurrar todo o catarro do frio para dentro. Suspirou. Então, dormir algemada a uma mesa era assim: como se os ossos e a carne fossem duas feras lutando com as goelas abertas para atingir o palato uma da outra. A elegância de sua imaginação se esgotara ontem quando Miss Clara, em vez de conversar com ela – que era o que ela tinha dito que faria –, a algemou a uma mesa que estava aparafusada no chão e subiu a escada em caracol para não voltar mais. Será que ela está dormindo, *tranquila, abraçando o travesseiro, aquele pedaço de merda*? Pelas janelas, via-se a folhagem e, ao longe, o vulcão – agora ela tinha certeza de que não era uma montanha e que ela não era Twiggy, e sim Mia Farrow estrelando um filme de terror *trash*. A cabana devia ficar no meio de alguma floresta porque era impossível ouvir o som de uma estrada ou qualquer outra coisa além de criaturas rastejando ou voando por entre as árvores. Aquele silêncio natural também era de cor branca e lhe arrepiava os cabelos, principalmente porque no dia anterior, depois de gritar por horas para o nada, ela percebeu que a cabana de seu sequestro ficava longe de qualquer cidade. Miss Clara, *aquela putona*, nem se importou em impedir que ela continuasse gritando loucamente por horas, machucando a garganta e se jogando sobre a mesa para tentar agarrar com os dentes um revólver que parecia um vaga-lume no meio da noite. Apenas alguns animais responderam à sua voz desgarrada gritando ou uivando e, embora não fizesse sentido acreditar, ela achou que eles também estavam desesperados, desprovidos de futuro em seus próprios mundos de caos, e que pelo menos nisso ela não estava sozinha.

Puta louca, ela pensou. *Lunática de merda*. Por que ela? Por que a levara para lá? Para pedir dinheiro à família? Tinha feito isso por vingança? Ela não sabia, por acaso, que a polícia iria prendê-la? Ou achava que lhe permitiriam fugir depois de ter feito isso com ela, Fernanda Montero Oliva, filha de um ministro e de uma famosa advogada e ativista pró-vida? Seus rostos, o dela e o de sua professora, deviam estar circulando em todas as redes sociais, na televisão nacional e internacional, nos meios de comunicação on-line e impressos... *O que essa louca estava pensando quando decidiu arruinar a vida sequestrando uma das suas alunas?*, pensou. Seus calcanhares batiam com força no chão devido ao frio e à sua intensa vontade de fazer xixi. Tentou esticar as pernas, levantar-se, mas seus joelhos tremiam como se as rótulas fossem se desencaixar de repente – a fragilidade do corpo: "A verdadeira humilhação só existe na carne", dizia seu psicanalista. Voltou a lutar contra a mesa, mas era impossível tirá-la do chão: as bases escuras de suas pernas estavam aparafusadas na madeira. Cada vez que ela fazia um movimento, seus pulsos acabavam se friccionando no metal das algemas e sua pele ardia e ameaçava sangrar. O revólver, completamente fora de seu alcance, apontava para ela como o dedo de sua mãe nos pesadelos que ela costumava esmiuçar com o dr. Aguilar, também conhecido como Intérprete de Sonhos, também conhecido como Decodificador de Mentes, também conhecido como Seminário Z de Lacan. Miss Clara tinha deixado aquele revólver ali com a intenção óbvia de intimidá-la. *Ou talvez só queira brincar comigo*, pensou. Nada podia ser descartado, mas ela precisava ficar calma antes que os propósitos de sua professora fossem objeto de fabulações cada vez mais pantanosas.

Puta de merda.

Sua bexiga dilatada começou a doer em pontadas agudas para baixo. Ela precisava se distrair, pensar em outra coisa. Poderia pensar melhor na história em quadrinhos de *exploitation fiction* que tinha começado, mas não terminado, com Annelise. Tratava-se de um projeto intitulado *Sor Juana: zumbis, vampiros e lésbicas*, que tinha a poeta como protagonista e, como cenário, um convento de freiras lésbicas dominatrix no qual se espalhava, graças a uma estátua tolteca e a um rito ofertório ancestral, um vírus zumbi-náuatle. Essa história era narrada do futuro por um pesquisador árabe da Universidade Autônoma do México que, investigando a verdadeira história da Fênix da América, encontrou um aleph num mictório desativado por um zelador cego e aficionado por etimologias. Graças a esse aleph, o pesquisador podia conjugar suas visões com os dados históricos esparsos coletados até o momento, revelação que lhe permitia, por sua vez, contar a verdadeira história de Sor Juana Inés de la Cruz. A história em quadrinhos surgira como uma ideia dela e de Annelise durante uma aula de Língua e Literatura. As vampiresas, em sua história em quadrinhos, apareciam no segundo capítulo por meio de uma personagem fisicamente semelhante a Miss Clara e baseada em Sor Gertrudis de San Idelfonso, uma monja de Quito e autora de *A pérola mística oculta na casca da humildade* – título que lhes pareceu sexual quando Mister Alan o escreveu no quadro-negro, entusiasmado, durante uma aula dedicada às monjas escritoras do Equador. Ela e Annelise pretendiam ficar famosas com esse projeto. Afinal, o reconhecimento era a única coisa que o dinheiro de seus pais não podia comprar.

Ela está fazendo isso por dinheiro, pensou. *Não vai acontecer nada comigo.* O som de suas algemas lhe lembrou o tilintar das pulseiras da mãe. *Meus pais vão pagar o tanto que for. Não vai acontecer nada sério comigo.*

Sua mente se acalmou enquanto ela se lembrava da história em quadrinhos, dos personagens e das sardas de Annelise, mas a porta se abriu seguida de um golpe e o vento atingiu suas vértebras por um breve segundo. Miss Clara, que ela acreditava estar dormindo no andar de cima, caminhou até a bancada da cozinha e jogou sobre a pedra um grande coelho cinza – talvez uma lebre –, de olhos arregalados e injetados de sangue, fazendo com que Fernanda virasse o rosto para o lado oposto: para a janela, para o vulcão. E se ela não quiser dinheiro?, perguntou-se de novo, nervosa. Tudo ao seu redor começou a cheirar a ervas e suor, mas ela ficou em silêncio e com o queixo voltado para a luz. Havia névoa atrás das janelas; uma espessura branca e coalhada como o vômito de um bebê. A claridade: o véu da graça. Fernanda ficou particularmente desconfortável quando uma gota incontrolável de muco resvalou sobre seus lábios. Seu corpo, despojado de limpeza, parecia, de uma forma que ela não conseguia entender, o coelho na bancada.

Um enigma natural.

Uma paisagem de garras.

Fernanda queria perguntar à sua professora várias coisas, como: por que ela e não Annelise, Fiorella, Natalia, Ximena, Analía ou qualquer outra, mas algo estranho a detinha, algo parecido com o medo, mas também com a certeza de que ela saberia mais cedo ou mais tarde, e que não adiantava apressar o momento. Enquanto isso, ela ouvia, sem se atrever a tirar os olhos lá de fora, o som do coelho sendo esfolado. Não ficou claro em que momento sua indignação desapareceu para dar lugar àquele tremor interno que retorcia suas entranhas. Talvez fosse o revólver, o animal morto e o silêncio: metáforas da incerteza, enigmáticos cenários de Polanski.

Ela limpou a boca no ombro da blusa antes de dizer:

– Preciso ir ao banheiro.

Miss Clara parou o que estava fazendo e ela ouviu alguns grasnidos perto da cabana, mas nenhum movimento, nenhuma tentativa de encurtar a distância para libertá-la, pelo menos momentaneamente, de lhe entregar um balde ou resolver de alguma forma sua necessidade. Agora seu olhar estava cravado nas escadas, mas Fernanda podia imaginar a professora olhando para ela como em qualquer aula normal, quando falava de literatura equatoriana, latino-americana e universal pulando a ordem do conteúdo do livro de estudos ou escrevendo coisas ininteligíveis na lousa.

De repente, o som de uma faca sendo afiada contra algo e o golpe desta contra a carne a fez perceber que, dessa vez, não receberia um "Vá ao banheiro, mas volte logo". Miss Clara, como se ela não tivesse falado nada, retomara sua atividade, deixando-lhe um conhecimento invisível: o que ela dissesse ou quisesse não tinha importância de agora em diante, e Fernanda não a recobraria até que ela, sua sequestradora, decidisse sentar-se, olhar para ela e lhe falar. Só então seria devolvido a Fernanda o dom da palavra – aquele ouriço tão macio, de farpas tão pretas – e ela poderia ter uma ideia da intenção que se escondia por trás da rocha noturna que era o rosto de sua professora.

Fernanda apertou as coxas e tensionou os músculos da vagina. Em *Sor Juana: zumbis, vampiros e lésbicas*, Sor Gertrudis seduzia as freiras do convento para transformá-las em vampiresas dominatrix sussurrando-lhes no ouvido poemas em náuatle. Morria no Capítulo 8, quando uma das freiras enfiava uma estaca em seu peito, assim como fez Nina Dobrev em *The Vampire Diaries*. "Lacan tinha razão ao afirmar que a verdade sempre tem uma estrutura ficcional", disse seu psicanalista certa tarde, quando falavam sobre a memória. Com cuidado, olhou para Miss Clara, desgrenhada e encharcada de suor, cortando e abrindo um animal que continuava derramando sangue. *Alguém devia falar para essa idiota que ela precisa fazer terapia.*

VI

Arrastaram as carteiras. Miss Ángela, conhecida como Baldomera,[1] pediu-lhes que as levantassem, mas elas arrastaram as carteiras acima de sua voz áurea de Angelus Novus; voz de anjo-da-história-adormecido ditando o passado, embora inevitavelmente impulsionado pelo presente – como as carteiras – em direção a uma promessa do futuro de vinte e três saias, cinco sorrisos com bráquetes, três relógios Tory Burch, vinte e um iPhones, treze iPads e um rosário. A baderna de metal batendo no piso acordou Ivanna Romero, também conhecida como a Bolsista, que se pôs de pé de um salto para levar sua carteira para a frente. Fernanda empurrou a sua contra a de Annelise Van Isschot, também conhecida como Sardas. Já fazia muito tempo que não existiam carrinhos bate-bate na cidade. *Como é divertido se chocar contra tudo que importa*, pensou ela, lembrando-se da infância que a fazia arreganhar os dentes. Fiorella e Natalia Barcos postaram-se no fundo da sala, atrás de Ximena Sandoval e Analía Raad, suas best-friends-4ever-nunca-mude-bebê, e puxaram seus rabos de cavalo sorrindo com todos os dentes. Ximena e Analía se viraram:

---

[1] N.T.: *Baldomera* é um romance do equatoriano Alfredo Pareja Diezcanseco, publicado em 1938 e um clássico da literatura nacional. Baldomera é uma corpulenta e corajosa mulher afro-equatoriana de uma classe social mais baixa que se sustenta vendendo empanadas na Guayaquil dos anos 1920.

apontaram sua língua-clitóris para o queixo. As carteiras das outras vaguearam no chão enquanto Baldomera pedia de novo, dessa vez com mais vigor, que as levantassem, mas ninguém lhe deu atenção. Então ela bateu na mesa com seu punho de Muhammad Ali e o barulho do metal diminuiu e foi substituído pelo das carteiras caindo. Uma onda de risadinhas e trocas de olhares fez Baldomera se arrepender de ter trocado as fileiras, a disposição de auditório, por uma de anfiteatro: um lindo semicírculo pedagógico que deixasse as meninas em pé de igualdade com ela. Equidade. Democracia. Paridade. *Pirralhas infames*. Com que outra coisa iam se parecer aquelas ratazanas famintas de desejo? Lucía Otero abriu os primeiros botões da blusa. María Aguayo ajeitou a saia que, feita sob medida por uma costureira, acentuava sua bunda-Nicki-Minaj. Renata Medina a apertou com as mãos espalmadas como guarda-chuvas. Gargalhadas e mais gargalhadas. Elas não tinham colegas do sexo masculino, mas as mais populares eram convidadas para festas de universitários. Fernanda e Annelise eram chamadas. Às vezes elas iam; às vezes, levavam as irmãs Barcos, Ximena e Analía. Era o grupo mais perfeito da sala. Assim elas pensavam: *somos o grupo mais perfeito da sala*, e uniram suas carteiras no fundo da classe. Miss Baldomera olhou para elas com ceticismo, como se fossem sapos prestes a pular numa poça de lama e molhar as outras. Valeria Méndez tirou de seu estojo uma lixa de unhas Hello Kitty A Bolsista apontou o lápis em cima do rosto de Bolívar. Raquel Castro olhou para ela com desprezo e zombou de seu nariz junto com Blanca Mackenzie. *Nariz de gancho. Nariz de arara*. Mais do que um semicírculo, o padrão formado pelas carteiras parecia um pentágono irregular. Miss Angelus Novus abriu o livro na página 56: "Hoje vamos falar sobre a abolição da escravatura no Equador", disse. Fernanda acariciou o cotovelo de Annelise e ela lhe soprou um beijo com os olhos fechados. Analía e Ximena sorriram enquanto abriam seus cadernos. As irmãs Barcos bocejaram. A Bolsista tomava notas, apesar de Miss Anjo Adormecido da História estar repetindo tudo que já havia no livro. Ela escrevia, todas elas sabiam, para não ver Raquel Castro e Blanca Mackenzie tirando sarro de seu nariz. Fernanda pôs um chiclete na boca. Não era permitido mascar chicletes nas aulas. Também não era permitido pintar o cabelo de azul ou usar tatuagens. "Seus corpos são templos para honrar a Deus", dizia Mister Alan. Elas falavam de muitas coisas nas aulas de História, mas nunca de por que o passado era importante. "Por que o passado é importante?", ela perguntou depois de colar o chiclete no céu da boca. María Aguayo descruzou as pernas e todas viram sua calcinha manchada de sangue. As irmãs Barcos franziram os lábios. "Porque é essencial que todos aprendamos com nossos erros e acertos e, também, porque é assim que entendemos o que somos hoje", respondeu Miss Baldomera. Vermelho é uma cor que cheira mal. Fernanda não entendia como o passado, as ruínas, as pessoas derrotadas que nunca conheceu nem amou lhe diziam respeito. A professora falava sobre segregação racial enquanto Analía passava um papel a Ximena, e Ximena o passava para as irmãs Barcos, e as irmãs Barcos passavam-no para Annelise, e Annelise o passava para Fernanda. No colégio não havia indígenas nem negras, exceto por Miss Anjo Negro da História e pelas moças que limpavam os banheiros. Fernanda escreveu no caderno: "Por que o passado é importante?". Miss Clara, também conhecida como *Latin* Madame Bovary, entrou na sala de aula e interrompeu o histrionismo de

Miss Baldomera. As irmãs Barcos olharam para ela com as sobrancelhas quase se tocando. Em seu último trabalho, ela dera a ambas um cinco. "Péssima redação", escreveu a Bovary com uma caneta hidrográfica de tinta vermelha. "É como se ela desse nota com sua menstruação", disse Ximena. Miss *Latin* Madame Bovary sempre usava saias abaixo do joelho ou calças de pano. "É o Anti-Bunda Cósmica", disse Annelise quando Miss Clara se inclinou para sussurrar algo no ouvido de Miss Angelus Novus. "É assim que o tédio é passado: de orelha a orelha", disse a Fernanda, e as duas juntaram os ombros. "O que é o tédio?" As mãos de Miss *Latin* Madame Bovary tremiam; as sobrancelhas de Miss Angelote se franziram. "É o conhecimento do mundo e de tudo que existe." Fernanda pegou a mão de Annelise e cuspiu o chiclete no centro de sua palma branquíssima. "Eu quero ser sábia. Eu odiaria ser ignorante como a maioria das pessoas", disse Ximena. Annelise levou o chiclete úmido e azul, como o cérebro de um smurf, até a boca. "Se você fosse ignorante, teria de trabalhar em algo que não precisasse usar a cabeça e seria pobre", disse Analía. As irmãs Barcos tremeram. A pobreza era feia, e elas amavam a beleza. "A história da estética é a história da luta de classes", dissera a narração em *off* de um documentário que viram na disciplina de História da Arte. Fernanda pensou, enquanto observava as professoras falarem em voz muito baixa, que o conhecimento do mundo e de tudo o que existe não poderia estar dentro de uma sala de aula, mas lá fora, no dia a dia dos jardins, ou na experiência do intenso ardendo tão rápido quanto um fósforo ou seu coração, incendiando-se quando um universitário parecido com Johnny Depp a tocava sob a calcinha. O sublime: a vertigem do inexplorado, a pulsão de sensações que lançava seu desejo para o escuro. "Qual será a sensação de matar alguém?", perguntou Annelise de súbito. Muitas perguntas por viver: qual será a sensação de morrer? Vai doer muito na primeira vez? O que faremos quando nossos pais morrerem? Como será prejudicar a vida dos outros? E a própria vida? Será satisfatória ou sufocante? As montanhas vão se corromper antes do nosso espírito? Vamos ter medo de cavalos? *Sim, vamos ter medo de cavalos*, Fernanda pensou. "Irei, que importa, / cavalo seja a / noite", diziam os versos de Roy Sigüenza[2] – "poeta-maricas", como disse Mister Alan –, que tinham lido nas aulas da *Latin* Madame Bovary. "Aqui, o cavalo simboliza o desejo: o descomedimento, o dionisíaco", disse-lhes ela, estrangulando a semântica de sua imaginação. Miss Lidia, também conhecida como Medusa de Caravaggio, mostrou-lhes *O pesadelo* de Füssli numa das aulas, um quadro no qual uma mulher parecia adormecida ou desmaiada numa cama, com um diabo-gárgula em cima dela e a cabeça de um cavalo fantasmagórico emergindo de uma cortina vermelha. O desejo era como ser possuído por um pesadelo? Os lápis da Bolsista caíram no chão e Raquel Castro e Blanca Mackenzie riram, tocando o nariz uma da outra. *Nariz de gancho. Nariz de pinto murcho.* "As mãos de Miss Clara sempre tremem, vocês notaram?", disse Fiorella. "Desculpem, meninas, já volto", disse Miss Baldomera, levantando-se e saindo com a Bovary. Annelise pulou da cadeira e se aproximou da janela. Fernanda a seguiu e depois as Barcos, Analía, Ximena, a Bolsista, todas as passarinhas com suas saias esvoaçando e as panturrilhas tensas, ficando na ponta dos pés, olhando

---

[2] N.T.: Do poema "Piratería", incluído no livro *Tabla de mareas* (1998): "Iré, qué importa, / caballo sea la / noche."

por cima das outras cabeças. No pátio do recreio, a diretora estava falando severamente com uma aluna do sexto ano. Miss Baldomera, Miss Bovary e três outros professores estavam em silêncio. "O que será que ela fez?", perguntou Ximena. Será que roubou alguma coisa? Plagiou a lição de casa? Bateu em alguém? Insultou os professores? Colocou uma bomba fedorenta na sala de aula? As possibilidades eram infinitas, mas gritavam a mesma coisa: desacato. "Aposto que ela jogou o livro da matéria na lata de lixo, como a Diana Rodríguez", disse Analía. "Aposto que ela está grávida, como a Sofía Bueno", disse Natalia. Sofia Bueno abandonara o colégio e o país. "Seu futuro é ser mães para, no cuidado das suas famílias, encontrar Deus", dissera Bunda Cósmica na semana passada. "Ser mãe é se entregar à filha e ser filha é se entregar à mãe", disse Miss Bovary quando lhe contaram, mas depois parece que se arrependeu. *Ninguém devia ser obrigado a cuidar de ninguém*, Fernanda pensou então, imaginando uma mulher monstro com seu ventre se expandindo como o universo. A garota lá fora estava chorando: suas mãos estavam entrelaçadas, pendendo na altura do quadril. Todos os rostos nas janelas estavam interessados em saber o que ela tinha feito. Fernanda queria entender por que sentia, naquele momento, uma raiva profunda em relação aos professores e à diretora, aliás Penacho de Moctezuma, que, rodando em volta da garota, pareciam um grupo de morsas estúpidas cercando um filhote. *Ela poderia mordê-los*, pensou, *por que não os morde?* O que quer que tenha feito seria justificado se eles quisessem arrancar seus dentes. "Pensei melhor", disse Annelise. "O tédio é conhecer o mundo através de um quadro-negro." Natalia deu um empurrãozinho em seu ombro: "Ou através de um livro". *Ou através das palavras*, Fernanda pensou. "O mundo se conhece com o corpo." Mister Alan apareceu descendo as escadas do prédio oposto ao lado de uma garota ruborizada. "Aí vem outra", disseram as meninas do lado direito. "O que essas duas fizeram?", disseram as do lado esquerdo. "Talvez tenham se batido", disse Natalia. "Talvez tenham sido pegas se beijando", Fiorella disse, maliciosa. Annelise cuspiu o chiclete, dissimuladamente, no cabelo de Raquel Castro e lambeu a bochecha de Fernanda. "Já somos lésbicas o bastante para ser castigadas?" As Barcos riram. Do outro lado, a Bolsista estava olhando para a bolsa de Miss Baldomera com os olhos petrificados. Fernanda lambeu os dentes. "Cuidado, que ela morde", disse Annelise, excitada. "Parece a boca de um crocodilo", disse Analía, correndo para a bolsa. "A qualquer momento, BAM!, e arranca seu braço." Maquiagem, canetas, marcadores de quadro-branco, um caderno, uma carteira, um celular. Bocejo. "Vamos escrever alguma coisa no caderno dela!", disse Ximena. Fernanda o abriu, mas Annelise o tirou das mãos dela e correu para o outro lado da sala. "Você tem chiclete no cabelo!", gritou Valeria Méndez. Todas se viraram para a cabeça de Raquel Castro e ela começou a gritar. Annelise escreveu, encostada na mesa de Blanca Mackenzie, algo desconhecido na última página do caderno de Miss Baldomera. Fernanda a observou de longe e pensou que lindo era aquele seu cabelo de pantera. "Foi você, né?", Raquel Castro disse à Bolsista. "Você vai se lembrar de mim pro resto da sua vida nojenta." Fernanda pensou, também, no quanto ela gostaria de ser Annelise. "Algum dia você vai me pedir trabalho de joelhos." Não como Annelise, mas Annelise. "Porque é isto que você vai fazer: trabalhar pra pessoas como nós." Levantar-se todas as manhãs e ver as sardas das maçãs do rosto no espelho respingado de pasta de dente, falar com uma voz selvagem, ter um irmão mais novo para amar. "Ela está voltando!", gritou Ximena, correndo para sua carteira. Todas elas se lançaram em direção a suas carteiras e Annelise guardou o caderno de volta na bolsa de Angelus Novus. Cheirar brincadeiras novas na nuca, dançar de olhos fechados em cima de colchões desconhecidos, acreditar num Deus *drag queen* e desenhá-lo nas margens da Bíblia. "O que você escreveu pra ela?", perguntou Analía quando Miss Baldomera entrou na sala de aula como se nada tivesse acontecido. "O que você escreveu pra ela?", perguntou Fiorella. Ter as unhas dos pés o mais lindas possível. "É segredo", disse Annelise, e então piscou para Fernanda.

E a aula começou novamente.

VII

Clara começou a trabalhar no Colégio Bilíngue Delta, *High-School-for-Girls*, um mês antes do início das aulas. Deram-lhe um cubículo na sala dos professores, a chave da gaveta de sua escrivaninha, uma senha para fazer login num Mac, a senha de Wi-Fi, um cartão para retirar livros da biblioteca, cadernos e canetas com o nome da instituição – assim como uma caneca com o logotipo do colégio – e um controle de acesso ao estacionamento. No primeiro dia, ela visitou as instalações acompanhada da inspetora, uma mulher de sessenta anos que tinha os cabelos amarelo-esverdeados e a expressão tensa, como se tivesse acabado de provar algo amargo. "Meu nome é Patricia, mas todo mundo me chama de Patty", disse ela com desânimo, e Clara percebeu que a inspetora era uma daquelas pessoas acostumadas a falar por obrigação. Ela simpatizou com seu ar policial e com a ordem, impecável e minimalista, que notou na área de inspetoria quando foram pegar seus horários de aula e as listas de chamada com os nomes de suas futuras alunas. Porém, achou incoerente a organização extrema do lugar em relação às roupas que Patricia vestia naquela tarde, excessivamente folgadas e com aparência de pijama, e o descuido que a inspetora tinha em relação aos pés – sua mãe teria dito, se estivesse viva e pudesse ver aquilo, que mostrar os pés com unhas compridas e sujas era coisa de animais, de pessoas que não tinham vergonha de sua própria feiura (talvez, Clara pensou, envelhecer fosse perder o pudor em relação às coisas desagradáveis em nós mesmos). Semanas mais tarde, quando as estudantes começaram a chegar, Patricia Flores – nunca conseguiu chamá-la de Patty – trocou o pijama pelo uniforme de inspetora, mas não deixou de calçar as sandálias ortopédicas que faziam seus dedos longos roçarem o chão, e isso – embora ela tivesse dificuldade em admitir para si mesma (não queria ser uma pessoa superficial) – deixou Clara profundamente irritada, a ponto de fazê-la se sentir desconfortável toda vez que ficava perto da inspetora, pois tinha de se esforçar muito para não olhar para seus pés e, apesar das tentativas, sempre acabava olhando para eles e sentindo uma mescla de nojo e raiva em relação àquela mulher de cara azeda que não sabia como limpar bem as unhas nem os calcanhares.

Sua aversão em relação a Patricia-a-inspetora foi um dos primeiros dissabores que ela teve no colégio – achava inverossímil que a mesma pessoa que arrumava os gizes da lousa por cores escolhesse uma tinta de cabelo estilo Beetlejuice –, mas isso aconteceu depois. No primeiro dia, Clara ignorou o pijama e as sandálias de Patricia e, ao contrário, se concentrou no que estava pendurado em seu pescoço: uma corrente fina que sustentava um apito vermelho balançando entre os seios caídos e espalhados. Foi esse apito, e o tamanho desproporcional de seus seios, o que a levou a pensar que Patricia – apesar de seu desleixado asseio pessoal – devia ser uma boa inspetora; que devia vigiar com responsabilidade as estudantes e que a apoiaria controlando-as com severidade, se fosse necessário, cada vez que ela pedisse. Por isso agradeceu, quase com alívio, que fosse Patricia-a-inspetora que passeasse com ela pelo colégio e lhe mostrasse as salas de aula, a biblioteca, o refeitório, a lanchonete, a piscina olímpica, o teatro, a midiateca, a capela, a quadra de ginástica artística, o ginásio, o auditório, as quadras de futebol, basquete e vôlei, a enfermaria, o laboratório, as salas de informática, a cozinha, a horta e a pista de patinação, já que era uma mulher velha que falava apenas quando tinha de fazê-lo e não se preocupava em iniciar conversas superficiais – sua mãe também tinha sido uma mulher de poucas (embora sentenciosas) palavras, e Clara (a qual sabia que seu cada vez mais acentuado transtorno de ansiedade tendia a recrudescer diante de situações sociais impostas) preferia seguir seu exemplo.

Naquele dia, enquanto andavam em silêncio, Clara se sentiu contente, ou talvez demasiado excitada diante da perspectiva de retomar sua vida anterior ao que acontecera com as M&M's. Seu ânimo febril – "Fique quieta, Bezerra!", dizia-lhe a mãe quando ela tinha seis anos e se agitava tanto que a abraçava com uma insistência agoniante – lhe provocou ligeiros tremores e cobriu seu corpo com uma fina camada de suor que ela atribuiu ao seu bom estado de ânimo, e não aos seus nervos, quando foi tirar as medidas para o uniforme – os professores do Colégio Bilíngue Delta, *High-School-for-Girls*, eram obrigados pelo regulamento a usar a camisa, a calça e a jaqueta da instituição nos dias em que se celebrava alguma atividade na qual encontravam o público externo. Colaborou de boa vontade com a costureira, que teve a delicadeza de tocá-la o mínimo possível, e se surpreendeu a si mesma aceitando o fato de que dois ou três dias do mês não poderia se vestir como a mãe. Durante o resto do tempo, ao contrário, usaria suas saias longas modelo-materno-de-oitenta-e-nove e suas blusas com botões de pérolas.

Dois ou três dias no mês não são nada, disse a si mesma para se consolar, e embora o uniforme a despersonalizasse e a afastasse perigosamente de sua mãe morta, pensou que seria capaz de suportar aquilo.

Em algum momento ao longo do caminho, ela tentou imaginar o colégio – naquela época quase vazio – cheio de meninas com saias e laços e acne e dentes novos, e se sentiu mal, à beira de uma taquicardia – a antecipação de um possível ataque de pânico fez com que ela estancasse de repente, como em todas aquelas ocasiões em que o medo de ter medo desencadeava suas piores crises ("Você tem baratas na cabeça, menina doente", dizia sua mãe sentada na poltrona com estampa de tigre cada vez que Clara lhe pedia ajuda para respirar). Patricia, como se não ouvisse nada do que saía de sua boca, perguntou se Clara queria sentar-se, mas ela recusou e conseguiu recuperar a calma molhando a testa com o jato de água de um bebedouro próximo.

A inspetora não lhe fez mais perguntas.

Desde o ocorrido com as M&M's, embora seu transtorno de ansiedade tivesse se intensificado – até os comprimidos eram insuficientes para acalmar todos os sintomas que a afligiam –, Clara temia pouco a dor da pele delicada entre os dedos da mão esquerda, ou seu calcanhar batendo no chão como um martelo por horas, ou suas unhas roídas, ou sua excessiva transpiração, ou a ordem das frutas e dos vegetais na cozinha, ou a limpeza interminável do banheiro, ou a irritação de suas coxas quando ela se coçava à noite até sangrar, e temia muito a recorrência de seus ataques de pânico; aqueles que tinham reaparecido com força nos últimos meses e que tensionavam seus músculos e faziam seu coração disparar sem que ela pudesse relaxar. Antes de sua primeira entrevista com a diretora do Colégio Bilíngue Delta, *High-School-for-Girls*, Clara se convenceu de que seus ataques de pânico estavam diminuindo – ela não tinha nenhum havia várias semanas –, e que o trauma causado pelo ocorrido com Malena Goya e Michelle Gomezcoello desapareceria gradualmente à medida que sua vida fosse entrando nos eixos. Voltar para a sala de aula era sua única saída: a melhor maneira de recuperar o pouco que lhe restava de dignidade.

Clara nunca suportou a indisciplina e o caos das escolas públicas, por isso ficou muito satisfeita ao ver que o Delta funcionava como um relógio. O calendário anual tinha sido feito meses antes do início do ano letivo e, quando ela chegou, os professores já estavam realizando reuniões por área de conhecimento e níveis, bem como dando forma às grades curriculares e às atividades trimestrais. A distribuição das tarefas era equitativa e justa: todos os professores tinham os mesmos turnos de vigilância durante os intervalos e na hora da saída, e também dispunham de tempo suficiente para a preparação de conteúdo, elaboração de relatórios e de projetos, pois ninguém podia ministrar mais de dez horas de aulas na semana. Havia manuais e folhetos informativos para tudo, desde como criar um ambiente propício de colaboração entre "companheiros defensores do ensino" até de que forma fazer com que as matérias correspondessem à missão institucional e às doutrinas do Opus Dei – a missão, visão e os objetivos educacionais estavam afixados nos quadros de avisos de cada salão, sala de aula e na sala dos professores.

A religião tinha um peso fundamental no Colégio Bilíngue Delta, *High-School-for-Girls*, que contava com uma agenda especial para eventos espirituais, aos quais as alunas e os professores eram obrigados a comparecer. Quem organizava essas atividades – e os horários de uso da capela – era Alan Cabrera, o professor de Teologia, um homem de aspecto enfermiço que vestia calças quase na altura da cintura e tinha a bunda igual à de uma mulher de quadris largos. Clara falou com ele em seu segundo dia de trabalho e lhe pareceu, entre outras coisas, uma pessoa que se esforçava excessivamente para agradar aos outros – sorria quando não havia necessidade e arregalava de forma lunática os olhos para parecer engraçado. Clara se deu conta de que cada vez que Alan Cabrera fazia uma piada os professores riam por educação, e isso era o suficiente para ele. Como Patricia, Alan não tinha parentes vivos, então sua família, dizia, eram suas alunas e seus colegas de trabalho – ideia que (na opinião da mãe morta que habitava sua mente) era típica de uma pessoa lamentável. A única professora que não ria de suas piadas – muitas vezes racistas, embora ele parecesse não se dar conta disso – era a de História, Ángela Caicedo, uma mulher na casa dos quarenta, alta, que tinha uma voz grave, quase masculina, e falava ainda menos do que Clara – mal se escutava seu cumprimento pela manhã e sua despedida à tarde (de vez em quando também perguntava pelo papel A4 para a impressora). Sem saber, Ángela fez com que Clara se sentisse menos obrigada a ser íntima de seus colegas – logo ela descartou o plano que tinha feito e que consistia em fazer um comentário casual três vezes por dia (número ideal para ser considerada razoavelmente sociável) –, porque, se os outros aceitavam o silêncio da professora de História, isso significava que não achariam descortês seu próprio silêncio.

Em geral, a ideia que ela teve nos primeiros dias de trabalho era que na sala dos professores havia uma atmosfera de cordialidade que todos se esforçavam para manter intacta. Conversavam, sorriam, comentavam sobre algumas coisas e até faziam piadas, mas as conversas não duravam mais de dois minutos e, no final, cada um voltava a mergulhar em seus próprios trabalhos, sem nenhum tipo de interesse real pela vida do outro. Então, por alguns dias, Clara pensou que seria possível que o assunto das M&M's não fosse trazido à tona; que não lhe perguntassem sobre como ela estava depois de ser mantida cativa em sua própria casa e agredida por duas alunas quando, na verdade, o que eles queriam era saber os detalhes sórdidos do caso: quanto e de que forma a torturaram, se ela teve ou não medo de morrer, se sentiu ou não muita dor...

No entanto, Amparo Gutiérrez, a professora de Educação Física, lhe falou sobre isso na segunda semana, depois de uma reunião sobre disciplina e protocolo.

– Deve ter sido muito desagradável, coitadinha – disse ela, e, quando percebeu que Clara não acrescentava nada, continuou. – Mas aqui você não tem com que se preocupar. Nossas meninas são um pouco difíceis, de acordo com cada grupo, mas são de boas famílias. Não são potrinhas selvagens ou marginais, não. É importante manter a ordem e a disciplina com meninas tão jovens, e é o que fazemos aqui: ensinamos que elas se comportem, ou pelo menos tentamos. – Ficou pensativa por uns minutos e depois piscou muito rápido. – Mas você está bem?

Felizmente, Ángela Caicedo veio em seu socorro. Interrompeu-as de tal modo que sua entrada não pareceu abrupta ou grosseira – havia pessoas, dizia sua mãe, que tinham a habilidade de fazer qualquer coisa sem que as pessoas se ofendessem –, e fez a Clara uma pergunta sobre romances históricos e suas adaptações cinematográficas. Depois de pouco tempo, Amparo Gutiérrez desistiu e saiu conversando com Carmen Mendoza, a professora de Ciências Naturais.

– Quer um café? Eu preciso de um bem forte – disse ela, levantando-se e, pela primeira vez, Clara percebeu que Ángela era alta porque usava saltos que estavam perto de parecer palafitas. Naquele dia, estava vestida de azul-claro, com uma saia na altura dos joelhos e uma blusa de algodão com o zíper nas costas. Havia algo no tom de sua voz, uma genuína indiferença, que a deixou saber que Ángela não lhe faria perguntas pessoais.

Essa foi a primeira e única vez que bebeu algo com uma de suas colegas.

A maioria dos professores do Delta já trabalhava havia mais de cinco anos na instituição. Ángela estava ali fazia sete anos; Alan, vinte; Carmen, onze; Amparo, nove; Patricia, vinte e cinco. Clara soubera que a pessoa que anteriormente ocupava seu cargo tinha acabado de se aposentar e graças a isso ela conseguira integrar o quadro. Todos falavam maravilhas de Marta Álvarez – a ex-professora de Língua e Literatura –, mas para Clara eles não pareciam sinceros, pois usavam lugares-comuns para descrever seu trabalho na instituição, frases feitas que poderiam servir para falar de qualquer outro profissional que tivesse dedicado a vida a algum outro trabalho. Além disso, as impressões que teve sobre seus novos colegas foram semelhantes às que tinha de seus ex-colegas: os rostos e o ambiente de trabalho haviam mudado, mas não a personalidade daqueles que se inclinavam ao ensino. Amparo Gutiérrez, por exemplo, era uma mulher musculosa, com pés de galinha acentuados na área dos olhos, que achava que as horas semanais obrigatórias de Educação Física deviam ser aumentadas e que aproveitava, sempre que podia, para fazer seu discurso de "*Mens sana in corpore sano*" na sala dos professores. Era o tipo de pessoa que – na opinião da mãe morta que habitava sua mente – gostava de se ouvir e por isso falava sem se importar em saber se os outros estavam interessados. Ao contrário de Alan Cabrera, que se desdobrava para agradar a todos – várias vezes por semana levava chocolates ou doces para a mesa da sala dos professores, fazia suas piadas racistas, falava um pouco da Obra e se oferecia para ajudar em qualquer assunto (mesmo se estivesse fora de suas competências) –, Amparo dizia o que lhe vinha à cabeça sem se preocupar em como seria recebida. Os professores a ouviam sem contradizê-la, não porque concordassem com ela, mas porque queriam fugir de sua intensidade. Apenas Carmen Mendoza – a professora de Ciências Naturais que sempre se benzia quando ligava o computador – se atrevia a se envolver em discussões com ela.

Clara entendeu, algum tempo depois, que fazia isso porque as duas eram amigas.

Na terceira semana, já sem qualquer indício de novos ataques de pânico, Clara concluiu que havia tomado a melhor decisão ao comparecer à entrevista para a vaga de Língua e Literatura. O Colégio Bilíngue Delta, *High-School-for-Girls*, parecia ter tudo sob controle, e ela também. Sua ansiedade não desapareceu, mas voltou a ser suportável durante aquelas semanas. E, embora seus pesadelos e visões sobre as M&M's entrando em sua casa à força não tivessem parado, pelo menos enquanto trabalhava ela conseguia se esquecer das garotas e do medo que flutuava como um balão sob suas costelas. Então percebeu que a única pessoa cuja companhia tolerava, entre seus colegas, era Ángela Caicedo. Clara sentia que podia contar com ela para escapar de situações em que sua ansiedade a delatava como uma pessoa nervosa e obsessiva. Entre ambas se instalara um pacto tácito no qual uma só se dirigia à outra quando precisava de alguma informação ou ajuda especial – talvez porque soubessem que nenhuma das duas tentaria iniciar uma conversa ou pedir algo em troca. Ela percebera, surpresa, como os outros professores não consideravam estranha nem agressiva a atitude distante da colega, mas a aceitavam porque ela era gentil em seu afastamento, em sua maneira de não se conectar com os demais – Patricia-a-inspetora também era contida e distante, mas taciturna e sem um pingo da elegância de Ángela. Por isso, Clara começou a imitar seu modo de integração: cumprimentava todos gentilmente ao chegar à sala dos professores, respondia às perguntas que lhe faziam, ajudava os outros quando solicitada e sempre se despedia com um sorriso. Foi aquele comportamento que lhe permitiu abandonar sua própria técnica. Ela já não precisava mais fazer comentários ou iniciar conversas superficiais três vezes ao dia para ser cordial, pois ninguém pedia ou sentia falta daquilo. Ela logo percebeu que – ao contrário do colégio onde tinha trabalhado – os professores do Delta não estavam tentando conhecê-la, mas apenas trabalhar com ela.

Apesar do ambiente quase perfeito, às vezes se ouviam alusões a conflitos passados, situações que tinham sido, na opinião da maioria, geradas pelas alunas. Uma vez, ela ficou sabendo, uma aluna que ficou grávida e estava prestes a abandonar o colégio – os pais queriam obrigá-la a ter o filho e levá-la para morar em outro país – se jogou do primeiro andar do prédio do Ensino Médio. Tanto a menina quanto o bebê sobreviveram, mas uma professora que não trabalhava mais lá denunciou na diretoria que Alan Cabrera tinha discutido com a aluna e suas colegas sobre o pecado do aborto. A garota grávida saiu tão arrasada de uma das aulas de Teologia que logo depois se jogou do primeiro andar. A professora que relatou o incidente também reclamou, nas redes sociais, das políticas institucionais do Delta e os acusou de perpetuar a violência contra mulheres. Essa professora, é claro, foi demitida, mas algumas professoras se ressentiram da beligerância do discurso de Alan Cabrera em suas aulas, embora nunca ousassem comentar sobre isso além dos corredores do colégio. Em casos assim, Clara pensava, não havia nada a ser feito: os pais das alunas apoiavam o tipo de educação oferecida pela instituição e por isso, ano após ano, pagavam grandes quantias de dinheiro para a celebração de cerimônias e atividades do Opus Dei. "Aqui é um lugar ideal pra trabalhar", Ángela lhe disse no dia em que tomaram café juntas. "Contanto que você saiba como se fazer de surda, cega e muda de vez em quando."

Em outra ocasião, Clara descobriu, Carmen Mendoza discutiu com Lidia Fuentes, a professora de História da Arte, porque uma aluna comentou que ela negou a credibilidade da teoria da evolução darwiniana na sala de aula. Por se tratar de um tema religioso, Alan Cabrera interveio e conseguiu acalmar os ânimos, embora Clara tivesse notado que Carmen Mendoza evitava tanto Lidia Fuentes quanto Alan Cabrera na sala dos professores.

"As brigas entre professores aqui duram muito pouco", disse-lhe Ángela certa vez enquanto estavam na fila para o almoço. "E as meninas estão sempre envolvidas. É por isso que duram pouco. São bobeiras."

Mas, conforme o início das aulas se aproximava, Clara voltou a tremer inesperadamente e também a se agitar, a beliscar a pele delicada entre os dedos da mão esquerda, coçar as coxas à noite e, principalmente, a vê-las: Malena Goya e Michelle Gomezcoello, duas sombras andando por sua casa de madrugada, arranhando as paredes, mordendo todas as pernas das mesas. A insônia – a única coisa que ela gostaria de não ter herdado da mãe – forçava-a a trancar a porta do quarto e a ignorar os passos e as risadas que ouvia, embora soubesse que vinham de sua cabeça. Clara tinha pavor das noites da mãe. Quando estava viva, Elena Valverde andava pela casa no escuro, fechando portas e janelas para que ninguém pudesse entrar. Clara certa vez teve uma amiga, mas sua mãe nunca permitiu que ela a convidasse para uma festa do pijama. "Parece seguro para você deixar que uma estranha venha aqui pra dormir conosco?", perguntava-lhe ofendida, e como Clara queria se parecer com ela em tudo, começou a detestar a ideia de receber visitas em casa. Quando alguém tocava a campainha, Elena sempre abria a porta, mas nunca deixava ninguém entrar. "Não gosto que as pessoas vejam minhas coisas, Bezerra." "Pense bem antes de trazer alguma das suas amigas, porque eu acabo com você." Nas noites de insônia, sua mãe arrastava os pés pelos quartos e ela tentava não adormecer, mas acabava dormindo, e era terrível, pois nos fins de semana acordava e a mãe tinha acabado de dormir, e às vezes a campainha tocava e não havia ninguém para abrir a porta.

"Você está péssima", Amparo disse a ela numa reunião convocada pela diretora dois dias antes do início das aulas, na qual os professores foram lembrados da necessidade de que concordassem com a lista de livros recomendada pela instituição e que, se eles quisessem trabalhar com um livro novo, tinham de avisar seu respectivo coordenador de área para submetê-lo ao crivo da direção. Ela também falou sobre como era importante encorajar as alunas "talentosas" a se matricularem em cursos nos quais pudessem desenvolver suas habilidades em nível competitivo – o Colégio Bilíngue Delta, *High-School-for-Girls*, tinha interesse em ganhar mais campeonatos e possíveis concursos porque (nas palavras da diretora) as alunas precisavam se sobressair. Além disso, ela pediu aos professores que tentassem trabalhar a disciplina em sala de aula sem pôr as alunas para fora. "Esse tem de ser um dos últimos recursos, o ideal é que se consiga modificar o comportamento das nossas meninas de outras maneiras menos excludentes", disse. "Quando as expulsamos da sala, estamos dizendo que não podemos lidar com elas, e isso é um sinal de fraqueza."

Alguns pais tinham reclamado no ano passado das reiteradas suspensões de suas filhas, Ángela disse a Clara baixinho, e a diretora, uma mulher complacente com seus clientes, não estava disposta a contrariá-los.

— Desculpe — disse Rodrigo Zúñiga, o professor de Matemática —, mas acho que nenhum de nós põe pra fora da classe as alunas de forma irresponsável. Essas meninas... bem, alguns grupos estão fora de controle. Elas nos tratam como seus empregados, não nos respeitam. A humilhação, em certos casos, atingiu níveis intoleráveis, inclusive o certo seria impor uma sanção especial ou a expulsão definitiva do colégio. Todos nós sabemos o que aconteceu com a professora Marta. Situações como essa não podem ser permitidas!

Clara soube então que Marta Álvarez, sua antecessora, tinha sofrido um pré-infarto por causa de uma brincadeira perpetrada por um grupo que Ángela definiu como "especialmente complicado". As meninas combinaram de fazer sua própria versão do assassinato da família Clutter que aparece no livro *A sangue frio* de Truman Capote – leitura obrigatória daquele trimestre – no dia em que iriam realizar uma atividade sobre o livro. Quando, naquela tarde, Marta Álvarez, de sessenta anos, entrou na sala de aula, encontrou todas as alunas com os corpos lânguidos nas carteiras e travesseiros ensanguentados sob a cabeça. Duas alunas permaneceram de pé no meio da sala, uma delas com um revólver, e foi nesse momento que aconteceu.

– A coitada nem conseguiu gritar e desabou na soleira da porta – Ángela lhe contou. – Não aconteceu nada, mas todos sabemos que ela se aposentou por causa disso.

Uma das duas alunas que fingiram ter assassinado suas colegas tinha pegado, sem permissão, um revólver da coleção do pai para tornar a brincadeira mais realista. Inclusive, Ángela explicou, compraram sangue artificial numa loja de fantasias.

– Mas… elas foram punidas, não? – Clara perguntou, beliscando a delicada pele entre os dedos da mão esquerda.

– Claro, as meninas foram suspensas por uma semana.

– Uma semana?

Ángela, que tinha notado a incredulidade de Clara diante da brandura da punição, sacudiu a mão no ar, como se não fosse nada importante.

– Você tem que entender que isso é um colégio, sim, mas também é uma empresa. Há meninas que vêm de famílias importantes.

O revólver não estava carregado, disse ela.

Foi uma brincadeira de mau gosto feita por duas meninas que não sabiam medir as consequências de seus atos, disse ela.

Ao sair da reunião, Clara se atreveu a fazer uma última pergunta.

– Essas duas alunas estarão em alguma das séries que foram atribuídas a mim?

E Ángela assentiu.

VIII

A: Miss Clara, por que você acha que as meninas sempre vão ao banheiro em dupla?

C: Não sei.

A: Pense um pouco. Por que as meninas fazem coisas privadas acompanhadas não por três, quatro ou cinco, mas só por uma, sua igual?

C: Essa é uma pergunta diferente.

A: Não, Miss Clara. É a mesma.

C: Isso não tem nada a ver com o tema da aula, Annelise.

A: Mas me responda, por favor. Por que as meninas sempre vão pra cama em dupla, nas festas do pijama?

C: Quero que você abra seu livro na página 148.

A: Por que as meninas tomam banho com suas melhores amigas?

C: Annelise!

A: Por que sentem ciúmes delas?

C: Srta. Van Isschot!

A: Por que as amam tanto que prefeririam vê-las mortas?

IX

Dr. Aguilar:

Fernanda: Eu não matei meu irmão morto Martín. Eu não matei meu irmão morto Martín. Eu não matei meu irmão morto Martín. Eu não matei meu irmão morto Martín. Então, está vendo? Escrevi isso centenas de vezes. Eu acredito nisso de verdade. Sei perfeitamente que foi um acidente, embora eu não me lembre porque era muuuito pequena, *you know*? Além disso, dá no mesmo se eu fiz ou não, porque se eu fiz e não me lembro, é como se não tivesse feito. E eu era tããão pequena, então se eu o deixei se afogar não foi por maldade, mas porque eu era boba e ignorante. Porque... com que idade as crianças aprendem que matar é algo ruim? Você sabe disso ou...?

Dr. Aguilar:

Fernanda: Não, não estou com raiva, é só que... Afff. Estou cheia de falar sobre o Martín. Eu tenho muitos outros problemas mais interessantes, *you know*?, porque estou na idade em que as coisas acontecem comigo. Poderíamos conversar de taaantas coisas! Tenho preocupações, traumas e outras coisas que o surpreenderiam. Embora... por que chamam a adolescência de idade do burro? Por que não é da arara ou da anta?

Dr. Aguilar:

Fernanda: *Wrooong*. O que eu disse naquele dia foi que me sentia culpada pelo fato de minha mãe não me amar, não pela morte do Martín.

Dr. Aguilar:

Fernanda: *Of course*. A culpa é uma chatice, por isso a evito, mas... eu sei que minha mãe não me ama. Na verdade, eu sei que ela tem medo de mim.

Dr. Aguilar:

Fernanda: É difícil de contar, *I guess*. Penso muito na minha mãe. Nunca vejo minha mãe porque ela é tááão ocupada, mas penso muito nela. Por exemplo, há pouco tempo percebi que ela não me ama. Nunca me amou. E não pense que estou dizendo isso com ressentimento, porque não estou. A verdade é que eu não me importo porque já sou adulta, ou quase adulta, *you know*? *Anyway*, acho que é por causa do Martín. Porque ela sabe que eu posso ter visto meu irmão se afogando e não fiz nada para salvá-lo, ou que eu posso ter empurrado o Martín, sei lá. É uma possibilidade, e não diga que não porque sou inteligente e pensei em todas as possibilidades, e essa é uma delas. Pode ter acontecido qualquer coisa. É por isso que toda vez que a igreja fala sobre Caim e Abel ela chora. Eu percebo, *you know*? Nós nunca tivemos um relacionamento normal. *I mean*, como outras mães e filhas. Com meu pai eu também não tive, mas se supõe que com minha mãe teria que ser... sei lá, diferente, porque não há nada maior do que o amor de uma mãe e blá-blá-blá, né? Sempre que eu venho aqui, penso: o que eu vou dizer ao Doc hoje? Mas dessa vez pensei muito pouco. *Anyway*, acho que ela tentou me amar, e esse é o problema. Não se pensa que isso deveria ser algo forçado, *you know*?, amar sua própria filha. E é estranho porque ela sempre fala com as amigas sobre como é importante ser uma boa mãe e como nós, as mulheres, *I mean*, viemos ao mundo pra isso e como é precioso cuidar de alguém e blá-blá-blá. Mas ela faz isso porque é presidente da Associação Nacional de Defesa da Família e, como você sabe, organiza muuuuitas manifestações contra o aborto e o casamento gay e coisas assim. *Anyway*, desde que eu era muuuito pequena, via cartazes e folhetos sobre isso na minha casa. Às vezes, minha mãe convida os amigos da associação pra jantar e eu não gosto porque eles vêm com camisetas de feto e jantam e sorriem e fazem piadas enquanto eu tenho que ver os fetos ensanguentados das suas camisetas e, *of course*, me dá nojo. Você acha que aqueles que são a favor do aborto são pró-morte?

Dr. Aguilar:

Fernanda: Ok. Uma vez, perguntei à minha mãe a mesma coisa e ela riu de mim, mas eu sei que ela pensa que sim, que eles são pró-morte. É por isso que ela se autodenomina pró-vida, *you know*? Eu sei muito mais sobre minha mãe do que suas amigas da associação. Coisas que elas nem podem imaginar.

Dr. Aguilar:

Fernanda: Não sei, coisas como, por exemplo, digamos, que ela é um pouco hipócrita. *Just a little bit. I mean*, acho estranho que ela defenda os bebês assim, quando está claro que ela não quer ser mãe, ou pelo menos não quer ser minha mãe. Durante muuuuito tempo eu me fiz de boba porque enfrentar uma coisa dessas é difícil, *you know*? Mas acho que eu sempre soube: que pra ela eu sou, não sei, um dever. Uma obrigação. *Something like that.* Todos nós percebemos quando somos rejeitados ou quando não querem estar conosco, e eu sinto isso com minha mãe o tempo tooooodo.

Dr. Aguilar:

Fernanda: Porque ela nunca quer ficar sozinha comigo e, quando não consegue evitar, ela me olha de uma forma tãããão feia, como se estivesse olhando para um rato ou algo assustador. Ela tenta disfarçar, *of course*, e qualquer um que nos observasse diria que eu invento essas coisas, que ela não me olha assim ou que estou exagerando, mas ninguém a conhece como eu. Na frente das amigas ela é tããão carinhosa comigo, mas em casa nunca é assim. Não é que me trate mal, é que simplesmente eu já passei mais tempo com a Charo do que com ela ao longo da minha vida. E isso não é normal, né?

Dr. Aguilar:

Fernanda: Antes, quando saíamos nós três, *I mean*, meu pai, minha mãe e eu, ela seeeempre estava em outro lugar. *Like, I mean*, não sei. Eu via que ela ficava entediada conosco. Que não queria estar lá. *Of course*, algumas vezes ela foi boa pra mim, especialmente quando eu era pequena, mas sempre voltava àquela atitude… estranha. Como se ela não quisesse que eu me aproximasse demais dela. Por exemplo, se eu insistir pra fazermos algo juntas, ela foge. Literalmente: minha mãe foge de mim. Ela se tranca no quarto ou sai de casa toda vez que tento me aproximar ou conversar com ela. Às vezes, fico pensando como é horrível que sua própria mãe te rejeite. *I mean*, se desde o início ela não te ama, quem poderia te amar no futuro?

Dr. Aguilar:

Fernanda: *I know, I know*. Eu sei que tem gente que me ama, não sou tão *drama queen*. A Anne me ama, por exemplo. E muito. Minhas amigas também me amam. Meu pai também, embora ele mal tenha tempo pra ficar comigo porque trabalha demais. Mas minha mãe… Às vezes eu acho que ela não gosta que eu fique com meu pai. *I mean*, meu pai às vezes tem uma folga e quer me levar pra pescar com ele ou algo do tipo, e minha mãe lhe diz que é melhor não. E sempre encontra uma desculpa, que eu tenho que fazer o dever de casa, ou estudar, ou ir à igreja, ou sei lá. Pra ela, sempre há um motivo pra que nós três não fiquemos juntos.

Dr. Aguilar:

Fernanda: Não estou dizendo que ela me odeia, mas ela tem medo de mim.

Dr. Aguilar:

Fernanda: Porque ela acha que eu sou ruim. Que matei o Martín. Ou que eu posso ter matado o Martín, *you know*? Que isso pode ter acontecido. E eu me sinto culpada porque talvez eu não seja boa e não percebo isso. *Maybe* eu seja ruim. Não sei. Ou pelo menos *not good enough*. Olhe pra mim, você acha que sou ruim?

Dr. Aguilar:

Fernanda: Pois as aparências enganam, doutor.

Dr. Aguilar:

Fernanda: Além de me ver como uma possível assassina, ela também me vê como uma pervertida… Você sabe, porque eu me tocava quando era pequena… *I mean*, o lance da masturbação. Ela e eu nunca conversamos sobre isso. Não é algo sobre o qual ela falaria com alguém. Ela acha horrível. Eu sei que ela veio te dizer isso, mas não falou comigo. É um assunto que não se menciona em casa. E ela vê isso como um pecado, como algo muuuito ruim. *Maybe* ela pense que eu sou ruim desde que nasci. Como a mãe da Anne, que sempre a critica. Pelo menos a minha não me critica. Não diz nada sobre mim, *true*, mas não me critica. É por isso que a Anne diz que preferia que a mãe tivesse medo dela, em vez de ela ter medo da mãe. Aquela mulher sim que dá medo.

Dr. Aguilar:

Fernanda: Minha mãe e a mãe dela foram por um tempo colegas do clube de badminton. Elas não eram amigas muito próximas ou algo assim. Apenas jogavam juntas. E alguns anos atrás as duas foram juntas ao colégio pra reclamar de uma menina que engravidou. Foram pedir que a expulsassem porque passava uma imagem ruim da escola, *you know*? Algo do tipo.

Dr. Aguilar:

Fernanda: Não, *I mean*, eu amo minha mãe. Eu a amo muuuuito. E acho que ela me ama às vezes, embora isso seja quase nunca. Mas se minha mãe fosse a da Annelise, por exemplo, eu não a amaria. *I mean*, aquela mulher fica o dia inteiro enfiada em casa, mas ignora a Anne. E quando presta atenção nela, é sempre pra criticá-la por coisas que não fazem sentido. Ela lhe diz que é estúpida, mas a Anne não é estúpida: ela é muuuito esperta. E às vezes bate nela. Minha mãe não me bate. Se eu comparar as duas, minha mãe é melhor, *I guess*.

Dr. Aguilar:

Fernanda: Não, e nunca direi a ela porque não posso falar das coisas que penso com minha mãe. Não consigo. *I mean*, é um pouco triste, mas ela não sabe nada sobre mim. E às vezes me dou conta de outra coisa: que eu também não sei nada sobre ela. E isso me dá, sei lá, medo. Não dela, *of course*, mas de como as pessoas mais próximas de você podem ser completos estranhos. *Like*, eu nem sei do que ela gosta ou se ela tem uma cor favorita. Ou se deseja algo no mundo além de que as pessoas não abortem ou que os gays não se casem. O que você acha que minha mãe faria comigo se eu fosse lésbica?

Dr. Aguilar:

Fernanda: *Maybe*, mas uma vez a Anne me disse algo que eu acho que é verdade, e por isso me dá muito medo: que algum dia seremos como nossas mães. E eu não quero ser assim. Quero ser do jeito que eu sou agora pra sempre.

Dr. Aguilar:

Fernanda: Se eu fosse lésbica, o que você acha que ia acontecer?

X

– Tem um crocodilo! Um crocodilo na beira do mangue! – Fiorella gritou várias vezes, encharcada de suor e correndo para dentro do prédio, onde sua voz se expandiu como um alarme feito de ossos.

As primeiras a aparecer foram Analía, Ximena e Natalia, mas Fernanda e Annelise as empurraram para abrir passagem entre seus corpos cheirando a cebola e legumes cozidos. "Não estou vendo nada." "Ai!" "Saia do caminho!" Os sapatos de borracha de Fiorella ricochetearam nas escadas como os tapas de Ximena e Analía quando o desafio era bater uma na outra com as mãos espalmadas sem gritar. "Ali!", exclamaram em uníssono, mas só tiveram um vislumbre de uma cauda de sáurio afundando como se fosse o membro mais antigo da Terra. "Era enorme e arrastava a barriga", descreveu a Fiore, resfolegando toda a umidade da tarde. "Tinha os dentes de serra e escamas muito claras." "Era como um cavalo esmagado." "Era como todo o musgo em chamas." Enquanto falava, Annelise mordia os lábios rosados como quando o desafio era fazer um corte na barriga para que Fernanda lambesse. "Tinha os olhos de um gato que quer caçar." "A língua dele era tão comprida que caía e esmagava as flores." Com o início das chuvas e a maré alta, o prédio se convertera em local de passagem de grandes cobras-coral, morcegos, grilos, e mais sapos e lagartos do que nunca. "Cuidado com as cobras", disse Ximena, mas Annelise gostava de répteis. "Eu gosto dos répteis", disse quando o desafio era que Fernanda se deitasse no chão em que uma cobra de listras amarelas ziguezagueava. Às vezes, a chuva formava pequenas cascatas nas escadas, que Natalia rodeava quando o desafio era cair dramaticamente do segundo ao primeiro andar, mas elas sabiam como lidar com a água selvagem e falar acima do zumbido dos insetos. "Vampiros!", gritava Analía fugindo das nuvens de mosquitos que enchiam suas pernas com relevos vermelhos e quentes. "Não se cocem: enfiem a unha assim", recomendava Ximena fazendo um X com a unha do polegar sobre seus vergões umedecidos com saliva. "Minha baba tem cheiro de porco." "Minha baba tem cheiro de alcaçuz." O clima de relâmpagos e musaranhos as alimentava durante as tardes em que contavam histórias de terror cada vez mais eficazes. A aparição do crocodilo, no entanto, foi especial porque deu início a uma nova obsessão por parte de Annelise, que logo quis vê-lo de frente e de perto, e com isso superar qualquer desafio jamais vencido por nenhuma de suas amigas. "Sabia que a mordida de um crocodilo é mais potente que a do leão?", comentou com Fernanda-princesa-dos-exercícios-de-corda-bamba enquanto mergulhavam na piscina de sua casa. "Sabia que os crocodilos são os maiores répteis da terra?" Fiorella tinha medo de revê-lo ou de que entrasse no prédio como as cobras, os morcegos e as lagartixas. "É disto que se trata: de superar o medo", Anne lhe disse enquanto caminhava ao longo da borda do terceiro andar quando o desafio era simplesmente não morrer. "Acho que a Anne está exagerando um pouco", Ximena se atreveu a dizer, e Fernanda a escutou. "Se você vai ser uma *baby*, então vá embora", ela lançou com uma voz cheia de esporas e os olhos semicerrados. Às vezes os desafios eram dolorosos, como quando tinham de aguentar um soco na boca do estômago sem cair no chão, mas quase sempre eram apenas humilhantes, como quando Analía teve de ser a cadela de Annelise por quatro horas seguidas e fazer au-au e lamber os nós de seus dedos e fazer xixi no tronco de uma árvore; ou como quando Fiorella teve de fingir que estava dando à luz um ovo de lagarto e depois esmagá-lo contra a parede; ou como quando Ximena foi escrava de Fernanda e teve de se ajoelhar na frente dela e beijar as pontas de seus sapatos e deixá-la pisar em seus cabelos. "Não devíamos fazer coisas tão perigosas", disse Natalia ao ver Fernanda com os pés pendurados no ar, sentada na beirada da janela, cantarolando *megustanlosavionesmegustastú*, com a saia que se abria como uma pétala pouco antes de secar. "Não finjam que não gostam disso", disse Annelise uma tarde em que Analía ficou muito assustada porque Fernanda desmaiou durante o jogo de estrangulamento. "Só faz sentido se for perigoso", disse-lhes. "Só é divertido se for perigoso." Fiorella se incomodava em ter de assistir a Fernanda e Annelise brincando de estrangulamento, mas não ligava em ver sua irmã descendo as escadas rolando como uma dublê de Scarlett Johansson numa cena de alto risco ou Analía recebendo os tapas de Ximena. Em suas casas, todas elas se comportavam muito bem e iam à igreja e comiam com quatro talheres e dois tipos diferentes de copos e usavam guardanapos de algodão e nunca falavam palavrões e sorriam recatadamente e se mantinham secas e limpas e rezavam antes de dormir e antes de comer e, em silêncio, pensavam em histórias de terror que assustavam de verdade, porque ficar com medo era emocionante até certo ponto, mas nunca até o ponto de Annelise, que queria enfrentar o crocodilo do mangue mesmo se Fiorella tivesse dito a ela que o bicho tinha uma língua como o cadáver de um condor nas rochas. "Qual deve ser o cheiro do hálito de um crocodilo?", Annelise perguntou a Fernanda durante uma aula de Matemática. "Cheiro de caranguejo, macaco e tartaruga." "Cheiro de garça, anêmona e caracol." No colégio, as seis se comportavam como antes da descoberta do prédio, mesmo se estivessem sozinhas e ninguém as visse ou escutasse, porque de fora tudo continuava igual apesar do fato de que entre elas nada era o mesmo, e que o crocitar dos sapos e das rãs já era uma sinfonia que entrava em seus corpos toda vez que brincavam do que não conseguiam entender, mas se sentiam melhor do que qualquer outra coisa. "Anne, não faça isso!", Ximena gritava sempre que a via andando na borda de algum precipício. "Não vai acontecer nada comigo. Hoje estou possuída por Deus", Annelise respondia de braços abertos em forma de aviãozinho na borda do terceiro andar. Jamais conversaram sobre como os exercícios de corda bamba as convertera num grupo ainda mais perfeito, redondo e impenetrável. "Então, você acha que, se enfrentar o crocodilo, seu Deus *drag queen* vai te proteger?", questionou Fiorella entrecerrando as sobrancelhas. "Talvez sim, talvez não", respondeu ela. "Para o Deus Branco, isso não importa." Ximena, a mais distraída do grupo, acreditou por várias semanas que o Deus *drag queen* e o Deus Branco eram a mesma coisa, mas Fernanda esclareceu: "O Deus Branco é novo". "O Deus Branco é o que somos quando estamos aqui", explicou Annelise ao grupo numa tarde em que ficaram olhando a margem. "Sabia que os crocodilos não conseguem mastigar?" "Sabia que os crocodilos têm mais de setenta dentes?" As outras não gostavam que Fernanda e Annelise se estrangulassem ou andassem pelas bordas porque lhes parecia mais sério e mais grave do que se bater, se cortar ou pular escada abaixo. Elas também não gostavam das cobras-coral que entravam no prédio, mas às vezes fingiam caçá-las e domesticá-las nos pisos em que rastejavam. "É muito arriscado se aproximar de um crocodilo", comentou Fiorella enquanto Annelise esperava ver a cauda do sáurio emergindo da água. "Você vai cansar os olhos", disse-lhe mais tarde, observando-a com o sol caindo sobre ela como um raio na testa. "Seus lábios vão queimar." "Suas pálpebras vão queimar." No prédio também entravam iguanas bebês e iguanas mães que chicoteavam seus rabos quando Ximena se aproximava para pisar nelas porque não gostava de répteis. "Eu não gosto de répteis", disse na semana em que contou uma história de terror sobre bruxaria e camaleões. As histórias das quartas-feiras começaram a se aperfeiçoar com a repentina inclusão do Deus Branco como uma inquietação conjunta; como a atmosfera do indizível na cabeça de Annelise causando-lhes vertigens lunares. "O que acontece quando vemos algo branco?", perguntou Annelise a Fernanda sem esperar resposta. "Sabemos que vai manchar", disse ela, com um sorriso esbranquiçado. Quando dormiam juntas, entrelaçavam as pernas e juntavam o nariz e, no meio da escuridão, Annelise lhe pedia ternamente que a estrangulasse. "Sabia que num crocodilo podem crescer até três mil dentes? "Sabia que a boca de um crocodilo dói quando ele morde?" Então Fernanda abraçava seu pescoço com as mãos suaves-como-a-seda, suaves-como-o-algodão, e apertava um pouco, e um pouco mais, e depois soltava e massageava com seus polegares lisos, com seus polegares lisinhos, a cartilagem que brotava como uma maçã de Eva sob seus dedos enquanto Anne entreabria os lábios. Fernanda não se importava em ceder aos desejos de sua best-friend-4ever-nunca-mude-bebê, mas tampouco sentia aquilo que via aninhado no rosto de Annelise quando ela se contorcia na cama e lhe pedia para apertar com mais força. "Seu pescoço parece uma água-viva", dizia, acariciando a geografia líquida de veias e artérias em sua pele de Branca de Neve, sua pele de Bette Davis. De vez em quando, ficavam pequenos hematomas que as duas fotografavam e enviavam para suas contas privadas no Instagram. "Esse é verde. Esse é roxo. Esse é azul." 288 *likes*. 375 *likes*. 431 *likes*. Então elas os cobriam com a maquiagem-da-mamãe graças aos passos infalíveis de tutoriais no YouTube que também as ensinaram a fazer o delineado das pálpebras como Lana Del Rey. "Sabia que os crocodilos se acasalam debaixo d'água?" "Sabia que os crocodilos mantêm seus bebês dentro das suas mandíbulas?" Ximena, Analía, Fiorella e Natalia invejavam a amizade de Fernanda e Annelise, mas sabiam que todas as meninas da classe também as invejavam por fazerem parte de um grupo tão perfeito, por isso fingiam que não se incomodavam quando as duas ficavam sussurrando coisas uma para a outra ou riam olhando os lábios uma da outra ou acariciavam o lóbulo da orelha uma da outra durante os intervalos. "Eu queria que você me guardasse na sua mandíbula", Annelise sussurrou para Fernanda numa madrugada de sábado na cama, e confessou, de repente, o que realmente queria que ela fizesse. "Continuará tudo igual, só um pouquinho diferente", disse ela. Seus olhos brilhavam como as luzes de uma árvore de Natal. "Isso me ocorreu num sonho." "Isso me ocorreu numa cochilada." Certa vez, Fernanda sonhou que Annelise ia dormir no primeiro andar e que, apoiada nos cotovelos, olhava diretamente para um crocodilo gigante avançando em direção a ela do outro lado da sala. Então Annelise abria as pernas e jogava a cabeça para trás enquanto o crocodilo, como um filho que retorna ao charco de sua origem, penetrava nela até desaparecer. "Por que o Deus Branco é branco?", perguntou Natalia um pouco antes de contar sua própria história de terror. "Porque o branco é o silêncio perfeito", respondeu Annelise com aparente solenidade. "E Deus é o horrível silêncio de tudo." Naquela tarde, Fernanda pensou em sua próxima história: uma mãe com depressão pós-parto e um bebê fazendo seus mamilos sangrar. Leite azedo. Leite com sangue. "O amor começa com uma mordida e um deixar-se morder", dizia Annelise. No final, o bebê comeria sua mãe, porque assim era o amor. *Meu pequeno jacaré*, ela diria a seu filhinho. *Meu tubarãozinho apaixonado.* "Li que algumas mães ficam excitadas quando amamentam os filhos", disse Analía, enojada, olhando para seus mamilos cor de esquilo, cor de kiwi, sob a blusa amarrotada do colégio. Fernanda e Annelise contavam histórias sobre maternidade e canibalismo que assustavam muito Analía e Ximena e dificultava-lhes a ingestão de leite no café da manhã. "Sabiam que Miss Clara se veste exatamente como sua mãe morta?", Annelise disse quando já tinha começado a receber aulas extras de Língua e Literatura nas sextas à tarde. "Acho que Miss Clara tem medo de nós." "Acho que Miss Clara nos quer longe dela." O crocodilo não voltou a aparecer na margem, mas Annelise o desenhava em seus cadernos e nas paredes do prédio. *Eu queria que você me guardasse na sua mandíbula*, Fernanda repetia em sua mente antes de ceder à proposta de sua best-friend-4ever-nunca-mude-bebê. "Mas se eu fizer isso com você, as outras não podem saber", disse a Annelise, embora ela já tivesse dito que, se fizessem aquilo, as outras não poderiam saber. Fernanda achava que Miss Clara era uma pessoa fácil de assustar porque ela piscava pouco e encolhia os braços durante os intervalos. "Todos nós já mordemos nossas mães." Annelise achava que seria divertido assustá-la. "Todos nós já nos alimentamos das nossas mães."

XI

Clara não conseguiu dormir naquela noite. No entanto, permaneceu imóvel na cama velha, determinada a não fazê-la ranger nem com a mais leve piscadela. Queria ouvir a madrugada da floresta: o canto dos seres lunares que rastejavam sob a vigilância de um olho branco. Ela acreditava que o som do que não pode ser visto a acalmaria. Acreditava que, se não se mexesse, Fernanda pararia de gritar. Os gritos silenciavam a floresta, mas Clara nem piscava. A cama não rangia. Lá fora, os animais caçavam. *Os animais nunca param de caçar*, ela pensou mais tarde, quando os gritos pararam. O barulho das criaturas à noite era vasto e distante como os pés da morte. Não era a primeira vez que ela se desafiava a deixar de existir para que tudo o mais existisse. Sua mente trabalhava melhor nestas condições: quando não movia nem um músculo. Durante a adolescência, os médicos lhe disseram que seus exercícios materiais eram, na realidade, um estado catatônico desencadeado por fatores psicológicos. Ninguém entendia que se tratava de uma condição voluntária; uma decisão que exigia extrema disciplina. O corpo vivo reivindicava ação, e paralisá-lo era a coisa mais próxima de lutar contra aquela vida, mas para pensar em algumas coisas você precisava ficar muito quieto, como um cadáver ou um vulcão adormecido.

"Transtorno de ansiedade", diagnosticaram-na quando ela completou dezesseis anos. "Transtorno do pânico", acrescentaram depois à sentença.

"Desculpe, doutor, mas o que é isso?", perguntou a mãe e, embora lhe explicassem, ela não conseguiu entender. Muita coisa tinha mudado desde então. Agora, por exemplo, ela podia pensar sem palavras. Seu corpo encarnava um logos imolado: uma linguagem na qual o verbo não podia se erguer. Foi difícil assumir, depois de tanto tempo tentando se comunicar, que nada do que ela dizia era parecido com o que ocorria em sua cabeça. A sintomatologia do medo era muda, mas ofegante. "Tire essas baratas da cabeça, Bezerra. Vamos ver, diga-me: do que é que você tem tanto pânico?", sua mãe lhe perguntou antes de saber que suas vértebras tinham se voltado contra ela. "Pânico é pânico", gostaria de lhe explicar: as palavras eram uma ficção melindrosa e mesquinha, uma armadilha que escondia o caos orgânico com uma falsa dramaturgia de ordem. Talvez por isto é que ela gostasse de corrigir os textos dos alunos e trabalhar numa escrita limpa e racional: porque era melhor pôr os pés no cimento da lógica verbal do que ficar nua no oceano de sua própria mente.

Mas o medo – ela gostaria de ter dito à mãe antes de ela morrer – era biológico e tinha uma língua sem homens.

> Agora Clara sabia que o pensamento
> não precisava de palavras.
> Agora Clara sabia que havia coisas que só
> podiam ser pensadas sem palavras.

Antes do amanhecer, ela saiu da cama e desceu as escadas. Fernanda dormia na mesa com os olhos assomando através dos cílios como dois ovos de codorna. Teve vontade de lambê-los, mas esse desejo a horrorizou. Em silêncio, sentindo a pulsação em suas mandíbulas, ela expulsou a si mesma para fora da cabana e a escuridão absoluta entrou em seus ouvidos como uma canção de ninar. Pensar com o corpo era uma sensação desconcertante: aceitar as marcas, as dobras, a história dos ossos tremulando ferozes em sua garganta. "Toda mulher e todo homem carrega dentro de si um novo *round* da luta mítica entre a lógica da mente e a lógica dos sentidos", disse uma vez a suas alunas, mas naquela época ela ainda não entendia o verdadeiro alcance da experiência material. Para entendê-lo, teve de se ver reduzida à sua carne, como os torturados; aqueles seres de artérias, ossos, saliva, sangue... Tão cheios de si e ainda assim tão incompletos aos olhos dos outros. Ela, apesar de conhecer a tortura, não sentia sua consciência mutilada ou desmembrada, e sim preenchida em cada um de seus órgãos. Assim, caminhava entre as árvores como uma cega, oprimida por um pensamento físico que não podia nem devia ser articulado e que tinha a ver com aquele horror que experimentava quando fechava os olhos e via tranças e pintas na pele. Imagens e não palavras. Sensações e não significados. "A poesia é uma tentativa de criar a experiência do que não pode ser dito", disse a suas alunas muitas vezes. A afirmação do humano na névoa enquanto, do outro lado, os animais caçam.

"Qual é o único animal que nasce da filha e dá à luz a mãe?", perguntou sua mãe-esfinge-dos-manguezais olhando do para lugar nenhum e batendo a bengala no chão para apagar o profundo silêncio de Clara.

Uma floresta é maior por dentro do que por fora, pensou, para evitar ficar presa ao enigma materno.

Andava arranhando troncos e tropeçando em raízes grossas que machucavam seus pés descalços. Por um momento, pareceu que estava fugindo do que tinha feito e, repugnada diante da ideia dessa fraqueza, deixou-se cair numa pedra que parecia um homem enrodilhado. Estava tão frio que seus dentes começaram a doer como se fossem pequenos corações latejando nas gengivas. Sua respiração era errática, e um formigamento familiar começou a se espalhar de sua palma da mão para o pescoço. Sabia que podia controlar o medo da morte que, como um pêndulo, se balançava em sua língua quando seus sintomas de ansiedade recrudesciam. Tinha experiência em pensar com os músculos e, além disso, dessa vez era diferente: dessa vez ela não teria de se preocupar com algo tão simples como morrer. O que realmente tirava seu sono, o que a sufocava e a deixava tonta diariamente, não era a morte, mas a possibilidade de ter medo de morrer; aquela sensação de extrema ansiedade, aquela presença de cada uma de suas células disparando em direções opostas – como quando as M&M's enfiaram uma meia em sua boca para que não gritasse – era insuportável. Nunca foi capaz de explicar o que sentia quando as palpitações começavam, ou a transpiração, o formigamento nos braços, a tremedeira. Nunca conseguiu dizer à sua mãe, que estava morrendo com a coluna vertebral feito uma jiboia num leito de hospital, que ter medo de morrer era pior do que morrer.

"Um ataque de pânico é como se afogar no ar", tentou descrever-lhe uma vez e, talvez porque parecesse incompreensível, era a melhor descrição de seu mal que conseguira fazer até o momento.

Um ataque de pânico é como se queimar com água, cair para cima, congelar no fogo, andar contra si mesma com a carne sólida e os ossos líquidos, Clara pensou. Nenhuma palavra, no entanto, podia descrever a taquicardia que naquele momento transformava seu peito numa pedra porosa. Tinha a cabeça pesada, cheia de ferrões e mochilas, mas acima de sua cabeça assomava o vulcão. *Os vulcões também são maiores por dentro do que por fora*, disse a si mesma, assistindo ao espetáculo do céu púrpura que amanhecia enquanto a seus lábios voltavam como água os versos de um de seus poetas favoritos: "A beleza é a primeira manifestação do terrível". Talvez porque o belo antecipasse o horror, deixou inacabado seu livro dos vulcões: para terminar ali, do outro lado do nevoeiro que às vezes encobria a visão de um pico nevado; caçando ao lado dos caçadores.

"Vivemos numa caldeira: este país tem quase cem vulcões e mais de vinte estão ativos", disse-lhe certa vez sua mãe, que sempre se sentira atraída por paisagens que insinuavam sua própria destruição. "Não há nada mais sublime do que uma montanha em chamas", dizia-lhe enquanto olhava sua coleção de fotografias de Cotopaxi, Antisana, Tungurahua, Chimborazo, Pichincha, Sangay e Reventador. "Parece mentira, Bezerra, que atrás desses glaciares fica o inferno." Às vezes, a beleza e o potencial aniquilador das crateras geladas provocavam em Clara uma imensa vontade de chorar, mas também a faziam se sentir menos sozinha, como se sua doença fizesse parte do magma que fervia sob o céu gelado da cordilheira.

O medo – ela gostaria de ter dito à sua mãe – era telúrico: por isso, enquanto a floresta tragava os primeiros raios do sol, a tremedeira de Clara ia aumentando de intensidade como um terremoto de carne.

A cabana e a floresta, a poucos quilômetros do vulcão, eram o cenário perfeito para ser corajosa pela primeira vez. Afinal, era preciso a mesma força para andar em direção à vida ou em direção à morte: a mesma coragem, as mesmas unhas quebradas. Ela tinha que ser capaz de se limpar da confusão do frio e do calor que corria em seu torso como se fosse um rio vertical. Tinha de entender que um horror perpétuo, repetidamente distanciando sua vítima da ordem de seu mundo, poderia fazer qualquer um perder a vontade de falar. Um horror como o de agora, que fazia suas costas transpirarem como se fossem árvores de água, era indescritível e se alastrava pelo corpo como uma explosão milenar na garganta de Deus. Queria transformar seu livro de vulcões num poema sobre aquele sentimento que conhecia bem; escrever alguns versos de seu interior cheios de cabelos e vozes púberes com versos alheios, mas nem mesmo ela, no fundo, sabia por que começara uma tarefa tão inútil. Tinha certeza, ao contrário, do motivo de ter levado Fernanda para aquela floresta elevada, suspensa no céu em frente a um vulcão adormecido, e o que precisava dela antes que tudo acabasse. Porque, mesmo que estivesse adiando o assunto, ela sabia que o tempo não tinha parado e que a qualquer momento poderiam encontrá-las, e seu plano não era esse. Seu plano era que a polícia não as encontrasse tão cedo.

Ela tinha conscientemente cruzado uma fronteira misteriosa na qual acreditava que ficaria cara a cara com seus próprios limites. Mas, para além da tempestade, havia apenas a tempestade e uma mordida fresca ainda esperando por ela.

Sentada em meio ao amanhecer, com os pulmões se retraindo como morcegos tímidos até o fundo do tórax, ela se lembrou do enigma novamente: "Qual é o único animal que nasce da filha e dá à luz a mãe?". *A poesia, o universo, a morte, Deus.* "Você teria me amado se eu tivesse resolvido o enigma?", perguntou a Elena enquanto ela agonizava. Seus tios e tias lhe disseram, quando Clara tinha dez anos, que ela não podia se vestir como a mãe ou desejá-la de forma tão absoluta. "A poesia dá à luz a poesia que a engendra", tentou resolver aos vinte e quatro anos, mas essa não era a resposta nem a verdade. "A morte amamenta a morte que a faz nascer." Um pouco antes, seus avós explicaram que um amor de cordão umbilical era patológico. "Mamãe, você teria me odiado menos se eu lhe dissesse que aquele animal único éramos nós duas?", sussurrou para o corpo inerte de sua mãe que ela imaginava coberto por um lençol. As palavras dos outros eram mandíbulas suaves que a esquadrinhavam durante as madrugadas de insônia, mas por algum tempo buscou nelas um lugar tranquilo para pastar; uma construção narrativa que dotasse de sentido seu mundo afogado em nomes.

"Qual é o único animal que nasce da filha e dá à luz a mãe?", perguntara a Annelise um mês atrás. "Deus", ela respondeu imediatamente. "Porque meu Deus é uma histérica de útero errante."

Clara acreditava na ideia do Deus de Annelise: uma presença que era como um sonho onde o sol nascia da cratera de um vulcão, como naquele instante. Uma névoa branca se tornou visível e, muito perto dela, viu um coelho cinzento rondando as raízes ásperas de uma árvore. Não tinha levado comida, mas agora estava com fome. O carro havia ficado, abandonado, a um quilômetro da cabana: uma lata-velha que pertencia à sua mãe e que, contra todas as probabilidades, conseguira levá-las até lá, ao antigo refúgio de sua avó morta. O que Elena diria se estivesse vendo-a naquele instante? *Nada*, pensou: bateria no chão com sua bengala improvisada do Tirésias de Martha Graham e choraria como uma carpideira ou como Édipo antes de arrancar os olhos. "Eu sabia que você ia me fazer lamentar ter te dado à luz!", diria sua mãe. "Você é uma garota doente!" Ainda se lembrava com rancor do primeiro pensamento que lhe veio à mente quando a viu morrer. Tinha vinte e cinco anos e, enquanto olhava para a pele escamosa do rosto da mãe já em decomposição, já morrendo, pensou no carro. *Agora será meu*, pensou. *Vou reestofá-lo, fazer a manutenção, vou pintá-lo com uma cor de que eu gosto, um rosa-choque, vou fazer o licenciamento, vou pagar o seguro... Agora que o carro vai ser meu*, concluiu, *a vida será minha. Vou viajar, vou mudar, vou me transformar.* Mas depois do funeral as dívidas, os estudos, o trabalho. E o carro não foi reestofado nem pintado de rosa-choque, mas ela fez a manutenção, o licenciamento, pagou o seguro. Clara fez o que tinha de fazer, mas agora fazia o que queria. E o que ela queria era ensinar algo importante a Fernanda, dar-lhe uma verdadeira lição. Ser uma boa professora e não lhe passar a palavra, e sim a chaga: o conhecimento maior que só poderia se dar na carne.

Um silêncio vegetal dos sentidos.
Um novo estado de consciência.

Clara sabia que tinha amarrado o pescoço da mãe com seu amor umbilical.

Agora amarrava Fernanda porque uma boa professora era uma mãe, e uma aluna era uma filha.

"Às vezes gosto de imaginar que o universo é o cadáver de Deus se decompondo", Annelise disse a ela durante uma tarde de aulas extras. "Imagine, Miss Clara, se fôssemos só isto: a enorme e flutuante carniça de Deus."

Acreditava que tudo acabaria antes que ela pudesse sentir fome, mas tinha se equivocado. Ainda precisava de tempo para ser uma boa professora. Embora estivesse com frio e os tremores não cessassem, permaneceu parada, com os olhos fixos no coelho que se aproximava despreocupado, vasculhando as folhas secas e a terra, como se Clara fizesse parte da paisagem e não fosse uma predadora em potencial. *Mas a paisagem é sempre um predador em potencial*, pensou enquanto ouvia o som de sua respiração cada vez mais parecido com o de uma máquina de lavar. Em toda a sua vida, o problema tinha sido aquela luta absurda e exaustiva que mantivera durante anos contra o que ela era e o que supostamente não deveria ser. *As mulheres não fazem a si mesmas*, pensou. *As mulheres são feitas pelas suas filhas e suas mães*. Lutar contra seu esqueleto era uma guerra invencível. A natureza podia ser transformada apenas até certo ponto, seu centro era indomável, mas naquele momento Clara aceitava o indomesticável de si mesma porque, quando não tentava controlar os sintomas de seu medo – como naquele instante em que a taquicardia começava a diminuir e seu coração nadava e se distendia –, os ataques de pânico eram menos terríveis. Seus pensamentos corporais eram pequenas flores crescendo no cacto de sua mente: o mais delicado, o mais suave e vivo sobre a terra, como o coelho que lhe roçava os dedos dos pés e respirava o cheiro de seu sangue.

"A Fernanda e eu não somos mais amigas", disse-lhe Annelise depois de ter puxado o cabelo de Fernanda e de Fernanda ter aberto seu lábio superior com um soco. "Eu a odeio e acho que quero vomitar."

Ela havia sequestrado uma de suas alunas para educá-la sobre a única coisa que era importante, mas não tinha ideia de como fazê-lo. Parte do trabalho estava em andamento, mas sem nenhum rumo ou expectativa. E à medida que os sintomas diminuíam a um ritmo exasperante, ela se entregava ao horror das células desmontando seus membros e à vertigem da pelve.

"Você quer que eu te conte o que minha melhor amiga fez comigo?", Annelise perguntou.

O corpo era a única realidade para uma mente que se alimentava dos desertos, mas o seu não poderia lhe oferecer nada além desse mundo de sensações insuportáveis e a vingança que escondia seu último desejo.

"Se eu te contar, você promete que não vai ficar com raiva?"

XII

A: Qual é o único animal que nasce da filha e dá à luz a mãe?

F: Hein?

A: É um enigma.

F: E onde você ouviu isso?

A: Eu ouvi isso da Miss Clara-de-ovo.

F: Miss Clara-como-a-água, Miss Clara-como-o-vidro.

A: Eu ouvi e disse que era Deus. Mas não era a resposta certa.

F: *It's so creepy.*

A: Miss Clara diz que existe a resposta certa.

F: *It's so fucking creepy.*

XIII

"Shhh!", fez Annelise, colocando o dedo nos lábios pintados quando Ximena tropeçou no tapete de pele de urso do pai de Fernanda. "Ela vai ouvir a gente." "Ela vai descobrir a gente." Todas as luzes estavam apagadas e elas andavam na ponta dos pés, descalças, com os sapatos nas mãos, por uma sala lotada de armadilhas em forma de móveis, vasos e esculturas muito caras. "Ah, estou me mijando!", exclamou Analía. "Shhh!", fizeram Fiorella e Natalia em uníssono. Era uma da manhã e a Charo estava dormindo. O motorista tinha saído de férias. Os pais de Fernanda estavam viajando. Tique-taque, soava o antigo relógio de pêndulo que descansava ao lado da parede do piano que ninguém sabia tocar. "Podemos fazer uma festa do pijama na minha casa", Fernanda tinha sugerido no último fim de semana. "Ninguém vai vigiar a gente." "Ninguém vai saber." O universitário de olhos verdes e tatuagem no pulso estava esperando por elas em seu conversível-preto-Batman perto do parque central do condomínio. Elas estavam dez minutos atrasadas porque Fiorella e Natalia ligaram para a mãe para dar boa noite. "Divirtam-se com suas amigas, minhas queridinhas, e não se deitem muito tarde." "É sexta-feira, mãe." "Estamos pintando as unhas." "Vamos jogar PlayStation." "Vamos fazer penteados como os da Lady Gaga." "Vamos fazer uma maquiagem igual à da Amy Winehouse." "Vamos brincar de modelos como a Kate Moss." "Vamos cantar como a Lorde." Nenhum de seus pais sabia que há anos elas usavam a desculpa da festa do pijama para beber o vinho da mãe de Ximena, mexer na coleção de revólveres do pai de Annelise, fumar os cigarros da Charo e ver hentai no XVideos e no PornTube. "Por que ele está esguichando sêmen no rosto dela?" "Que nojo!" "Minha xoxota não é assim." "Quantas veias!" "Isso é um mamilo?" Às vezes, também usavam a desculpa da pijamada para ir a festas de universitários que já tinham carteira de motorista e traços físicos semelhantes aos atores de Hollywood, mas nunca lhes contavam nada sobre o prédio ou o que faziam ali. "Vocês acham que nossos exercícios de corda bamba são como as mortificações de que Mister Alan fala?", perguntou Analía quando seu desafio foi suportar que Fiorella pisasse em suas mãos. "Você está louca?", Annelise respondeu. "A menos que sejam mortificações para o Deus Branco, então sim." "Então fazemos isso pelo êxtase." Na noite da festa do pijama, elas se vestiram como achavam que se vestiam as meninas mais velhas que iam a festas e bebiam e dançavam e faziam tudo o que Mister Alan dizia que era próprio de mulheres que depois eram estupradas ou assassinadas na rua. "Como se coloca isso?" Elas disfarçaram os hematomas com maquiagem. "Ah, assim." Passaram perfume nas clavículas. Ximena usou mal o delineador e borrou o rosto de preto. Ela era a menos bonita do grupo: a menos graciosa, a menos inteligente, aquela que recheava o sutiã com pedaços de papel higiênico e imitava os penteados de Annelise e Fernanda mesmo que não ficassem bem nela. "Estou bonita?", ela lhes perguntou mais cedo, na sala. "Ah, sim. Você está linda", disseram as gêmeas. "Parece que você tem dezenove anos." "Eu te daria uns vinte." Enquanto despistavam, Analía, Fiorella e Natalia continham o riso por causa da fivela de lacinho na franja de Ximena. Havia coisas ridículas que só ficavam bem em certas cabeças, elas pensavam. Fernanda, por exemplo, usava uma tiara de lantejoulas, mas ela era elegante e tinha um corte de cabelo curtíssimo, como o da Emma Watson ou Kristen Stewart, que combinava bem com seu rosto em formato de diamante e seu pescoço de flamingo rosa. "Passe um batom vermelho", pediu a Annelise uma hora antes. "Você gosta?" "Adoro." Fernanda gostava dos lábios de Annelise, das sardas de Annelise, do cabelo preto de Annelise. "Uau, seu vestido é lindo." Todas elas sabiam que alguém como Anne não precisava de mais nada além daquela cor de batom. "Shhh!" "Porra, calem a boca!" No prédio, Annelise era sempre a primeira a superar desafios verdadeiramente perigosos. "Fer, como se abre a porta?" A primeira a matar uma cobra. "Assim." A primeira a percorrer as bordas do terceiro andar. "Conseguimos!" A primeira a nadar no manguezal, embora soubesse que ali havia um crocodilo. "Andem rápido ou não vamos chegar nunca ao parque." Fernanda também era a primeira, mas apenas às vezes. "Como era mesmo o nome dele?", perguntou Natalia, a gêmea espevitada. "Hugo", respondeu Fiorella, a gêmea tímida. Ximena não conseguia andar de salto alto e tropeçava, tentando seguir o grupo que descia a rua silenciosa do condomínio com piscina, clube esportivo, centro comercial, igreja e segurança armada vinte e quatro horas. "São sapatos, não pernas de pau", Analía disse a ela, rindo e filmando-a com seu celular. Analía era a mais engraçada do grupo e tirava muito sarro de Ximena porque acreditava que assim ninguém faria piadas sobre seu leve excesso de peso. "Use minha blusa, é mais bonita", Fernanda dissera a ela meia hora atrás, sem se dar conta de que Analía usava M e ela, XS. "Não, obrigada, eu gosto dessa aqui", disse, pegando sua blusa de dentro da mochila-Sailor-Moon. No colégio, diziam que Analía era otaku, mas suas amigas sabiam que ela era fã de apenas quatro animes e que jamais tinha lido um mangá. "Pare de me gravar!", gritou Ximena. "Shhh!" "Mas já estamos fora de casa!" "E daí? Você acha que as pessoas aqui não dormem ou o quê?" "Hoje é sexta-feira!" O universitário chamado Hugo esperava por elas do lado de fora do conversível-preto-Batman, fumando. "Afff, que lindo", disse Ximena mordendo o lábio inferior. "Nem sonhe com isso", Natalia disse a ela, jogando o cabelo para trás. As irmãs Barcos eram indistinguíveis, exceto por uma pinta no ombro de Fiorella. Praticavam balé clássico desde os seis anos de idade, mas no prédio contavam histórias de terror sobre objetos estranhos e corpos doentes escondidos nos cantos de casas alugadas. "Oi, meninas, e aí?", ele as cumprimentou, pisando no que restava de seu cigarro na calçada. "*Sorry* pela demora, é que minhas amigas são umas idiotas", disse Annelise olhando para Fiorella e Natalia enquanto elas sorriam para ele. "*Nice!*" Elas entraram no carro elogiando a cor do couro dos bancos. "Obrigado, obrigado." Fernanda não gostou de ter que se sentar atrás, longe de Annelise. "Vocês querem ouvir música?" Era a primeira vez que elas iam a uma festa de faculdade com o universitário de olhos verdes e tatuagem no pulso chamado Hugo. "*Obviously!*" Elas costumavam ir com meninos que estudavam Direito na Universidade Espírito Santo, mas Hugo estava cursando Medicina na Católica e era um dos mais recentes seguidores de Annelise no Instagram. "Tem certeza de que não é um psicopata?", Fernanda perguntou a ela dois dias antes. "Relaxe, ele é primo de um dos melhores amigos do meu irmão", respondeu ela. "Eu o conheço", disse ela. "Sei que não é louco." Fora do condomínio, no primeiro semáforo, um homem com o braço amputado se aproximou para pedir esmola e Hugo decidiu apertar o botão que abria o teto solar. "Melhor: assim não nos despenteamos", disse Fiorella, passando os dedos pelo cabelo loiro. Sua irmã tinha os olhos fixos no espelho retrovisor e, quando se encontrava com o olhar do estudante universitário de olhos verdes, tatuagem no pulso e covinha no queixo, sorria. "Alguém trouxe um pente?" Fiorella e Natalia nunca haviam namorado. "Ninguém?" Elas também nunca haviam beijado um menino, embora tivessem chegado muito perto disso na última festa. "Se você não tivesse dito aquilo pra ele, com certeza ele teria me beijado!", Natalia gritou para sua irmã mais tarde. "Ele não queria ficar só com você, queria ficar com a gente!", Fiorella a corrigiu. "Ele queria nos beijar porque somos gêmeas!" "Ele queria nos beijar porque somos idênticas!" Nenhum professor podia distingui-las, mas Fiorella se achava mais feia do que Natalia, apesar do fato de que a única diferença entre as duas era uma pinta. "Ninguém?" É por isso que as festas universitárias minavam sua autoestima, não eram como as tardes no prédio, quando era sua vez de dançar descalça onde as cobras-coral se amontoavam. "Auch!", Natalia deixou escapar quando Fiorella lhe deu uma cotovelada nas costelas para que parasse de piscar no espelho retrovisor. "Vocês gostam de reggaeton?" "Vocês gostam de hip-hop?" Fernanda não achava a menor graça que Annelise fosse na frente, sozinha, nem que Hugo – o universitário de olhos verdes, tatuagem no pulso, covinha no queixo e cabelos ondulados – olhasse tanto para os lábios dela. A última vez que elas foram a uma festa, um ruivo com dreadlocks beijou Annelise. "E aí? Como foi? O que você achou?", perguntou-lhe em casa. "Nojento", disse ela. "Ele tinha mau hálito", disse ela. No prédio, quando andavam com os braços abertos pelas bordas do terceiro andar, nunca olhavam para baixo. "É incrível, né?", dizia Annelise. "Sentir que você pode morrer e ainda assim não morrer." Só as duas faziam aquela acrobacia, porque as outras tinham medo de cair. "Covardes", Fernanda falava para elas, então olhava para o céu e punha, com cuidado, um pé na frente do outro. "Vai ter muita gente?", perguntou ao universitário de jaqueta preta chamado Hugo. "Sim, muita." Os perfumes se misturavam. "Ele é igualzinho ao cara do *Crepúsculo*", sussurrou Ximena a Analía, e as gêmeas a escutaram. "Estão dizendo que você se parece com o Robert Pattinson." "Você se acha parecido com o Robert Pattinson?" O vermelho destacava as sardas de Annelise que Fernanda vigiava do espelho lateral direito. "Sempre me falam isso." Ximena e Analía eram fãs da saga *Crepúsculo*, embora tenham visto apenas os filmes, porque achavam chatíssimo ler os livros. "*Harry Potter* é cem vezes melhor", opinava Fernanda. "Avada Kedavra", dizia Annelise usando seu lápis como se fosse uma varinha apontada para Mister Alan. "Que trabalho nojento", disse Analía quando dois guardas com rifles anotaram seus nomes e o número da placa do conversível-preto-Batman antes de permitir que eles entrassem em outro condomínio com piscina, clube esportivo, igreja, centro comercial e segurança armada vinte e quatro horas. "Vai ter cerveja?", Ximena perguntou, apesar de não gostar da bebida. O universitário de olhos verdes, tatuagem no pulso, covinha no queixo, cabelos ondulados, jaqueta preta e All Star azul riu. "Claro", disse a ela enquanto abria a porta do carro para Annelise. "Que boba", murmurou Natalia, sentindo vergonha alheia. Fernanda ignorou a mão estendida de Hugo e saiu sem ajuda, ajeitando a saia que tinha subido vários centímetros acima de suas coxas. "Você se parece com a menina de *Stranger Things*", ele disse a ela, apontando para seu cabelo curto e a tiara de lantejoulas. "Ah... quem é essa?", Ximena perguntou. "Millie Bobby Brown", explicou Analía, irritada. "Pesquise no Google." Annelise sorriu o vermelho de seus lábios. "Sim, é verdade que você se parece com ela." No prédio, todas elas fizeram um corte sob a nádega esquerda conforme foram aceitando o Deus Branco das histórias de Annelise. "Esta é sua iniciação, Fiorella Barcos Gilbert", disse-lhe em voz alta antes de cortar sua pele. "Porque você está na idade branca e brancos são seus pensamentos." "Porque você viu o animal branco emergindo da água, porque você se abre ao Deus-mãe-de-útero-errante." Nem sequer Fernanda entendia direito o que elas estavam iniciando com aquelas cicatrizes, mas o jogo era interessante por seu enigma e pela sensação de pertencer a algo especial. "A história de hoje não é igual a nenhuma outra: o que vou lhes contar é a primeira e mais abominável aparição do Deus Branco para uma jovem em idade branca", disse Annelise numa tarde de quarta-feira enquanto as outras, assustadas desde o início, a ouviam sentada num círculo perfeito. "Nunca se soube o que aconteceu com ela, e seu nome permaneceu impronunciável até que dois terríveis assassinatos chocaram cidades muito pequenas do Leste Europeu." Quando elas ouviam os relatos sobre o Deus Branco de Annelise, todas tinham medo e voltavam para casa sentindo que alguém ou alguma coisa as espreitava; que um poder divino e monstruoso poderia se revelar a elas à noite, de madrugada, sem que conseguissem fechar os olhos para se proteger. "Essas histórias não são verdadeiras, né?", Ximena perguntou certa vez. "É claro que são verdadeiras", Annelise lhe disse, de pé ao lado de uma janela do prédio. "Ou será que você está duvidando do Deus Branco dentro do seu templo?" Ximena não achava que fosse seguro duvidar de um deus dentro de seu território. "Vamos entrar", disse Hugo, tirando um novo cigarro da jaqueta. "Todos os terremotos são Ele", assegurava Annelise quando a terra tremia e o prédio balançava como o mar. Terremotos de magnitude 4.2. Terremotos de 6.5. "Estou despenteada?", perguntou Fiorella, mas sua irmã a ignorou. A festa acontecia numa casa enorme da qual saíam luzes coloridas, gritos e reggaeton. "*Cool!*", disse Ximena, dançando antes do tempo. O volume da música era tão alto que Fernanda o sentiu reverberar em seus órgãos de forma desagradável. "Nos filmes de terror, as coisas sempre começam a ir mal depois de uma festa", disse ela no ouvido de Annelise, e esta pegou sua mão com delicadeza. "Vamos ver." As pessoas dançavam no jardim, mas na parte de dentro bebiam e trocavam gritos, fumaça e latas de cerveja. "A gente mal enxerga", disse Analía, ventilando a névoa com a mão. "É uma questão de se acostumar", Fiorella comentou. "Você vai ver como nosso cabelo vai ficar cheirando maconha." "Você vai ver como vão querer nos embebedar." Ximena torceu o nariz: "Não vou experimentar nada disso porque é errado", mas no prédio ela foi a primeira a lamber um pouco da menstruação de Annelise. "Qual é o gosto?", Analía perguntou então. "Tem gosto de caracol enferrujado." "Tem gosto de algas e fígado." Hugo as levou a uma mesa redonda onde três amigos da faculdade de Medicina o esperavam. "Gabriel, José e Gustavo", disse que se chamavam. Natalia ficou irritada por terem notado Annelise primeiro, então mostrou seu decote jogando os ombros para trás. "Quantos anos vocês têm?", perguntou o que se chamava José e tinha um nariz minúsculo. "Quantos anos você tem?", devolveu-lhe Anne. "Mais do que vocês", e riu como se estivesse relinchando.

"Pois nós, menos", disse ela, pensando que havia cavalos que pareciam menos cavalos do que José. Fernanda sentou-se ao lado esquerdo de Annelise. "Vocês são do Delta?" Hugo, à direita. "Bom colégio, minha prima estudou lá." Ofereceram-lhes cerveja. Ofereceram-lhes amendoim. "Espero que nenhuma de vocês tenha namorado." Analía não entendia como podiam falar com aquela barulheira, embora nas festas ninguém quisesse conversar, dizia Mister Alan. "Garotas como vocês têm que tomar cuidado com festas", disse ele. "Garotas como vocês têm que aprender a ser moderadas." No prédio, elas exploravam seus corpos no silêncio e ouviam como o vento parecia soar igual ao pranto de uma mulher. "Que horrível!", dizia Fiorella. "Parece La Llorona." A lenda de La Llorona era uma das favoritas de Annelise. "Uma vez, muitos séculos atrás, uma mulher enlouqueceu e afogou seu bebê num manguezal cheio de crocodilos, mas depois se arrependeu e conseguiu tirar o cadáver quase intacto da água verde, faltava-lhe apenas uma parte: o dedo mindinho", contava no quarto branco, que era onde se escutava o vento soluçando com mais força. "Desde então, La Llorona procura o dedo mindinho perdido do filho nos dedos de outras pessoas." "Ela os arranca com os dentes pra experimentá-los no pequeno cadáver." "No cadáver minúsculo." Fiorella e Natalia se abraçavam. "Mas, vendo que não cabem nele, ela os dá de comer aos urubus." Fiorella ficava surpresa que uma mãe pudesse ser tão assustadora. "Cuidem dos seus mindinhos se ouvirem o longo pranto de La Llorona!", dizia Annelise com uma voz grave de além-túmulo. "Fechem portas e janelas!" "Fechem os olhos e se protejam das suas mandíbulas!" José passou a língua pelos dentes. "Vocês querem dançar?" O povo do campo acreditava que La Llorona roubava as crianças e as afogava para que os crocodilos lhe devolvessem o dedo mindinho de seu bebê. "Uma mãe que afoga seu filho é um homem!", dizia Ximena, tapando os ouvidos. Mas uma mãe podia tirar a vida com a mesma raiva com que a criava, pensava Annelise. "La Llorona não leva os bebês, menina Nandita", certa noite a Charo disse para Fernanda. "As pessoas vivas é que fazem isso." "As pessoas vivas são muito piores do que as mortas." Fiorella olhou para o jardim desinteressada: "Não queremos dançar ainda", disse, e Natalia mostrou a língua para ela. A Charo, apesar de ser do campo, não acreditava em La Llorona ou na Lady Tapada ou no Tintim. "Às vezes, são as próprias mães que matam seus bebês e os jogam no rio", dizia. "Por que você está falando por todas nós?" Annelise tinha certeza de que o crocodilo que viram do prédio era branco e que guardava em seu estômago o dedo mindinho do bebê de La Llorona. "Uma mãe jamais mataria seus filhos", disse Natalia depois de ouvir uma das histórias de Fernanda sobre mães e filhas que enlouqueciam. "*For real?* Em que mundo você vive?", respondeu. "As mães matam os filhos o tempo tooodo." Fernanda e Annelise liam *creepypastas* para se inspirar na hora de criar suas próprias histórias de terror. "E os filhos também matam as mães." Suas favoritas, além das clássicas *Jeff the Killer, 1999, Ben Drowned, Sonic.exe* e *Slenderman*, eram as que tinham como protagonistas mães e filhas em situações estranhas. "A do Mr. Dupin é muito boa!", Annelise lhes disse depois de enviar o link de creepypastas.org para o grupo que elas tinham no WhatsApp. "Se eu leio, não fico com medo", escreveu Analía. Clique. *Send.* Xime *is writing*: "Vagaba de merda". Gustavo, o universitário com os braços musculosos, afundou os olhos no decote de Natalia enquanto Fiorella fingia que não percebeu. "Vocês querem jogar

'Eu nunca'?" A história de Mr. Dupin era chamada de *A Mother's Love*, e era sobre uma filha que acordava com o som de seu gato bebendo água no corredor. "Claro que depois se dá conta de que o gato estava com ela, dormindo na sua cama, então se levanta, vai até o corredor, acende a luz e… adivinha? O que ela vê?", Annelise contou a Analía, pois era a única que não tinha lido a história. "A mãe dela?", perguntou num tom de voz baixo e quebradiço. "Sim, a mãe dela!", Anne gritou, fazendo-a tremer. "De quatro, bebendo como um animal da tigela do gato." Ximena suspirou apoiando os cotovelos sobre a mesa, triste porque os universitários mal notavam sua maquiagem e como o jeans se ajustava bem em seus quadris. "Tudo bem, vamos jogar", disse. Analía também estava triste pelo mesmo motivo, mas não queria demonstrar, e lhe incomodava que Ximena fosse tão óbvia. "E o que aconteceu a seguir?", ela perguntou, intrigada com a *creepypasta* de Mr. Dupin. "A filha olhou pra mãe e a mãe olhou pra filha", continuou Annelise. "Mostrou os dentes e a língua muito comprida antes de correr como um animal na sua direção, mas a filha foi mais rápida e fechou a porta do quarto que a mãe arranhava e golpeava, rugindo." Nas festas de faculdade, Annelise nunca contava histórias de terror. "E depois?", insistiu Analía. "O que aconteceu depois?" O garoto de cabelo azul chamado Gabriel tirou uma garrafa de tequila de debaixo da mesa. "Se depois disso você ouvir a voz da sua mãe, aquela que cuida de você, aquela que te ama mais do que ninguém, e ela te perguntar, preocupada, se você está bem, e pedir pra você abrir a porta, o que você faz?" Ximena, Analía e Fiorella olharam para Annelise como se pedissem sua permissão para experimentar um tipo de bebida cuja gradação alcoólica ultrapassava 30%. "Vão dar uma de cuzonas?" Fernanda sorriu, irritada com a pergunta. "Nós?" Pegou seu copo e o deslizou para Gabriel. "Assim que eu gosto!" No prédio, elas eram muito corajosas: as garotas que passavam por cima do medo. "Você é muito bonita", disse Hugo a Annelise enquanto passava o dedo sobre um de seus ombros e ela ficava tensa. "Papa-anjos!", gritaram do jardim algumas universitárias suadas com roupas minúsculas. "O que eu posso fazer se prefiro as novinhas?", disse Gustavo, sorrindo para Natalia e Fiorella. Fernanda gostava muito das *creepypastas* de gêmeas: sua preferida era aquela que descrevia o ritual do espelho, da vela e do armário. "Todos nós temos um duplo", disse ela às amigas durante um intervalo na escola. "Pra encontrá-lo, basta nos trancarmos num armário com um espelho e uma vela." Desde que descobriram como o quarto branco era especial, elas não contavam as histórias de terror em nenhum outro lugar. "Lá dentro, temos que tocar no espelho duas vezes, olhando-nos sem respirar, e é aí que ele aparece." O universitário de nariz minúsculo e pinta na testa chamado José pôs um pouco de tequila no seu copo. "Eu nunca transei no chuveiro", disse ele, mas só Hugo bebeu. "Eu sabia, seu filho da puta!" "Que desgraçado, caraaaa!" *Não é pra tanto*, pensou Ximena, que ainda tinha cicatrizes de quando seu desafio foi permitir que Annelise, Fernanda, Analía, Fiorella e Natalia escrevessem o nome nas costas dela com a ponta afiada de um lápis. "É minha vez", disse o universitário de cabelos azuis e lábios finos chamado Gabriel. "O ritual funciona, e por isso você tem que ter muito cuidado, porque nosso duplo tem o verdadeiro aspecto da nossa alma, então se você for uma má pessoa, o que vai ver será malvado." Ximena engoliu em seco: "E se eu for má, mas não souber?". Annelise fez sua voz de catacumba: "Então é melhor você nem tentar".

Gabriel ergueu o copo: "Nunca beijei um homem". *Que brincadeira idiota*, pensou Natalia, vendo Annelise e Fernanda franzirem o rosto enquanto bebiam. "Tem gosto de acetona." "Tem gosto de mentol." Hugo trocou um tapinha com o amigo. "Eu te disse, maluco!" E olhou para elas: "Quantas vezes?". "Com meninos da sua idade ou da nossa?" Analía estreitou os olhos. Ela aguentava bem as *creepypastas*, mas as histórias de Annelise lhe davam pesadelos. "Vocês nunca beijaram ninguém?", perguntou às gêmeas o estudante universitário musculoso chamado Gustavo. "Se vocês quiserem, eu ensino." A música fazia os copos trepidarem e, no jardim, alguém começou a molhar as pessoas com uma mangueira. "Legal! Em breve vamos ver peitos, *brothers*." Uma das *creepypastas* favoritas de Annelise era a de uma mãe que cozinhava pedaços tenros dos seios para o filho. "Diz a lenda que tudo começa com a leitura de um poema inédito de autoria desconhecida que circula na internet." "Dizem que todas as mães que o leem acabam fazendo a mesma coisa: amputando os seios e dando de comer aos filhos." Analía gravou um vídeo bumerangue da festa e pôs em seus *stories* do Instagram. "Também quero!", disse Ximena, e tirou uma *selfie*. José coçou o queixo. "Se vocês quiserem, podemos subir e tirar fotos." Ximena fez um biquinho. "Se você quiser, todos nós podemos fotografar uns aos outros." Havia muita gente transitando pelas escadas e uma fila na porta do banheiro. "Ha ha ha, muito engraçado", disse Fiorella, e sua irmã tocou o nariz com a língua. Os fóruns de *creepypasta* estavam cheios de fotos com Photoshop, mas Annelise gostava apenas das que pareciam reais. "Nunca tirei fotos de mim mesmo nu", disse Gustavo, retomando o jogo. Fernanda odiava que os meninos mais velhos se achassem mais espertos do que elas. "Está ficando quente!", Gabriel deixou escapar, animado com uma possível confissão. *Por favor, não faça isso*, Fernanda implorou em sua cabeça. *Não faça isso. Não faça isso.* Mas Annelise tomou um grande gole e os meninos arregalaram os olhos como corujas caçando. "Uau!" No chão, havia álcool, copos plásticos e papéis de bala. "Isso sim é que é uma festa, *bros*!" Fernanda quis dar um murro no universitário de olhos verdes, tatuagem no pulso, covinha no queixo, cabelos ondulados, jaqueta preta e All Star azul chamado Hugo quando ele olhou para as pernas de sua melhor amiga. "Sério que você tem nudes?", perguntou Fiorella, espantada, apesar de no prédio ela ter tirado a calcinha e jogado no manguezal para pagar uma aposta. "Você fez isso para algum crush?" "Ou *just for fun*?" Anne nem piscou: "Eu fiz pra mim mesma, porque gosto de me ver". Ao lado dela, Hugo entreabriu os lábios e Fernanda soube que tanto ele quanto seus amigos estavam imaginando Annelise nua. "Essa brincadeira é chata", disse ela de repente, soltando a mão de Anne. "Aonde você vai?", perguntou ela, mas Fernanda não respondeu. Algo estranho e quente apertou-lhe a garganta, e seus pés a levaram para o jardim, onde quase todos dançavam ensopados e os mamilos das meninas estavam evidentes. *Ela está vindo*, Fernanda pensou, convicta. *Ela vai vir atrás de mim.* Já fazia algum tempo que as festas da faculdade não a divertiam. *Douchebags. Idiotas. Assholes.* Já fazia algum tempo que ela entendia as intenções dos meninos que nunca tinham feito nada semelhante a estrangular ou ser estrangulado ou se deitar num chão cheio de cobras. "Como foi?", Annelise perguntou a ela depois que um universitário parecido com Johnny Depp de *A hora do pesadelo* a tocara sob a calcinha na última festa. "*Weird*", respondeu ela. "Doeu e eu gostei." Garotos muito bonitos tiravam seu fôlego e, às vezes, se beijassem bem, ela molhava a calcinha. "Eu quero beijar!", Natalia gritava no quarto dos desejos. "Quero beijar!" "Quero beijar!" "Quero beijar!" Analía lhe oferecera uma solução: "Beije-me", mas Natalia a olhou com nojo. "Eu não sou lésbica!" "Isso é pecado!" "Eu gosto de homens!" Fernanda ficou feliz em ver Annelise saindo para o jardim, esquivando-se das pessoas que dançavam e indo em sua direção. "Foi uma piada, sua boba." "Eu gosto de homens." No prédio, Fernanda havia pintado de branco o único quarto que não tinha janelas, sem saber que se converteria no centro das cerimônias do grupo. "Por que você saiu de lá?" Sem saber que uma tarde ouviria um grito e subiria as escadas, apavorada, e veria Annelise saindo do quarto seminua, tremendo, banhada em suor e o rosto contorcido. "Eu os odeio", explicou Fernanda. "Não os suporto." "Me sinto mal perto deles." Naquela tarde, ela disse que tinha visto algo na brancura da parede. Algo que se movia e depois o sentiu em sua pele, como se fosse um rato vivo, por isso teve que tirar o uniforme. "Eu te entendo", comentou Annelise, seu vermelho um pouco desbotado e suas sardas como chocolate em pó. "Quer dar uma lição neles?" E então o Deus Branco. E o medo que o quarto inspirava a todo momento. "Quer baixar a bola deles?" Fernanda adorava que Annelise sempre soubesse como elevar seu astral. "Quero", disse a ela, e as duas se deram as mãos novamente enquanto voltavam. Quando elas tinham onze anos, viram *O exorcista* num iPad, escondidas embaixo do lençol de pôneis vermelhos, juntas no escuro, guardadas por dezenas de bichos de pelúcia e bonecas colecionáveis, e ficaram com tanto medo que se abraçaram a noite toda. "Que horrível ter que cuidar de uma filha possuída pelo demônio!" Dois anos mais tarde, Annelise escreveu um ensaio sobre o filme para a professora de *Creative Writing*. "Eu iria prendê-la." E a professora disse que Annelise tinha "habilidades excepcionais" para contar histórias. "Eu iria matá-la." Fernanda obtinha boas notas em suas redações de Língua e Literatura, mas apenas Annelise era forçada a participar de competições intercolegiais de contos e poesia, embora nunca as ganhasse. "Eu escrevo mal de propósito", dizia, com orgulho. "Eu perco pra que me deixem em paz." No colégio, os professores pensavam que Fernanda carecia de talentos especiais, mas no prédio ela era a única que se atrevera a disparar o revólver do pai de Annelise contra as pedras. "Sério, se você fizer isso de novo, nunca mais venho aqui", Fiorella lhe disse. "Soou muito alto." "Soou como a morte." O universitário de olhos verdes, tatuagem no pulso, covinha no queixo, cabelos ondulados, jaqueta preta e All Star azul chamado Hugo bateu palmas quando as duas voltaram: "Senti saudades de vocês, meninas!". Seu cabelo ondulado era idêntico ao dos desenhos de Jeff the Killer nas *fanarts* de creepypasta.org. "Até que enfim", disse Ximena, emburrada porque Gustavo, Gabriel e José se sentaram perto de Fiorella e Natalia. Nas histórias de Annelise, o Deus Branco se apresentava apenas para garotas de sua idade e a visão era tão perturbadora que as transformava para sempre. "Vamos continuar jogando?", perguntou Analía, deixando de tirar *selfies* com o celular. "Sim, mas de outra coisa." E Fernanda se apoiou na mesa. "Vocês querem fazer algo realmente divertido?" Hugo e os outros olharam para ela com curiosidade e luxúria. "Essa casa tem um terraço no telhado, certo?" A escada para subir ficava perto da garagem. Era metálica e havia vômito no primeiro degrau. "Eca, eca, eca, eca, eca!", repetiu Analía quando teve de evitar a poça amarela com pequenos pedaços de cenoura. Fiorella sabia que Natalia não se sentia atraída por Gustavo, mas queria agradá-lo porque adorava se sentir o centro das atenções. Tac, tac, tac, tac, soavam seus saltos na escada que balançava. "Xime, sorria um pouco", Analía lhe pediu, embora no fundo quisesse bater nela por fazer de sua tristeza algo tão evidente. Ai, me consolem!, pensou. Ai, ninguém me ama! "Você acha que algum dia vamos gostar de um menino?", perguntou Ximena em voz baixa. "Você não queria ser mais parecida com as gêmeas, com Fernanda ou Annelise?" Analía odiava que Ximena se comparasse com ela. *Eu não sou como você*, pensou sem falar em voz alta. *Só preciso perder um pouco de peso.* No telhado havia um casal se beijando e se tocando por baixo das roupas, mas Fernanda os afugentou com seus gritos: "Vão para um motel!". Risos grosseiros. Analía os gravou correndo e postou um *story* no Instagram. 54 *views*. 123 *views*. 234 *views*. "Bem, aqui estamos", disse Hugo, parecendo-se ainda mais com Robert Pattinson sob a luz da lua. "E agora?" Fernanda e Annelise trocaram olhares. Elas tinham praticado tantas vezes no prédio que fazê-lo ali parecia uma piada. "Agora sim vamos jogar de verdade." Elas respiraram fundo. "Aqui vou eu." Fernanda correu em direção à borda do telhado e subiu de um salto no muro que o protegia da queda. "Cuidado!" Os universitários continham a respiração. "Você está louca? Desça daí!", gritou Hugo. "Você vai se matar, caralhoooo!", Gabriel gritou, pálido. "Alguém a segure!" Antes que eles pudessem impedi-la, Annelise fez a mesma coisa e saltou no muro oposto, cambaleando, mas alcançando estabilidade ao abrir os braços como um aviãozinho de brinquedo. Gustavo fechou os olhos: "Que filha da puta!". Fiorella, Natalia, Analía e Ximena aplaudiram, empolgadas, a façanha de suas amigas. Não era todo dia que elas podiam mostrar suas habilidades grupais:

o grupo perfeito e interessante que elas formavam. "Vamos apostar que, quem cair, perde", disse Fernanda, andando como um gato no muro. "Se vocês não caírem, podem pedir qualquer coisa a qualquer uma de nós", disse Annelise, andando mais rápido do que Fernanda. "O quê?" "Desçam daí agora, puta merda!" Quando chegaram ao canto do muro, as duas hesitaram e Hugo levou as mãos à cabeça. "Elas nem tiraram os saltos!" Mas elas conseguiram superar a dificuldade. "Nós fazemos isso o tempo tooooodo", disse Fernanda, pedante. "Vamos ver quem é mais corajoso." Annelise desceu de um salto e os meninos soltaram o ar. "Caralho!" Fernanda a imitou, soltando um gemido ao aterrissar mal por causa dos saltos. "Isso é perigoso!", disse o universitário de cabelo azul, lábios finos e sobrancelhas espessas chamado Gabriel. "É por essa razão que fazer isso é ótimo", disse Fernanda. "Ninguém quer tentar?" Eles cruzaram os braços. Enfiaram as mãos nos bolsos. "Não é tão difícil", disse Annelise. "Até duas meninas de salto alto podem fazer isso." Hugo olhou para seus amigos e riu. Nenhum garoto gostava que uma menina sugerisse que podia fazer algo melhor do que ele. "Tudo bem." Ele tinha uma risada muito suja. "Mas, se jogarmos seu jogo, podemos pedir qualquer coisa?" Fernanda assentiu. O conteúdo dos desafios no prédio não tinha limites. "Qualquer coisa." E piscou várias vezes. "Contanto que não caiam." Os universitários que estudavam Medicina na Universidade Católica se juntaram num círculo e discutiram por alguns segundos. "Eu pensei que eles iam dar uma de cuzões", comentou Natalia, imitando a fala de Gustavo. Fiorella olhou para ela horrorizada: "Não fale palavrão!". As *creepypastas* que mais a assustavam eram aquelas em que algo macabro se desencadeava depois de proferir uma frase, uma oração ou um feitiço diante de um espelho. O universitário com nariz minúsculo e pinta na testa chamado José sentou-se no muro e, aos poucos, foi se levantando. "Até seu pâncreas está tremendo, caralho", gritou Gabriel, o de cabelo azul. "Podemos pedir pra vocês tirarem a roupa?" José dava passos inseguros e continuava encolhido como um duende. "Sim", disse Annelise, sorrindo. "Você pode pedir para uma de nós tirar a blusa, por exemplo." Analía não gostou da possibilidade de ter que tirar a blusa pois seu tamanho era M, e não XS. "E depois será nossa vez." Nem Fiorella, nem Natalia, nem Ximena, nem Analía caminhavam ao longo das bordas do terceiro andar do prédio. "A gente vai ter que subir lá?", Ximena perguntou baixinho para Annelise. "Shhh!" "Claro que não." Do grupo, apenas Annelise e Fernanda se arriscavam, por isso eram as melhores e as que tomavam as decisões importantes. "Podemos pedir um beijo?" José suava e parecia que estava prestes a se mijar todo em cima do muro. "Podem, se não caírem." No prédio, Natalia ficava preocupada que suas amigas escorregassem e se estatelassem no chão. "Então, já sei o que vou pedir." Mas nesse momento estava animada em ver o universitário de nariz minúsculo e pinta na testa com tanto medo de cair. "Consegui, seus putoooos! Consegui!", gritou José, batendo no peito como um gorila ao voltar para o chão. *Parece um moleque e não um homem*, Natalia pensou, e queria que Gustavo subisse para ela ver se ele era moleque ou homem. "Vocês me viram?" Ela preferia curtas-metragens baseados em *creepypastas* que se disseminavam pelo YouTube, como *The Smiling Man*, a história de um menino que teve o azar de encontrar um homem sorridente numa rua vazia. "Fiquei mais assustada quando li", disse Annelise, mas Natalia ficou perturbada ao ver aquele homem encarnado num ator de sorriso demencial que andava da mesma maneira que José andou sobre o muro. "Eu quero um beijo, linda", disse a Fernanda, apontando para ela com o indicador. "Beeeijo, beeeijo, beeeijo!", os outros gritavam, embora Annelise tenha ficado muito séria. Na verdade, nem Natalia, nem Fiorella, nem Analía, nem Ximena gostavam de terror mais do que de comédias românticas, doramas ou *fanfictions* sobre Selena Gomez e Justin Bieber. "*Fine*", disse Fernanda, e caminhou para José sem disfarçar sua irritação. Mas esses eram hobbies que não tinham nada a ver com o prédio ou com o que Fernanda e Annelise faziam. "Vai fundo, cara, vai fundo!", Gabriel gritou. "Uau!" Ximena tinha certeza de que o universitário de nariz minúsculo e pinta na testa chamado José não beijava bem, porque mexia a língua como se tivesse epilepsia. "Pobre Fer", ela comentou em voz alta e as gêmeas riram. "Vai ser beijada por um cavalo." Enquanto isso, Annelise subiu de volta no muro e, dessa vez, avançou com cautela para trás. "Olha pra ela, porra!" "Essa mina é louca!" Todas elas sabiam que Anne ficava fascinada que a chamassem de louca, e é por isso que em suas histórias apareciam manicômios e hospitais. "Looouca!", sussurraram para a amiga. "Looouca!" "Looouca!" Quando José soltou Fernanda, ela limpou os lábios com o antebraço. "*We all go a little mad sometimes*", disse Annelise, lá de cima. E Fernanda repetiu: "*We all go a little mad sometimes*". Hugo bateu palmas para a frase, mas não entendeu que elas tinham citado Norman Bates. "Um filme em preto e branco? Que preguiça!", disse Natalia no dia em que Fernanda lhe contou sobre *Psicose*. "Se eu for ver, juro que vou bocejar." "Se você me obrigar a ver isso, juro que vou dormir." Ximena, Analía, Fiorella e Natalia admiraram a beleza de Annelise quando desceu, incólume, do muro. "O que vamos pedir a eles?", perguntaram, ansiosas. "Vamos pedir que eles tirem a camiseta." "Não, as calças." "Vamos pedir beijos." "Não, vamos pedir que deixem a gente cuspir neles." "E se fizermos xixi em cima deles, como no prédio?" "Eles vão ficar putos se perguntarmos se podemos fazer isso!" Annelise piscou para Fernanda, como quando planejava algo e não pensava em dizer o que era. "Eu sei o quê", e ela se voltou para os universitários que estudavam Medicina e eram membros da Federação de Estudantes da Universidade Católica: "Um de vocês terá que lamber meus saltos". Analía abriu a boca. As gêmeas sacudiram as mãos. Os saltos de Annelise eram um par de Jimmy Choo de estatura mediana que deixavam à vista os belos dedos de seus pés. "Ou terminamos o jogo aqui e nós ganhamos." Os meninos se mostraram tão surpresos com a proposta que ficaram sem palavras por alguns momentos. "Não brinca!" "Fala sério." José coçou a cabeça: "Espera aí, elas podem pedir esse tipo de coisa?". Gustavo bufou como um touro. "Nem a pau que eu vou lamber os sapatos de uma garota." Analía apontou o dedo indicador para eles zombeteiramente: "Estão cagando nas calças? Buuu". Lábios tensos e sobrancelhas franzidas. Fiorella não gostava que suas amigas usassem linguagem vulgar com os universitários com que saíam porque a fazia sentir como se estivessem perdendo a classe. "O outro jogo era álcool e confissões, grande coisa!", disse Fernanda. "Este é um jogo de verdade, só para os fortes." Os sorrisos começaram a desaparecer e a atmosfera ficou tensa, como Annelise adorava que ficasse quando queria intimidar os outros. "Por que você gosta tanto de assustar os outros?", perguntou Fernanda antes de entrarem no Ensino Médio. "Porque me faz sentir adulta como minha mãe." "Porque faz com que eu comece a imaginar." Hugo espantou uma mosca da bochecha, e

Fiorella percebeu que ele tinha as maçãs do rosto iguais às de Ezra Miller. As maçãs do rosto de Ed Westwick. "Supõe-se que aqui todos nós queremos nos divertir." Fernanda sempre ficava satisfeita com as respostas de Annelise, mesmo aquelas que eram enigmáticas. "Estou me divertindo", disse ela, permitindo que o vento levantasse ligeiramente sua saia. "E eu não vacilei quando me pediram pra beijar seu amigo." Ali do telhado se podia ver três estrelas, Ximena contou com a cabeça para trás, até que de repente uma delas se apagou. "Ok, ok", Gabriel disse, indo em direção a Annelise e surpreendendo o grupo: "Não vamos amarelar, mas nem vocês, princesas, vocês vão ver quando chegar nossa vez". Fiorella duvidava que Annelise e Fernanda teriam medido as consequências do que podia acontecer se as coisas não saíssem do jeito que elas queriam. "Quem ri por último…" Se os meninos pedissem algo pior: algo que as pusesse em apuros. "Vamos lá, levante o pé." No colégio, elas foram avisadas muitas vezes para tomarem cuidado com os meninos. "Caraaaa! Sério que você vai fazer isso?" Que demonstrassem ser mocinhas respeitáveis para que eles as respeitassem. "Não se preocupe, *bro:* vai ser rápido." E elas, na opinião de Fiorella, não estavam se dando ao respeito. "Logo, logo a gente se vinga." Fernanda sorriu ao ver que o universitário com cabelos azuis e lábios finos chamado Gabriel passava sua língua rosada no salto direito de Annelise contendo a ânsia de vômito. "Espero que a Anne não tenha pisado no vômito da escada", sussurrou Ximena a Analía. A língua rosada limpou o salto esquerdo, deixando-o viscoso e gotejante. "É minha vez", disse Hugo, escalando a parede enquanto Gabriel cuspia e murmurava palavras que Fiorella jamais se atreveria a dizer. "Você tem que fazer como a Anne", Fernanda lembrou a ele, sorrindo pela primeira vez durante toda a noite. "Você tem que andar de costas, beeem devagar." Gustavo passou a mão pela nuca sem perceber que seu joelho estava tremendo e que Natalia olhava para ele com pena, como se fosse um cachorro castrado. "Melhor descer, cara." Hugo começou com segurança, mas era difícil manter o equilíbrio. "Vamos, cara, você consegue!" Parecia estar prestes a cair a cada passo que dava e, ao observá-lo, Fernanda se lembrava da época em que caminhava na borda do terceiro andar do prédio sussurrando: "Se eu morrer, vai ser rápido". "Se eu morrer, não vou nem perceber." Fiorella se agarrou ao ombro da irmã. "Agora eles vão nos pedir que façamos algo horrível." "Acalme-se", ordenou Natalia. "Eles vão pedir pra Anne, não pra nós." No meio do barulho e das acrobacias de Hugo, Fernanda pensou em como era incrível que houvesse momentos em que a morte não significava nada para ela. "Como você sabe?" Momentos em que sentia que viver e morrer eram a mesma coisa acontecendo ao mesmo tempo, a cada segundo. "Foi a Anne quem nos meteu nisso!" Ou naqueles em que sua felicidade mais extrema coincidia com momentos em que tudo também poderia parar violentamente. "É ela quem vai nos tirar disso!" E então, pensando, percebeu que Annelise estava ficando nervosa porque Hugo não caía. "Você está bem?", perguntou a ela. "Em último caso, a gente pode dar no pé, *if this gets ugly.*" Annelise forçou um sorriso para ela. "*If this gets weird,* a gente pode chamar um táxi." As mãos dela ficaram suadas quando Hugo superou o desafio sem graça, tremendo até o último passo, mas com a adrenalina preenchendo seu rosto de uma emoção sem igual. "*Fuck.*" Os amigos o aplaudiram e gritaram seu nome quando voltou para a segurança do chão e das folhas secas. "Huuugo!" "Huuugo!" Era a emoção de ter chegado à beira da morte que os fazia pular. "Huuugo!" Os universitários que estudavam Medicina e pertenciam à Federação Estudantil da Universidade Católica se reuniram em torno dele. "Huuugo!" Deram-lhe tapinhas nas costas. "Huuugo!" Deram-lhe tapinhas nos ombros. "Huuugo!" Nem Fernanda nem Annelise gostaram de que eles tivessem chegado perto do que era delas. "Estamos perdidas", disse Ximena, levantando as sobrancelhas. O sexo da morte. "Foi divertido enquanto durou", acrescentou Analía. Um pouco afastados, os universitários juntaram a cabeça num conciliábulo improvisado. "Bom, o que vocês esperavam? Isso foi uma idiotice desde o começo", disse Fiorella. "E se ele caísse?" Fernanda tirou os sapatos e escalou o muro de novo. "O que teríamos feito então?" *O problema é que ele não caiu*, Fernanda pensou sem remorso. *Teria sido melhor se ele caísse.* Os meninos a viram aumentar a dificuldade do desafio correndo de um canto ao outro antes de cair de pé ao lado de Annelise, sua dupla. Sua gêmea das ideias. "O próximo terá que fazer o mesmo!", disse, com intenção de castigá-los. "Eeepa! Primeiro a Anne vai ter de fazer o que eu pedir", Hugo disse, com Gabriel à sua esquerda. Meses atrás, Fernanda tinha lido uma *creepypasta* sobre uma garota que matou o amigo atirando nele com o dedo. "E como eu sou um *gentleman*, não vou te fazer lamber os sapatos do meu bro ou qualquer coisa do tipo", disse ele a Annelise. Fernanda daria qualquer coisa para que seu dedo pudesse fazer o mesmo nesse momento. "Serei gentil, um verdadeiro cavalheiro." *Yerks*, Fernanda pensou: estavam curtindo seu momento de glória. "Na verdade, vou te pedir uma coisa boba." Eles saboreavam com a ponta da língua. "Quase nada comparado com o que você fez com o Gabo." Aproveitavam o momento aos poucos, como se fosse um doce. "Você só terá que nos mostrar uma dessas fotos que disse que tirou de você mesma." Fernanda raspou o chão com os dedos dos pés. "Uma daqueles em que você aparece nua." Bang!, pensou Natalia. *Então era isso que eles queriam.* Em sua cabeça, a punição teria sido muito mais forte e cruel. "Bem, poderia ser pior, né?" Todas elas notaram que Annelise sentiu-se aliviada, embora tentasse disfarçar para que os meninos não mudassem de ideia. "Ele gosta da Anne", disse Fernanda em voz baixa. "É por isso que foi tão *nice.*" Ximena se sentia incomodada com o fato de que aqueles universitários que estudavam Medicina e eram membros da Federação Estudantil da Universidade Católica quisessem ver uma menor de idade nua. "Eles têm pouca imaginação", comentou Analía. "Ou querem apenas bater uma punheta", acrescentou Natalia, e Fiorella deu um cutucão nela novamente com o cotovelo. "Ai! Pare de me bater!" A lua mostrava sua redondeza perfeita, como nos filmes de lobisomem. "Que besteira!", Natalia disse quando Anne contou a ela que havia grupos no Facebook onde meninos e meninas se assumiam como licantropos e trocavam histórias sobre suas transformações, fotos, vídeos etc. "*Freaks*", ela os insultou, mas se ajoelhava no quarto branco toda quarta-feira à tarde e dedicava ao Deus Branco seus contos de terror. "Você vai fazer isso?", perguntou Ximena a Anne. "Você vai deixá-los te ver?" Fernanda viu um sorriso se formando nos cantos da boca de Annelise: uma ligeira tensão dos músculos. Um indício. "Olhe, você não precisa enviar nada pra nós, é só mostrar do seu celular", disse Hugo, o estudante universitário de olhos verdes, tatuagem no pulso, covinha no queixo, cabelos ondulados, jaqueta preta e All Star azul que se parecia com Robert Pattinson. "O que nós virmos aqui, vai ficar aqui." Fernanda sentiu pena deles: nenhum dos quatro sabia o quanto Annelise gostava de assustar os outros. "Tudo bem, vou lhes mostrar meu nude." Ninguém sabia o quanto ela queria assustar Miss Clara tal como fizera com Miss Marta, a ex-professora de Língua e Literatura. "Primeiro, fechem os olhos." Só Fernanda a conhecia e via em seu sorriso oculto o desejo de mostrar-lhes a pior das fotos. "Podem abrir." Quer dizer, aquela que ela fez no chuveiro. "O que é isso?" Aquela que permitia que ela pusesse em prática seu talento para o terror. "Que porra é essa?" Seu talento para o horror. "Que tipo de merda doentia é essa?!" Annelise tentou manter a calma, embora o rosto dos meninos estivesse deformado. "Sou eu, nua." Gabriel se afastou da tela do celular e se apoiou nos joelhos. "Que filha da puta!" "Que filha da puta!" Ximena, Analía, Fiorella e Natalia não entenderam a reação dos universitários que estudavam Medicina na Universidade Católica porque de onde elas estavam era impossível ver a foto. "Isso é sério?", perguntou Hugo, pálido, apontando para o telefone. "Quem fez isso com você?" Ximena deu dois saltos curtos. "Quero ver!" Analía a pegou pelo braço. "Fique quieta, pelo amor de Deus!" Annelise abraçou Fernanda pelas costas e suas pupilas se dilataram. "Minha melhor amiga." Um passo para trás. Um gesto de profunda rejeição. "Quero ver!", Ximena repetiu. Natalia começou a comer a pele do polegar. "É ou não é uma foto da Anne pelada?" Fernanda se sentiu sufocada com Annelise abraçando-a; com os universitários que estudavam Medicina e eram membros da Federação Estudantil da Universidade Católica vendo a foto que ela fez de Anne. "Quero ver!" Desde que eram garotinhas, Anne ventilava suas intimidades conforme sua conveniência. "Agora é nossa vez, né?", disse Analía. Mas tudo estava indo longe demais para o gosto de Fernanda. "Um de vocês tem que correr em cima do muro como a

Fer." Muito longe e direto, onde ela não podia segui-la. Gabriel se recusou. "Vou sair fora, *bro*", disse a Hugo. "Essa palhaçada não é normal." Atrás dele, Gustavo subiu no muro e tremia como um pedaço de gelatina. "Desce daí, cara!", José gritou para ele. Analía, Ximena, Fiorella e Natalia viam o universitário do nariz pequeno e da pinta na testa olhar para as escadas como se quisesse fugir. "Isso é Photoshop, né?", perguntou Hugo, embora Annelise já tivesse guardado o celular. "Quer dizer… não pode ser real." Fernanda pensou que talvez fosse essa a situação que Annelise quisera desde o princípio. "Tem que ser uma brincadeira." Talvez fosse por isso que ela quis ir à festa. "Certo?" Para mostrar o mais íntimo de sua amizade numa foto. "Merda!" Para se deleitar com as reações dos outros. "Nããão!", gritou Natalia, e quando os outros se viraram, viram o muro sem Gustavo. "Ele se matou!", Gabriel deixou escapar, pondo as mãos no rosto enquanto todos corriam para a beira do telhado. "Esse filho da puta do caralho se matou!" Vida e morte ocorriam ao mesmo tempo, com a voz de J Balvin e os gritos de Gustavo. "Caralho!" "Caralho!" "Caralho!" Como o amor e a vergonha: a ternura e o horror. "*Oh my god!*" Lá embaixo, o universitário musculoso gritava, um osso emergindo da perna, e Fernanda olhava para a pele rasgada, o sangue, o dente no chão como se fosse qualquer outra paisagem. "Ele está vivo, cara!" Porque a única coisa em que ela estava pensando era na foto. "Está vivo!" Na repugnância que a foto que ela tinha tirado de Annelise causava nas outras pessoas. "Não morreu!" E que, pela primeira vez, ela sentia nojo também. "Está vivo!"

XIV

Dr. Aguilar:

Fernanda: Estou me sentindo mal, embora não tenha conseguido reagir de outro jeito, *you know*? Eu já me sentia mal antes de me sentir pior. E acho que sou uma daquelas pessoas que quer fugir das sensações ruins. Como você já me fez perceber, eu não enfrento as coisas e fujo, *I guess*. Tem gente que teria aguentado, pela amizade. Tem gente que suporta e resolve as coisas. Em vez disso, eu prefiro cortar pela raiz. Zás! E não é que eu não me importe, é que eu me importo *too much* e isso me machuca. E quando isso acontece, eu me afasto e digo "*Ok, byeee*".

Dr. Aguilar:

Fernanda: *Of course* que eu sabia que o que estava fazendo era errado, mas não sabia que era tããão errado. Só percebi o quanto era errado quando fiz aquilo, percebi e disse: "Merda. *This is sooo fucked up*". Não, minto: foi quando ela mostrou a foto pros idiotas na festa.

Dr. Aguilar:

Fernanda: É como quando você começa um jogo e de repente ele se torna algo que você nunca esperava. Como a história do meu dente. Você se lembra? Eu te contei há muuuuito tempo. Não? Bom, quando meu primeiro dente de leite caiu, eu coloquei embaixo do travesseiro para que meus pais me dessem dinheiro. Porque nunca acreditei na coisa da fadinha, *obviously*, e nem sei por quê, se eu acreditava em coisas mais estúpidas do que isso. Nem lembro pra que eu queria aquele dinheiro, mas *whatever*. Estava muuuito animada. Minha mãe se incomodava que eu não acreditasse na fadinha e por isso inventava histórias lindas, tipo que meus dentes eram anjos fossilizados que caíam da minha gengiva pra voltar pros braços de Deus. Isso quando ela ainda me amava. Tem certeza de que eu não te contei? Bom, coloquei meu dente debaixo do travesseiro e demorou uma eternidade para eu pegar no sono, mas por fim adormeci. Quando acordei, meu dente não estava lá, não havia dinheiro em lugar nenhum e minha orelha doía como se eu tivesse passado muito tempo mergulhando na piscina. Sim, é isto que você está pensando: o dente tinha entrado no meu ouvido enquanto eu dormia! Meu pai tentou tirar, mas só conseguiu empurrá-lo mais pra dentro, e eu gritava e lembro que não me ouvia bem, mas sim como de longe, como se eu tivesse encolhido dentro de mim mesma. *Weird*, né? Eles tiveram que me levar pro hospital, lógico, e os médicos queriam me fotografar e me filmar como se eu fizesse parte de um *freak show*, mas meus pais não os deixaram fazer nada, *obviously*. *Anyway*: o que me aconteceu com a Anne foi algo parecido. Foi como se de repente eu percebesse que tinha um dente no ouvido e a única coisa que fiz foi tirá-lo pra poder ouvir bem. Eu não quis parar de ser amiga dela, eu só precisava afastar o dente do meu tímpano. *That's it*. Eu queria que meu ouvido deixasse de ser uma boca. Mas ela não entendeu dessa forma. Ou sim, ela entendeu e de qualquer maneira decidiu tomar essa atitude e se vingar, porque é imatura, egoísta e filha da puta. Ops, *sorry*!

Dr. Aguilar:

Fernanda: Bem, sim. Agora que você está dizendo, acho que é verdade, eu já me sentia desconfortável antes. Mas nunca como depois, quando decidimos fazer aquilo-que-você-sabe. A Anne era minha BF. Bem, ainda é. *I guess*. A gente não consegue parar de amar as pessoas assim do nada, *you know*? Sei lá. *I mean*, não sei o que sinto por ela agora. Eu lhe contava coisas que eu só conto pra você, ou seja, tudo. Por isso é que eu choro muito às vezes e me sinto, não sei... sozinha. Sinto falta dela, *I guess*, mas não acho certo sentir isso. Com ela eu falava de tudo, até do Martín, e ela gostava de me ouvir. Ela gostava de pensar que eu o matei.

Dr. Aguilar:

Fernanda: Eu entendo que parece *creepy* pra você, mas nós inventávamos *horror stories* muito interessantes porque, sabe, a gente gosta dessas coisas. Dizíamos que o Martín era albino: branco como vômito de bebê ou iogurte. E mesmo que soubéssemos que ele não era albino porque nas fotos da minha mãe ele aparece muito branco, mas não tááão branco, nós achávamos que sim. Também achávamos que tinha os pés virados para trás, como o Tintín, e que ele andava ao contrário. É por isso que nas nossas histórias eu o matava: porque estava me defendendo. Porque o Martín era um monstro e eu tinha que me defender.

Dr. Aguilar:

Fernanda: *Wrooong*. Não estou me culpando pela morte do Martín outra vez. Você não sabe como era minha relação com a Anne. Era uma amizade tááão divertida. Não nos culpávamos pelas coisas e não nos sentíamos culpadas porque a culpa é uma chatice, *you know*? Mas, voltando ao lance do meu irmão: ninguém sabe se eu matei o Martín ou não. Você diz que não. Meus pais dizem que não. Mas pode ter acontecido: eu posso ter jogado o Martín na piscina e ter ficado ali vendo-o morrer sem dizer ou fazer qualquer coisa. Eu não me lembro, *true*, mas é algo que pode ter acontecido.

Dr. Aguilar:

Fernanda: *Wrooong*. Também não me sinto culpada por ter inventado histórias engraçadas com a Anne sobre o Martín. O Martín era uma criança muuuuito feia e parecia um duende. E histórias são apenas histórias. Não é pra tanto. E a verdade é que eu nunca senti que ele fosse meu irmão. Quer dizer, *of course* que ele é meu irmão, mesmo agora que está morto ele ainda é, mas eu nunca o conheci. Ou não me lembro de ter conhecido. Minha única irmã sempre foi a Anne. Ela foi a irmã que eu escolhi.

Dr. Aguilar:

Fernanda: Já te falei: porque era divertido. Nós víamos muuuuitos filmes e líamos muuuuitos romances e histórias de terror juntas. E nunca fechávamos os olhos quando tínhamos medo. Nunca tapamos a cara como as outras. Costumávamos brincar de coisas que eu sei que outras meninas não brincam, como apertar nosso pescoço e o que eu já contei que fazíamos no prédio, embora eu nunca tenha visto isso como outra coisa além de um jogo. *Maybe* um jogo perigoso, sim, mas emocionante. É por isso que pensei que não me sentiria estranha com a nova ideia que a Anne inventou, mas estava errada. E de repente tudo começou a se tornar... sei lá, *weird*. Parei de sentir vontade de ir pro prédio e ficar com minhas amigas, embora eu fosse e ficasse com elas de qualquer maneira, porque o que mais eu podia fazer? Não sei, era como se eu tivesse ido dormir e acordado de novo com um dente enfiado no ouvido. Com uma orelha em dentição: era *weird* e desconfortável. Além disso, comecei a ver tuuuuudo de forma diferente. Por exemplo, comecei a achar o quarto em que contávamos nossas histórias de terror horrível, de uma hora pra outra. Quer dizer, ninguém entrava lá, exceto nos dias em que contávamos nossas *horror stories*. E no começo eu nem percebi, mas depois me dei conta de que era *weird* que não entrássemos lá nenhum outro dia. Quer dizer, estávamos sempre correndo e brincando por todo o prédio, menos no quarto branco. Era uma coisa bem óbvia, mas ninguém queria falar sobre isso. Por exemplo, uma vez vi a Natalia a dois metros do quarto, olhando pra dentro com o rosto fixo, imóvel, como se tivesse visto algo horrível e não conseguisse nem respirar de nojo. Fiquei com medo de vê-la assim, por isso gritei "O que você está fazendo?!", e ela se sobressaltou e riu, mas de uma forma muito feia, como quando você não quer rir mas mesmo assim ri e faz uma cara que não é a sua. Então percebi que tínhamos começado a nos assustar de verdade. Talvez as outras não digam nem vão dizer pra não brigar com a Anne, mas eu sei que elas estão um pouco assustadas com a história do Deus Branco. E às vezes a Anne parece possuída pelas coisas que ela inventa. A imaginação dela é muscular, está ligada ao seu esqueleto e é, sei lá, real. É algo que se move.

Dr. Aguilar:

Fernanda: Sim, real. Mais real do que isso, por exemplo. A imaginação da Anne é mais real do que você, ou meus pais, ou que eu mesma. Sempre gostei disso nela. Já ela gosta, ou gostava, que eu gostasse disso. Acho que eu pensava que éramos iguais e que tínhamos os mesmos limites, mas agora eu sei que a Anne não tem limites. Imagino que pra ela tenha sido decepcionante conhecer os meus, *but that's ok*. Antes, as outras tinham medo de mim porque achavam que eu era como a Anne, mas acho que eu estava apenas brincando de ser como ela, e agora que elas sabem que não sou, nem têm vontade de falar comigo. *Anyway*, tenho certeza de que elas tiveram medo do quarto branco pelo menos uma vez e que o evitavam pra não ter que ficar como a Natalia, feias e petrificadas a distância. Comecei a ter medo dele depois, quando aceitei a proposta secreta da Anne e fiz com ela isso-que-você-já-sabe. Então percebi que era um lugar que tinha algo que perturbava a gente. Bem, a nós. E é que toda vez que passávamos na frente daquele quarto evitávamos olhar para ele. Ou pelo menos eu fazia isso. Acho que todas faziam, exceto a Anne. Era simplesmente um espaço estranho: o único lugar do prédio onde nunca tínhamos encontrado nenhum animal, nenhum inseto... nada de nada. Até as pombas pareciam fugir porque, claro, era o único quarto que não tinha janelas. Estava em descompasso com todo o resto. Era diferente de um jeito ruim. Não sei. É verdade que eu ajudei a torná-lo assim porque pintei o quarto de branco, mas naquela época era apenas um quarto, não o lugar onde a Anne contava suas *horror stories* sobre a idade branca e o Deus Branco e blá-blá-blá. Então ele se tornou um ambiente doentio, como se fosse deformado, e das paredes começou a sair uma umidade preta sob a pintura que estufava e vertia água. Você vai me achar louca, *I know*, mas a umidade daquele quarto parecia um monte de veias, juro. E a pintura branca era como a pele transpirando quando chove. Não tenho fotos porque a Anne nunca nos deixou fazer isso. Gostaria de ter ao menos uma, embora eu não saiba por quê. *Anyway*, o pior era que a Anne sorria *too much* lá dentro, e não como ela sorria de costume, mas de uma forma enrugada. Ah! E também havia algo que me fazia sentir muuuuito mal: desde que começamos a brincar em segredo de você-já-sabe-o-quê, a Anne olhava muito para os meus dentes e, *honestly*, eu não gostava nada disso, me dava vontade de chorar *like a baby*.

Dr. Aguilar:

Fernanda: *Wrooong*. Eu nunca teria chorado na frente dela por isso! Eu chorava sozinha, quando a Anne não ficava pra dormir na minha casa nem eu na dela. Ou no banheiro do colégio. Às vezes, eu chorava no banheiro do colégio. Agora que estamos brigadas também choro muito no banheiro do colégio, como antes. Mas não me arrependo nada de ter batido nela.

Dr. Aguilar:

Fernanda: Sim, sim. Eu sei que a violência não resolve os problemas e blá-blá-blá, mas pode nos fazer sentir bem quando precisamos. Estou apenas sendo sincera.

Dr. Aguilar:

Fernanda: Acho que é porque temos muitas coisas em comum. Antes eu também agia como se estivesse possuída pelas coisas que eu inventava com a Anne. E embora agora ela queira negar e me odeie, eu, sua BF ou ex-BF, *whatever*, ajudei a criar cada uma das suas histórias. Nós fazemos, ou fazíamos, tudo juntas. E eu queria ser ela. Às vezes eu até sonhava em entrar dentro da Anne e usá-la como um disfarce. Porque ela é perfeita, *you know*? Ou quase: é linda, divertida, inteligente … e tem um irmão mais novo que está vivo, o Pablo. E não vai ao psicanalista.

Dr. Aguilar:

Fernanda: Era brincadeira. Eu amo vir aqui.

Dr. Aguilar:

Fernanda: É que você não sabe como foi. Desde que eu falei pra ela que não queria continuar brincando porque aquilo a machucava e porque eu estava me sentindo muito, muuuuito mal, ela começou a se comportar de maneira diferente comigo. Não é que eu me sentisse culpada por brincar disso-que-você-já-sabe, porque a culpa é uma chatice e nossa amizade nunca foi chata, eu só me sentia, sei lá, sufocada, como se quisesse vomitar. Como se eu cheirasse mal e o fedor não fosse embora mesmo quando eu tomava banho. Assim. E tudo começou com a foto. Quando ela mostrou a foto pros caras com quem fomos à festa, a foto que eu fiz dela, algo aconteceu comigo que eu não consigo explicar. Eu me senti expulsa do lado da Annelise. Pela primeira vez não queria dormir com ela, por exemplo. Me angustiava tanto pensar que ela pudesse dormir na minha cama, ou eu na dela, que me fingia de doente e até faltava à escola. Sim, quando eu lhe disse, há um mês, que fiquei doente, menti: estava me fingindo de doente. Às vezes minto pra ela, mas sempre acabo contando a verdade. *Really. Anyway*, naquele momento eu me sentia sem forças pra dizer à Anne que não queria continuar brincando daquilo-que-você-já-sabe porque sabia que ela não iria aceitar bem, mas nunca imaginei que ela fosse levar tão a sério. Eu ficava tão estressada por ter que passar um tempo sozinha com a Anne que fingia estar doente pra faltar à escola e não receber visitas. Dormia de pijama molhado e me provocava vômitos. De tão mal que me sentia com tudo. Mas como eu não podia continuar doente pra sempre e como a Anne não é estúpida e já farejava que algo estranho estava acontecendo, eu disse a ela a verdade: que não queria continuar brincando. Ela tentou me convencer, mas eu contei a ela, ou tentei contar, o que estava acontecendo comigo. Falei sobre o lance da foto. Disse a ela que era uma coisa íntima e que eu não queria que ninguém soubesse. Que eu odiaria que as outras descobrissem. Que me dava vergonha mesmo que elas não soubessem. Usei a palavra "repulsa", porque eu tinha visto dois dias antes um filme que tinha esse nome, e a palavra "nojo". Talvez devesse ter usado outras, mas usei aquelas. E ela aceitou, ou fingiu aceitar, é claro, porque no colégio e no prédio tuuuuudo mudou. De repente, ela parou de falar comigo. Não é que me deixasse de fora do grupo, mas simplesmente não me dirigia mais a palavra. Às vezes, ela não tinha escolha a não ser falar comigo, mas sempre pra me dizer algo muito pontual. E as outras notaram, *of course*. E acho que elas ficaram um pouco contentes. Quer dizer: agora a Anne estava falando e rindo mais com elas e todas tinham permissão pra rir de mim e me excluir. Sempre há um estranho prazer em afastar alguém, né? Dá uma espécie de superioridade: a de estar por cima do outro, que você pode isolar se quiser. Então vamos dizer que da noite pro dia eu me tornei o bode expiatório do grupo. Antes era a Ximena, então acho que foi ela quem ficou mais feliz que a Anne me olhasse torto e risse de mim. Então, a mudança começou, e depois ficou pior. Mais tarde, quando na aula era preciso fazer algum trabalho em duplas, a Anne fazia com a Analía; e quando o trabalho era em trios, com a Analía e a Ximena; e quando era em quartetos, com a Analía, a Ximena e a Fiorella; e quando era em quintetos, com a Analía, a Ximena, a Fiorella e a Natalia. Você entende? Eu nunca tinha sido excluída dos grupos. Independentemente do número limite, eu estava sempre com a Anne e a Anne estava sempre comigo. Mas era evidente que algo tinha mudado e que para elas era divertido que eu percebesse. Da última vez que fui ao prédio, por exemplo, a Anne jogou uma pedra do terceiro andar que caiu a poucos centímetros de onde eu estava. Era uma pedra grande: maior do que meu punho. Assim. Vê isso? Poderia ter quebrado minha cabeça. Então eu parei de ir, *obviously*, e foi então que ficou claro que eu era pior do que antes tinha sido a Ximena, porque pelo menos ela nunca deixou de fazer parte do grupo, e eu sim. Ninguém me disse "Você não pertence mais ao nosso grupo", mas estava claro. Há coisas que são entendidas sem necessidade de explicações. Lembro-me de ter pensado: *prefiro sair do grupo em vez de deixar a Anne me tratar como um saco de pancadas*. Portanto, disse "*Ok, byeee*", e fui embora.

Dr. Aguilar:

Fernanda: Fiquei chateada quando percebi que a Anne era a líder do grupo porque eu pensava, como uma idiota, que nós duas éramos as líderes. Isso feriu um pouco meu ego, *but just a little bit*. O que realmente me machuca é que ela não consegue me deixar em paz. Tira sarro de mim, põe o pé na minha frente pra me fazer tropeçar, joga minhas coisas no chão… E ontem eu não aguentei mais, é por isso que bati nela com todas as minhas forças. Acho que ela não esperava por isso. Acho que pensava que era intocável ou algo assim.

Dr. Aguilar:

Fernanda: Não sei se eu quero falar com ela. Não sei por que andávamos ao longo das bordas do terceiro andar. Não sei por que eu apertava seu pescoço. Não sei por que acabei fazendo com ela isso-que-você-já-sabe. Acho que porque era divertido… até que deixou de ser. E também porque a Anne tem uma imaginação muuuito fértil. Por exemplo, uma vez vimos um crocodilo na parte de trás do prédio e ela ficou obcecada por ele e inventou que era uma manifestação do Deus Branco ou algo assim. E quando falava do animal dizia que era branco, mas eu vi sua cauda e era verde, não branca. Todas nós sabíamos que a cauda dele era verde. Fiorella tinha visto seu corpo inteiro, melhor do que qualquer uma de nós, e sabia que era verde. Mas com o tempo começamos a falar sobre o crocodilo como se sempre houvesse sido branco e como se todas nós tivéssemos visto sua brancura entrando no mangue. E nunca teríamos pensado em dizer que era verde, porque era branco. Entende? O crocodilo era branco e ponto final. E não é só que falávamos como se fosse, mas acreditávamos nisto: acreditávamos que tínhamos visto suas escamas brancas. Esquecíamos que sabíamos sua cor verdadeira. É assim que a imaginação da Anne é fértil. Ela é alguém que faz esse tipo de coisa.

Dr. Aguilar:

Fernanda: Sim, tenho saudades da Anne e entendo que ela sinta que eu a traí ou a desprezei, mas odeio quando ela se comporta assim. Às vezes eu a odeio. Eu também a amo um pouco. E sinto falta da imaginação dela e de sentir medo com ela. Estar assustada faz com que você se sinta muito viva e muito frágil, como se você fosse um caco de vidro e pudesse se quebrar a qualquer momento. Pode ser feio sim, mas também te desperta e te preenche de uma emoção enorme. É como quando eu era pequena e tinha meu amigo imaginário, sabe, aquele que se chamava Martín e se parecia com o Martín, e lembro-me de que às vezes eu tinha medo de vê-lo porque era igual a um duende, mas nem por isso deixava de imaginá-lo ou de falar com ele. Ou como quando a Anne e eu brincávamos, depois da escola, que o Pablo era um monstro como o Martín, e fugíamos dele e ele chorava e nós lhe dizíamos *poor baby* e acariciávamos sua cabeça e lhe dizíamos *sweet child of mine*, mas depois a Anne o prendia dentro da secadora e brincávamos que a ligávamos e que o Pablo pegava fogo. Naquela época, o Pablo era pequeno e se movia como se não tivesse esqueleto, mas agora ele está grande e ainda se lembra do que fazíamos com ele e é por isso que ele nos odeia um pouco. É assim: a Anne queria que a gente fosse igual até na maldade, e se uma das duas fosse assassina a outra também precisava ser, e se eu não tinha nenhum irmão, ela também não queria ter, mas não de verdade, só de mentira, de brincadeira, porque nunca mataríamos o Pablo, embora de vez em quando fingíssemos matá-lo. Acho que eu já te contei uma vez: que gostávamos de brincar que vencíamos nossos horríveis irmãos mais novos. Dizíamos que eram duendes, que eram o Tintim, e às vezes acreditávamos nessas histórias e tínhamos medo delas. Especialmente eu, que quando criança tinha muito medo do meu amigo-imaginário-Martín. Acho que sempre gostei de ficar um pouco assustada, mas não táááo assustada. A Anne e eu amávamos sentir medo estando seguras e protegidas como as irmãs que tínhamos escolhido ser. Às vezes, no prédio, levávamos essa segurança ao limite, mas era precisamente porque nos sentíamos... esqueci a palavra.

Dr. Aguilar:

Fernanda: Sim, isso. *Anyway*, não sei se me sinto a salvo agora. Acho que é porque a imaginação da Anne continua se exercitando na minha cabeça, mesmo que eu não queira. É como um dente, mas não no meu ouvido, e sim no cérebro. Meu cérebro está em dentição e dói. Não consigo esquecer suas histórias sobre o Deus Branco e a idade branca ou o que eu senti cada uma das vezes que fiz isso-que-você-já-sabe com ela. As *horror stories* da Anne eram feitas pra nos assustar um pouco e nos divertir, mas essa ideia ou teoria dela da idade branca e da adolescência era algo mais… *hardcore*. Era uma forma de nos descrever que fazia sentido. Era real. Parecia uma religião ou um culto ou algo assim. O branco traz muitas imagens horríveis à mente: vampiros, fantasmas, mortos, paisagens frias, até mesmo o Slenderman, que sempre foi representado com uma brancura perfeita no seu rosto vazio. A Anne queria colocar as histórias do Deus Branco e da idade branca na internet e criar um mito parecido com o do Slenderman. Você conhece o Slenderman?

Dr. Aguilar:

Fernanda: É uma criatura inventada por centenas e milhares de pessoas que o mantêm vivo gerando *creepypastas*, ou seja, *horror stories* que se espalham e crescem na web. E claro, a Anne queria que sua teoria do Deus Branco e da idade branca se espalhasse pela internet e se tornasse um *meme*. Queria escrever *creepypastas* de muito sucesso sobre aquilo. Bem, a ideia de fazer isso foi de nós duas, mas acho que agora é só dela. *Whatever*.

Dr. Aguilar:

Fernanda: Ok, vou tentar explicar, mas é uma coisa muuuito difícil de descrever. Eu sei que o negócio da idade branca e o Deus Branco é uma história da Anne e blá-blá-blá. Mas às vezes acho que uma história, mesmo que seja de mentira, pode dizer coisas verdadeiras. Na minha opinião, é isto que diferencia as melhores *horror stories* das piores: que alcançam a forma verdadeira do medo. Mas, antes de continuar, quero que você saiba que a Anne e eu não somos *prudes*. Não somos como outras garotas de famílias Opus. Não somos umas carolas que falam sobre beijos sem nunca ter beijado. Mas eu tenho limites. Todos temos que ter limites. Só que a Anne não tem. Ou talvez tenhamos limites diferentes. Não sei. Quando eu fiz o-que-você-já-sabe me senti mal porque havia algo… não sei. Não sei se vou conseguir explicar. Me dá vergonha! Havia algo… sexual no processo. Não que tenhamos feito sexo ou algo assim. Não somos lésbicas! E não é que eu tenha algo contra lésbicas, mas é difícil ignorar o que você vem ouvindo durante toda a sua vida, de manhã até a noite, *you know*? A culpa é chatíssima e nós a evitamos, mas talvez às vezes eu me sentisse um pouco culpada. Ou esquisita, em todo caso. Eu me sentia *weird* e suja, *I guess*. A coisa do pescoço era diferente, embora eu ache que foi uma espécie de iniciação pro que iríamos acabar fazendo. Acho que a Anne me odeia porque no começo era eu que falava com ela sobre questões… você sabe, sexuais, enquanto ela me escutava e não dava um pio. Não que a Anne fosse tímida, ela era mais reservada na época, mas só com esses assuntos. Eu ficava surpresa que ela fosse assim com isso, e com outras coisas piores fosse tão solta. *Anyway*, eu lhe contava das minhas… você sabe, masturbações, e como me sentia mal quando, de criança, meus pais me diziam que eu tinha que parar de me tocar e me evitavam como se tivessem vergonha de me ver, e eu também lhe contava que eles falavam com você e você explicava a eles que também não era tááão ruim que eu me tocasse, mas que de fato era preciso controlar a situação e blá-blá-blá. Você se lembra? Bem, você sabe que eu não falo sobre isso com ninguém porque tenho vergonha, mas com a Anne eu falava sobre esse tipo de coisa. Não sei como explicar como éramos íntimas. Tomávamos banho juntas, mas como amigas, é claro, e isso era bom porque era como se olhar no espelho. *Anyway*, sempre fui menos *prude* do que a Anne, sempre falava sobre assuntos relacionados a sexo e masturbação e suponho que é por isso que ela me odeia, porque é como se eu tivesse lhe dado confiança pra se abrir comigo e me mostrar o que ela realmente queria e, depois de ver, eu a teria olhado com nojo e ido embora. E talvez eu tenha feito isso. Mas não tive má intenção, *I swear*. Eu a amava. Bem, eu a amo, embora ela seja uma grande *bitch* às vezes. *Sorry*.

Dr. Aguilar:

Fernanda: Não sei, acho que não falava com você sobre a Anne antes porque não tínhamos problemas e porque nossa relação era perfeita e eu não sentia que tinha algo pra contar. Embora pelo visto eu tivesse muita coisa sim pra contar. Mas eu acreditava que nossa amizade era perfeita, *you know?* E eu realmente não quero que você pense que nós estávamos fazendo algo lésbico, porque não era com essa intenção. Embora mais tarde eu achasse que se podia ver assim e por isso me deu nojo, era uma coisa muuuuito diferente.

Dr. Aguilar:

Fernanda: Não sei. Mas não era lésbico, *I swear*.

Dr. Aguilar:

Fernanda: Claro que dói, *of course*, embora eu não esteja assim só por isso. Não é só isso que me incomoda. É outra coisa que me impede de dormir bem. Mas não entendo o que é. Só sei que quero chorar e que às vezes me sinto, não sei, mal, como se alguém estivesse me perseguindo, mas quem está me perseguindo sou eu mesma, porque não consigo parar de pensar na Anne, nas minhas amigas e no prédio e no Deus Branco e na idade branca e nisso-que-você-já-sabe que fiz com a Anne. Talvez, no fundo, eu não queira consertar as coisas com ela, porque isso significaria falar sobre o que ela me fez fazer e que eu não queria fazer com ela de forma alguma.

Dr. Aguilar:

Fernanda: Também não quero falar disso com você agora. Eu lhe contei o que fiz com a Anne porque eu tinha que contar, mas não significa que eu queira falar sobre isso agora. Ainda não quero. Não quero discutir isso com a Anne também, *obviously*.

Dr. Aguilar:

Fernanda: Não sei por que não quero falar sobre isso. Acho que é porque me assusta. A única coisa que eu quero dizer é que eu não queria fazer isso com ela. Não queria. E odiei fazer isso com ela.

Dr. Aguilar:

Fernanda: Não queria. Eu não queria fazer isso com a Anne. E não gostei. E embora ela tenha gostado um pouco, embora ela tenha sentido um prazer *supercreepy* quando eu fazia aquilo, não tem nada a ver comigo porque eu não gostei.

Dr. Aguilar:

Fernanda: Por que você está me perguntando isso? O que você quer insinuar com uma pergunta dessas?

Dr. Aguilar:

Fernanda: Você está sugerindo que estou mentindo pra você?

XV

Regras para entrar no quarto branco
por Annelise Van Isschot

1. Você nunca entrará de pé, mas nas quatro pernas de seu nome.

2. Você nunca tocará ou encostará nas paredes.

3. Durante a cerimônia, pelo menos uma vez você deve varrer o chão com o cabelo.

4. Você aceitará que, lá dentro, qualquer coisa pode acontecer com seu corpo.

5. Você não abrirá os olhos na hora errada.

6. Você não chorará, mesmo que doa.

7. Você não gritará, mesmo que dê medo.

8. Você não sairá do quarto até que a cerimônia termine.

9. Você sempre rezará com os joelhos no chão.

10. Você aceitará a Deus no fundo branco de sua consciência.

11. Você menstruará todo dia santo de seu nome.

XVI

O pior de tudo não era a dor aguda em seus membros, nem o cheiro de seu corpo – uma massa cheirando a suor e urina que se impunha com sua sujeira ao mundo pulcro da cabana; nem o tempo se dilatando como um buraco negro onde entravam todos os objetos, a floresta, o vulcão, suas memórias, a filha da puta da Miss Clara e ela mesma; nem mesmo o fato de que ela ainda estava lá, algemada a uma mesa, sentindo como seu estômago se grudava nas costas e observando, em silêncio, como sua pele se transformava num pasto ocre ao qual acudiam as pequenas formigas pretas que corriam pelo chão. Até certo ponto, era tolerável. O pior de tudo era que haviam se passado dois dias desde a última vez que tivera dignidade. O pior era não saber nada – como Shelley Duvall em *O iluminado*, mas com a cor do cabelo de Julie Christie em *Geração Proteus* – e ter começado a sentir medo. Medo de quê?, ela se obstinava em se perguntar enquanto sentia que por dentro algo estava se enrugando, algo que tinha sua respiração própria e era estranha à sua; um animal viscoso com dentes longos e cauda de sereia. Essa criatura começara a nadar em seu peito quando Miss Clara trouxe o coelho, esfolou-o sem dizer uma única palavra, cozinhou-o no fogo e o comeu na frente dela.

Ela nunca imaginou que a fome fosse um peso perfeito que lhe escalava do estômago às têmporas.

Miss Clara permitia que ela bebesse um copo d'água por dia, mas ela tinha de fazer xixi ali mesmo, sentada numa cadeira rangente e lascada. A primeira vez foi a mais difícil de todas: sua bexiga se liberou e ela começou a chorar, inundada de si mesma, de uma sujeira insuportável que invadia seu corpo desconhecido e indócil. Fernanda nunca se relacionara com o repulsivo organismo que agora habitava. Aquele cheiro forte era sua verdadeira natureza? Seu corpo parecia uma esplanada sobrevoada por urubus de latão que caçavam órgãos. Ela queria rasgar a pele com uma pedra para sentir algo diferente de nojo e fome, mas até sua vontade não se parecia mais com o que ela era.

Ruminou a novidade: ela nunca tinha sentido nojo de si mesma antes.

Miss Clara também não tinha tomado banho, mas pelo menos não cheirava a cítrico, a uretra, a fralda, e isso a posicionava na categoria de único ser humano vivo na cabana. Fernanda, por outro lado, demorou pouco para descobrir o que era verdadeiro em sua natureza: seu cheiro, tão forte como a fome; sua humanidade, tão frágil quanto seu cheiro. Por isso, diante de sua professora, Fernanda se sentia igual àqueles bichos que faziam as pessoas virarem a cabeça e torcerem o nariz; porque ela sabia que Miss Clara podia farejar suas coxas e ver no chão a marca de uma poça que a madeira tinha absorvido. Uma marca que se renovava constantemente e que as formigas sabiam evitar. Ela tinha urinado, até aquele momento, seis vezes – ela as contava porque não podia fazer nada além de prestar atenção às necessidades e funções de seu corpo –, e sabia que a cada nova poça ela ia perdendo partes importantes de si mesma, mas a humilhação não turvava seus pensamentos nem a impedia de criar pequenos estratagemas como se levantar, afastar a cadeira alguns centímetros e se agachar para evitar molhar as pernas.

Ela já vira muitas vezes as cadelas se aliviarem assim: roçando o sexo na grama.

Também já tinha visto Ximena e Analía mijarem como as cadelas.

Aplicar essa tática, no entanto, tinha seus inconvenientes, como o quanto as algemas machucavam seus pulsos pelo movimento, avermelhando sua pele, e como era difícil tirar a calcinha. Às vezes, quando tinha sorte, conseguia descê-la até os joelhos, embora normalmente não conseguisse tirá-la e a sensação da roupa interior molhada contra seu sexo, quente e elástica, era desagradável. Mas pior, pensava ela, teria sido tirá-la na frente de Miss Clara; pior teria sido ficar nua à mercê das formigas, deixar sua calcinha de segunda-feira exposta à loucura de sua professora, tirar a vestimenta que proibia a vulva quando a saia era sempre tão fácil de levantar…

Fazia algumas horas que seus lábios vaginais tinham começado a arder como se uma hera venenosa crescesse de dentro para fora dela. A incerteza, no entanto, a deixava com prisão de ventre.

Lucky me, ela pensou. Não queria imaginar a possibilidade de que fosse de outra maneira.

No fundo, ela ficava surpresa de ser capaz de descartar mais líquido do que consumia e que sua cabeça parecesse um balão de sangue flutuando na ponta de uma agulha. Ela nunca tinha sentido fome antes, mas só agora sabia disso. Ter fome era alojar o nada e ouvi-lo regurgitar anfíbios em seu estômago. Uma vez, no pátio do prédio, Natalia cumpriu o desafio de enfiar na boca os girinos da lagoa. Fiorella fez cócegas nela e sua irmã os engoliu. "Rã, rãzinha, rã; se você não saltar hoje, vai saltar amanhã", elas cantavam para ela porque Natalia estava morrendo de medo de que seu estômago se enchesse de sapos bebês. "E se eles se transformarem dentro de mim?" "E se as coxas deles começarem a brotar nos meus intestinos?" Annelise lhe dizia que ela iria cagar rãs brancas de barriga transparente, aquelas em que se via o horror do coração. "Que minúsculo é o coração de uma rã", disse a ela um ano atrás, quando no laboratório Miss Carmen abriu uma e mostrou seu músculo de tomate-cereja ainda batendo. *Que minúsculo deve ser meu coração*, pensou Fernanda, sentindo-o bater como nunca naquele instante. Agora ela podia dizer que conhecia o ritmo e os desejos do seu; tudo o que jamais se atrevera a olhar e que naquela cabana, de repente, ela via.

"Se eu me transformar em sapo vocês vão ter que me beijar pra que eu vire uma princesa", Natalia lhes disse naquela ocasião, dando uma piscadela com seu olho azul profundo.

Pensava em suas amigas para fugir da fome e do ardor, mas junto a seus pensamentos não havia outra coisa além da fome e de sua vulva crescendo como uma fruta espumosa de gengivas sensíveis sob o tecido. Sua cabeça, além disso, estava igual a quando seu amigo-imaginário-Martín era seu irmão morto e esperava por ela agachado no armário, atrás das botinhas azuis, raspando a madeira com os dentes. "Não suporto que você veja meus dentes", disse ela uma tarde para Annelise, as duas sozinhas no último andar do prédio. "Por quê? Você não gosta deles?", Anne perguntou enquanto andava em linha reta ao longo da borda do abismo. "Eu gosto muito dos seus dentes de ratinho." Sua cabeça na cabana estava igual a quando seu amigo-imaginário-Martín roía o armário com seus dentes de furão branco. "Seus dentes de Topo Gigio." "Seus dentes de Pernalonga." Dentro de si, sua família revelava o histórico de seu sangue: um irmão duende, um irmão com os pés virados ao contrário, um irmão albino como a morte, um irmão que anda contra suas próprias pegadas, que avança de trás para a frente porque a história da fraternidade começa com um assassinato, de acordo com Annelise: "Quem diz isso é a Bíblia, um livro em que todos têm medo". Mas os adultos não sabiam que Annelise lia a Bíblia como um livro dos medos.

"Você quer ser minha irmã?", perguntou-lhe quando elas tinham oito anos de idade e dormiam abraçadas embaixo da cama.

"Sim, quero ser sua irmã."

Os adultos também não sabiam que, quando iam à igreja, ela e Annelise estavam representando o culto ao Deus Branco, Deus-mãe-de-útero-errante, e disfarçadamente se acariciavam os joelhos.

"Você é minha irmãzinha, minha garotinha, minha igual."

O Deus Branco as fazia rir de suas mães: de seus seios caídos dentro de sutiãs Victoria's Secret, de seus cremes antirrugas feitos para caras-de-uvas-passas e suas tinturas de cabelo fosforescentes porque a natureza das filhas, dizia o credo, era saltar na língua materna de mãos dadas com firmeza; sobreviver à mandíbula para se converter na mandíbula, tomar o lugar do monstro, isto é, da mãe-Deus que dava início ao mundo do desejo.

Isto era uma irmã: uma aliada contra a origem.

Fernanda procurava não se assustar com o fato de que Miss Clara tivesse a mandíbula larga, como um tubarão ou um lagarto, ou como o crocodilo que avançava em seus sonhos em direção às pernas abertas de Annelise.

"Eu vou te dar à luz dentro de mim", sua irmã lhe dizia em seus pesadelos. "Eu vou te dar à luz contra os meus ossos."

Seus pensamentos subiam dos pântanos até o vulcão onde Miss Clara tinha olhos como os ovos das iguanas e das lagartixas que elas estalavam contra as paredes do prédio. Lá Fernanda e suas amigas saqueavam a terra com as mãos, puxavam as raízes e encontravam os tesouros brancos que pareciam a loucura que agora vivia no olhar-gárgula da professora.

A loucura era macia e úmida como os ovos, mas às vezes elas enfiavam a loucura na boca e na calcinha antes de estalá-la com força contra as paredes.

Fernanda acreditou, até os sete anos de idade, que um ovário era um rosário feito de conchas quebradas. "Eu gosto tanto dos seus dentes que quero arrancá-los", Annelise disse a ela na noite que Fernanda lhe contou. "Eu gosto tanto da sua mandíbula que quero torná-la um mandibulário." Rezavam com cada um de seus molares ao Deus Branco enquanto faziam cócegas uma na outra embaixo do lençol. "Somos irmãs", diziam elas, e lambiam as gengivas uma da outra quando sangravam. "Somos a mesma", e se abraçavam pelos ossos quando o sol se punha. Fernanda se lembrava de Annelise assim, como antes de que brigassem, para fugir da fome e da vulva, mas não era possível escapar do que era insone e ovíparo, assim como não era possível fugir de Miss Clara arrastando os pés pesados na madeira do céu rangente.

Seus pés descalços e sanguinolentos deixavam manchas escuras no chão.

Seus cabelos negros caíam vivos no pé da escada.

Ela pensou que levariam menos tempo para encontrá-la, mas tinha começado a entender que as razões de seu sequestro eram as de uma mulher delirante e que tudo podia acontecer com ela. Fernanda entendeu que podia se machucar – não como quando o desafio era aguentar um soco na barriga e Annelise batia nela com toda a força –, que era sério.

Talvez o revólver sobre a mesa tivesse uma bala para ela. Talvez ela devesse começar a se perguntar se estava pronta para morrer.

"Como será a sensação de morrer?", perguntara a Annelise muito tempo atrás, e depois para sua mãe: "Mamãe, como será morrer?". E sua mãe contou ao dr. Aguilar, como contava tudo o que sua filha dizia e que a impedia de pegar no sono à noite. Fernanda tentou várias vezes pensar em seus pais, mas seu pai era uma tarde de pesca e sua mãe, uma pomba doente que não parava de cagar no mundo. Seu pai era a rede e o peixe; sua mãe convulsionava com o bico aberto fora d'água. Um dos dois, pelo menos, podia voar: a mais medrosa, mas com pavor de sua cria. Fernanda dissera ao dr. Aguilar: "Minha mãe tem medo de mim". Explicara a ele que sua mãe guardava a foto do filho morto e olhava para ele como se estivesse vivo, enquanto olhava para ela como se estivesse morta.

"Ela me olha como se eu fosse um fantasma", contou-lhe. "Por isso eu faço 'buu!' quando ela não está olhando pra mim."

Até aquele momento, não lhe passara pela cabeça que talvez seus pais não estivessem lamentando seu desaparecimento; que talvez eles ficassem felizes por não ter de ser pais numa cidade que ficava cheia de cobras quando chovia. "Hoje meu pai atropelou uma cobra na estrada", contara Fiorella dois meses atrás enquanto pisava com violência numa cobrinha no segundo andar do prédio.

Na Bíblia, lembrou, Deus pedia aos homens que nada temessem, nem mesmo cobras, só a Ele. "O temor a Deus é sabedoria", dizia Mister Alan. "O temor a Deus é como um amor filial." Temer o pai ou a mãe era o lado oculto do amor, diziam, mas ninguém falava do medo dos pais em relação aos filhos: ninguém dizia que o temor à mãe era sabedoria na cobra e que a filha que comia cobras não sabia como temer. Fernanda nunca tivera medo da mãe, é por isso que o ventre do qual ela nascera a temia todos os dias que o pai ia pescar e não trazia nada para casa, só a doçura de guelras mortas.

Talvez sua mãe não estivesse procurando por ela. Talvez suas amigas – que tinham deixado de ser suas amigas muito antes que ela fosse sequestrada – não sentissem sua falta.

Talvez ela estivesse na névoa espessa e o Deus Branco no silêncio.

Ela não sabia por que sua mente presa sempre voltava às histórias de terror de Annelise. As criações de sua irmã escolhida, no entanto, adquiriam vida em sua cabeça conforme as horas passavam e seu medo a encharcava de fluidos corporais. Ela se lembrava de momentos de medo grupal causados pelas invenções de Annelise, como quando, pouco antes de que elas parassem de se falar, ela quis que todas acreditassem que alguém estava entrando no prédio na ausência delas; alguém que entrava de fininho à noite ou pela manhã e rondava o espaço com a intenção de se apossar dele. "O Deus Branco não vai gostar", dizia num tom muito sério que fazia Fiorella e Natalia se darem as mãos. Durante aqueles dias, Annelise se tornou uma caça-fantasmas: encontrava pegadas, sinais turvos da presença de um intruso em cada canto, e embora as pegadas fossem do tamanho do pé de Analía e os sinais, tão confusos como o lugar onde estava uma pedra ou a espessura do galho que usavam para perturbar as cobras, Fernanda e as demais começaram a acreditar que era verdade; que realmente havia alguém invadindo seu covil. "Temos que fazer algo." "Vamos rezar para o Deus Branco e ele vai nos dizer o que fazer." Às vezes, enquanto corriam pelos corredores, elas se sentiam observadas do quarto branco, mas não havia nada lá, apenas a água escura escorrendo pelas paredes quando chovia. "Se o virmos, vamos empurrá-lo do terceiro andar." "Se o virmos, vamos oferecê-lo ao crocodilo."

Nos relatos sobre a idade branca, as jovens protagonistas tinham teofanias espantosas em que o Deus Branco aparecia a elas como Javé surgiu a Moisés, e esse era o começo de uma mudança progressiva que as levava a fazer coisas horríveis como comer suas mães, matar seus irmãos ou começar a frequentar cultos secretos pouco antes de desaparecer. "Você não poderá ver a minha face, porque ninguém poderá ver-me e continuar vivo",[3] Mister Alan lia nas aulas de Teologia diante do crescente interesse de Annelise. "Põe agora a tua *mão* no teu *seio*. E, tirando-a, *eis* que a *sua mão estava leprosa, branca* como a *neve.*"[4] Fernanda escutava e observava Annelise absorver as palavras bíblicas que usava para aperfeiçoar sua história: "O Deus Branco não tem rosto nem forma, mas seu símbolo é uma mandíbula que mastiga todos os medos", dizia ela no quarto branco do prédio. "Quem o vê e não está pronto para vê-lo, vai morrer, porque sua aparência é como a morte: tira a cor de todas as coisas."

---

[3] N.T: Êxodo 33,20.
[4] N.T.: Êxodo 4,6.

Fernanda gostaria de protagonizar um daqueles relatos de revelações macabras: que fosse dominada pela teofania do Deus Branco de Annelise, que seu cabelo se tornasse branco pelo horror da aparição e que isso lhe desse a força de que ela precisava para tirar as algemas e matar Miss Clara. Afinal, se a matasse, ninguém a puniria. A polícia diria que foi em legítima defesa, pois uma sequestrada tinha o direito de assassinar sua sequestradora. Podia tentar fazer isso: matar sua professora, descobrir como seria tirar a vida de uma pessoa e, ao mesmo tempo, salvar sua própria vida. Ela podia tentar pegar o revólver que descansava no centro da mesa, mas, quando se esticava, seus pulsos ladravam e seus dentes não conseguiam alcançar o cano.

À medida que o sentimento de impotência crescia, o tempo se camuflava nas paredes, na janela e na neve do vulcão. Existir naquele tempo invisível era complicado para Fernanda, era como se enroscar em torno da pouca luz que entrava ou respirar as lufadas do cheiro nauseabundo que exalava de sua pele-pelagem. Mas os momentos mais difíceis, aqueles que crepitavam em sua garganta, eram quando sua professora descia pela escada em caracol com os pés machucados e se sentava do outro lado da mesa. Então a luz que se infiltrava pelos vidros da janela escurecia metade de seu rosto e Fernanda evitava olhar para ela para não ter medo, mas sempre fracassava.

Ninguém tinha lhe explicado que a luz também podia escurecer a carne.

Às vezes, sentada à sua frente, Miss Clara ficava quieta como um cadáver, sem olhar para ela, sem falar com ela, com os cabelos pretos e oleosos grudados nas laterais do rosto e a postura mudada: o ombro direito caído e as costas curvadas em direção à esquerda, como se tivesse sido danificada pelo frio da montanha. Quando isso acontecia, Fernanda ficava se perguntando sem parar por que ela e não Annelise. Por que ela e não Analía. Por que ela e não Ximena. Por que ela e não Fiorella ou Natalia. Perguntava-se o que tinha feito de tão especial para merecer isso, o que a tornava única, e nunca encontrava uma resposta satisfatória.

Havia momentos em que Miss Clara punha o cabelo sujo atrás das orelhas e estendia a mão para acariciar o revólver como se fosse a cabeça de um gato. Naqueles minutos, Fernanda aproveitava a oportunidade para perguntar coisas simples que jamais tinham resposta: "Que horas são?", "Este lugar é seu?", "Você poderia me dar alguma coisa pra comer?". Nenhuma dessas perguntas, porém, era a importante: "Esse é o revólver do pai de Annelise?", mas esta ela não pronunciava porque sua resposta se tornara uma presença turva, uma ameaça que ela notava cada vez com mais nitidez flutuando da floresta para o interior da cabana; crescendo da loucura de Miss Clara para suas próprias têmporas. As palavras de sua professora poderiam ser um precipício no qual cair, mas, em todo filme de terror, as mudanças significavam um novo perigo, e Fernanda intuía que a mudança final na trama de seu sequestro tinha a forma de uma resposta ao porquê, ou para quê, estava lá.

Ela deteve o ritmo de sua mente, acelerado e vertiginoso, quando Miss Clara assomou pela escada e desceu o primeiro degrau.

– *Please!* – deixou escapar Fernanda sem reconhecer a própria voz, começando a chorar como nunca pensou que pudesse fazer.

Agora ela sabia a espessura de sua força: agora ela sabia que tipo de pessoa era quando se curvava diante de grandes mandíbulas.

Miss Clara desceu as escadas com o rosto arranhado, os lábios azulados e a coluna torta. Murmurava coisas ininteligíveis enquanto Fernanda tremia de frio, de fome, de vulva. *Agora ela vai falar*, pensou, encolhendo-se como um animal sem focinho. Podia ver a intenção da palavra no rosto da professora, uma língua lambendo suas pupilas enquanto a boca dela se preparava para dizer:

– Não faz sentido você mentir, então não minta – disse Miss Clara, despenteando as sobrancelhas com dedos que pareciam larvas de tão vermelhos.

Ela seria capaz de rastejar como um verme ali, pensou Fernanda, na frente de sua sequestradora, e lamberia seus pés, as unhas, as veias, se com isso pudesse voltar para a barriga temerosa de sua mãe.

Era tudo o que ela queria: voltar.

– Eu sei muito bem o que você fez, menina doente.

XVII

No dia do início das aulas, Clara sabia que algo em seu corpo não estava indo bem. "Você está horrível!", Amparo Gutiérrez disse a ela como se estivesse feliz, porque àquela altura já tinha adquirido o hábito rude de apontar que ela parecia estar péssima e sugerir, sem que ninguém pedisse sua opinião, como se alimentar bem, que infusões beber – ela desencorajava fortemente tomar café – e quais exercícios praticar para corrigir sua postura "desalinhada" e "infantil".

"Estou tendo insônia", ela se limitou a responder. Mas o que Clara sentia não era cansaço, e sim pavor.

Tinha sido a primeira a chegar à escola naquela manhã. O porteiro a cumprimentou abençoando-a com o polegar caloso levantado e, enquanto estacionava o carro da mãe morta no estacionamento, Clara notou que suas próprias mãos tinham começado a tremer. *Que garras horríveis*, ela pensou, olhando para os dedos encolhidos como dez pernas de aranha sobre o volante – as unhas roídas; os nós dos dedos muito enrugados. Fazia dias que seus dedos não travavam e que ela não sentia aquela velha vertigem no baixo-ventre – "Temos um corpo que trabalha contra nós", sua mãe lhe dizia quando estava viva e doente e observava, com um prazer inconfessável, o sofrimento da filha que, à noite, arranhava os braços e mordia a língua. Não era um bom sinal que o útero roncasse como um favo de mel prestes a cair: que os órgãos se enchessem de insetos e a forçassem a ficar quieta, muito quieta – como sua mãe sentada na poltrona com estampa de tigre esperando a morte –, mas ainda assim ela saiu do carro, transtornada, suando gotas que grudavam em seus cabelos de ambos os lados do rosto e com a visão turva, como coberta por uma espessa camada de água suja. Teve de respirar fundo para evitar as palpitações, o formigamento nos braços e as náuseas; tranquilizar-se a si mesma, lembrar-se de que, embora suas coxas estivessem pinicando, ela não podia coçá-las, porque se o fizesse a comichão poderia piorar.

Jamais tinha entendido como, às vezes, certas áreas de seu corpo clamavam para ser feridas.

"Você está trabalhando contra si mesma, Bezerra."

Ela esperou alguns minutos assim: encostada no capô, inspirando e expirando profundamente e, quando achou que tinha recuperado o controle do corpo – ou pelo menos parte dele –, foi para a sala dos professores cruzando a imaculada pista de patinação, tentando não pensar que logo o silêncio e a limpeza ao redor dela seriam preenchidos com vozes agudas e incisivas, com risadinhas úmidas, com centenas de passos em ritmos diferentes, mas frenéticos – porque as pernas das adolescentes nunca ficavam quietas, de acordo com a mãe morta que habitava sua mente –, de poeira, areia e cabelos.

Tudo será diferente, pensou.

Ao entrar na sala, percebeu que nenhum outro professor tinha chegado ainda. Olhou para o relógio na parede com impaciência, sentou-se em sua cadeira, organizou alguns papéis na mesa, conferiu seu horário de aulas e verificou, mais uma vez – já tinha feito isso quatro vezes antes de sair de casa (como a mãe morta que habitava sua mente o exigia) –, se os livros que ia utilizar estavam dentro da maleta.

Precisava se acalmar, disse a si mesma. Até então tinha estado tranquila, familiarizando-se com a instituição e seus companheiros de trabalho, lembrando os nomes de cada um dos zeladores e inspetores, regando duas vezes por semana as plantas da sala dos professores, afixando citações famosas sobre educação no quadro de avisos e escolhendo as palavras apropriadas para falar pouco nas reuniões. Tinha sido meticulosa – como sua mãe quando ainda estava viva e saudável e levava quarenta e três minutos por dia para trancar as portas e janelas da casa à noite. Mas, acima de tudo, havia sido prudente. Estava claro para ela que, se quisesse voltar à normalidade – ou seja, retomar sua vida de antes do que acontecera com as M&M's –, precisaria enfrentar os sintomas, os chicletes e os seios pequenos; sair do esconderijo e ser uma professora, assim como sua mãe: uma boa professora. Afinal, tinha se preparado para isso, e sempre soube que as alunas voltariam e ocupariam cada canto com seus coques, suas peles lustrosas e seus olhos como insetos fluorescentes. Seu erro, no entanto, foi acreditar que estaria completamente pronta para quando isso acontecesse; que seu corpo, mapa orgânico de terrores, teria parado de se retrair como uma pálpebra sob o lençol no mesmo dia em que as meninas voltassem ao colégio. Em vez disso, lá estava: reduzida novamente aos seus zumbidos internos e ao caos do sistema nervoso central; suportando uma vibração que adoçava sua boca de forma repugnante; olhando para o relógio na parede como se fosse uma forca.

São apenas meninas, lembrou-se: crianças que nada poderiam fazer contra ela. E, para evitar coçar as coxas – que lhe picavam com inusitada veemência –, arranhou várias vezes a superfície lisa da mesa, mas parou quando viu que seu calcanhar direito tinha começado a martelar o chão repetidamente.

Levantou-se no mesmo instante.

Suas novas alunas seriam, nas palavras de Rodrigo Zúñiga, meninas de classe alta que costumavam zombar de seus professores – mas que (na opinião da mãe morta que habitava sua mente) não poderiam ser tão ruins quanto Malena Goya e Michelle Gomezcoello. "Elas são boas meninas, só que… sabe, elas estão naquela idade em que você tem que estabelecer limites", Amparo Gutiérrez lhe disse quando voltou à tona o assunto da brincadeira que fizeram com a ex-professora de Língua e Literatura. Clara logo percebeu que seus colegas preferiam não falar sobre o comportamento das meninas. Evitavam se aprofundar sobre a disciplina do colégio, embora, depois de descobrir o que tinha acontecido com sua predecessora, ela quisesse saber mais sobre o caráter geral das alunas e insistiu com perguntas que eram mal recebidas. Ángela foi a única que se atreveu a lhe garantir que o comportamento das estudantes era excelente porque estavam sob vigilância em tempo integral – "Você viu a inspetora? Anda pelos corredores durante as aulas", disse a ela. "Ela não tem cassetete, mas é como se tivesse." No entanto, havia um ou outro grupo, comentou quase sussurrando, que sabia a verdade: que, no fundo, eram intocáveis para Patricia-a-inspetora e que aqueles que tinham o verdadeiro poder, dentro e fora do colégio, eram seus pais.

"Há meninas que gostam de desafiar tudo", disse-lhe Ángela. "Coisas da puberdade, você não precisa levá-las muito a sério."

Clara ouviu as opiniões de seus colegas sobre as meninas sem se afetar. Durante anos ela havia sido professora de adolescentes e jamais teve medo deles – nem mesmo quando José Villanueva estourou a cabeça de Humberto Fernández contra os armários ou quando Priscila Franco cortou a trança de Abigaíl Núñez para usá-la como marcador de páginas. Em sua experiência, os meninos costumavam ser grotescos e fisicamente violentos, mas as meninas, apesar de sua aparência delicada e simples, exerciam uma agressividade diferente, embora tão cruel quanto a dos meninos. Eram mais inteligentes – como costumavam ser aqueles que tinham de criar táticas para sobreviver sob condições hostis – e sabiam disfarçar sua fome de violência com ingenuidade fingida. Só as meninas, pensava Clara, entravam sem permissão nas casas de seus professores. Por isso, o medo foi se expandindo como uma mancha poucos dias antes do início das aulas, alimentando-se de seus pesadelos, de suas memórias e da atitude daqueles que se recusavam a falar das alunas na frente dela.

Sua mãe já a alertara: "As meninas são as piores", disse-lhe. "Você tem que tomar cuidado com elas, Bezerra."

Mas Clara não lhe deu ouvidos.

– Você está horrível! – disse Amparo Gutiérrez ao entrar na sala e vê-la de pé ao lado da mesa. – Você não pode começar as aulas assim. As meninas vão te comer!

Todas as alunas comem a cabeça das suas professoras, pensou Clara, comparando-as com pequenas louva-a-deus.

Agora ela tinha de aprender a salvar sua pele: de uma forma ou de outra, precisaria aprender a alimentar sem se deixar ser comida.

"As filhas canibalizam as mães, Bezerra, desde o leite até o osso."

Depois do falecimento de Elena Valverde, Clara tinha visto nascer uma nova voz em seu cérebro, um fluxo de palavras que a ajudou a ocupar o espaço vazio e a se recuperar da ausência materna. Aquela voz não era outra coisa senão a mãe morta que habitava sua mente: uma linguagem que a purificava de si mesma para torná-la quem ela realmente queria ser – Elena, a carne branca da origem. No dia do início das aulas, Clara se vestiu no mais puro estilo-materno-de-dois-mil-e-três porque assim lhe pediu aquela voz que ela amava, a consciência de quem a educara para ser forte e correta, ou seja, para fazer as coisas bem – a mãe (costumava lhe dizer Elena olhando para o fantasma de sua coluna vertebral em forma de S pendurado na parede) sempre era responsável pelos atos da filha. Clara queria estar à altura dessa educação: lançar-se ao lombo do mundo mesmo que este corresse descontroladamente por cima do nada. De modo que, evitando as observações e os conselhos não solicitados de Amparo Gutiérrez, saiu da sala de professores e – enquanto as alunas chegavam em radiantes carros importados ou em ônibus escolares, tagarelando, com seus cílios muito longos e seus joelhos bronzeados – se encaminhou até o banheiro para se recompor. Àquela altura, só poderia fazer uma coisa, disse a si mesma: olhar para a frente, olhar fixo para os ladrilhos – atrás dela não havia nada mais do que um buraco pintado da cor do esmalte de Malena Goya (um poço tão profundo quanto as covinhas no canto dos lábios de Michelle Gomezcoello). Voltar atrás, nessas circunstâncias, era uma opção mais assustadora do que continuar, então ela deixou correr a água da torneira, levantou a saia, umedeceu as coxas e bateu nelas com força, ficando surpresa que o som ressoasse nos vidros como um beijo. Várias gotas molharam suas roupas, dando-lhe uma aparência desleixada – o espelho lhe devolveu um rosto desbotado de meia puída: uma expressão familiar de desgaste irremediável. Em algum momento achou que batiam na porta, mas no corredor não havia ninguém esperando por ela, apenas o sol e, ao fundo, um número desconhecido de saias que tragavam todo o ar.

Em questão de minutos, o Delta se converteu numa turba de meias brancas na altura das panturrilhas e de camisas com botões abertos. As meninas enxamearam pelo pátio com suas mochilas pesadas nas costas e os professores se esquivavam como se evitassem olhar diretamente para elas. Por outro lado, elas observavam tudo. Não houve um único lugar, nenhuma pessoa, que as fizesse cerrar as pálpebras. Era assim que olhariam para ela na sala de aula, Clara pensou com os nervos à flor da pele: sem pudor. "A professora nova", elas a chamariam até aprender o nome dela e, no processo, a examinariam como um animal exótico para descobrir se seriam boas ou más com ela. Mas Clara não ia permitir que ditassem seu comportamento.

Poderia vencê-las, disse a si mesma. Poderia controlar o suor e a sensação de desvanecimento.

Embora tivesse experiência com adolescentes de todo tipo, o barulho de centenas de vozes falando no pátio, nos jardins, nos corredores e no estacionamento a fez tremer como se um dedo de gorila acariciasse suas gengivas. Permaneceu quieta, com os pés juntos, olhando os professores passarem – olhando Patricia-a-inspetora passar – e as meninas que se contorciam de riso e salpicavam gotas de saliva espessa nos paralelepípedos. *Parecem cadelas*, pensou, e temeu que seus tremores recentes fossem seguidos por taquicardia, formigamento e a asfixia própria de seus cada vez menos frequentes ataques de pânico, que a paralisavam e a faziam temer e desejar a morte ao mesmo tempo.

O cabelo delas está caindo, ela ruminou em sua cabeça, agoniada. *Em breve o chão vai ficar cheio de cabelos.*

Então o sinal tocou – um som artificial que a fez apertar a mandíbula – e Clara soube que não havia como voltar atrás. Atravessou a multidão – a luz; o preto lustroso dos sapatos novos – e se dirigiu à sala dos professores para conferir pela quinta vez se os livros estavam dentro de sua maleta, reorganizar os papéis da mesa, pegar o horário e ir para a sala de aula beliscando a pele delicada entre os dedos da mão esquerda.

Nos corredores, a confusão era evidente: os professores trotavam enquanto Patricia-a-inspetora fazia soar seu apito, levantando os braços e deixando a gordura pender do mesmo jeito que duas pequenas asas macias. Antes de se distanciar do tumulto, Clara viu Ángela sorrir para algumas alunas que entravam por uma porta e se perguntou, de repente, quão boa professora ela seria – embora, no fundo, não tivesse interesse em saber.

"Sua cabeça é um ninho de baratas, Bezerra."

A primeira aula foi dada ao 2ºC, uma sala que ficava no final de um longo corredor curvilíneo, no primeiro andar do edifício Beato Álvaro del Portillo – sua mãe (que costumava zombar do costume de nomear infraestruturas em honra aos mortos) teria rido até as lágrimas se tivesse sabido que o Colégio Bilíngue Delta, *High-School-for-Girls*, também punha placas nos patamares das escadas com mensagens como "*Regnare Christum volumus*", "*Deo omnis gloria*" ou "*Serviam*". Nem por um único momento ela parou de suar ou tremer, mas ficou orgulhosa de conseguir manter uma certa compostura ao longo da aula. Além disso, as alunas do 2ºC eram quietas e disciplinadas. Ficaram de pé todas juntas quando ela entrou na classe e não se sentaram até que Clara lhes desse permissão para fazer isso. Tomaram notas com diligência e mansidão incomuns, sem falar entre elas, olhando para a frente de pernas cruzadas, até que o apagador caiu das mãos de Clara e uma garota com um laço azul sorriu para a colega do lado de uma forma travessa.

Calma, pensou. *Mantenha o controle.*

Por causa dos sintomas de seu cada vez mais aguçado transtorno de ansiedade – e da ameaça de um possível ataque de pânico –, Clara se esqueceu de fazer a chamada no início da aula. As alunas, pouco antes de o sinal tocar, disseram "presente!" ao ouvir seus nomes e depois se instalou um silêncio que Clara achou incômodo e artificial. Assim, conforme foi avançando na chamada – marcando os quadradinhos com um "P" ou um "A" na tela do computador –, entendeu que as garotas à sua frente não eram realmente como se mostravam; que estavam lhe concedendo uma espécie de trégua e que qualquer deslize, por menor que fosse, serviria para acabar com ela. Seu estado de inquietação e medo também a fez pular o protocolo de apresentação em que perguntava às estudantes por seus hobbies e projetos, e a forçou a recorrer à rigidez de uma sessão introdutória na qual só ela falou – algo proibido no modelo pedagógico do Colégio Bilíngue Delta, *High-School-for-Girls*. Porém, o que mais a perturbou foi ouvir a si mesma como se fosse outra pessoa; alguém que ela desconhecia e que soava como um documentário antigo à meia-noite.

"O que você sente se chama despersonalização", disse o psiquiatra que a atendeu quando ela tinha dezesseis anos. "É outra consequência do seu transtorno de ansiedade e pânico."

Todas as aulas do dia transcorreram desta maneira na mente de Clara: ouvindo-se como se estivesse no fundo de um poço e tentando afastar os pensamentos mais sombrios que vinham à sua mente toda vez que deslizava os olhos pelas pernas de suas alunas: estarão zombando de mim? Elas têm nojo das minhas mãos e do meu cabelo? Será que me acham feia, que não tenho nada interessante a dizer?

Será que elas sabem que quando crescerem serão como eu?

Será que sabem que, queiram ou não, se parecerão com suas professoras?

Naquela manhã também deu aulas ao 3ºA e ao 4ºB e, apesar de terem transcorrido de forma relativamente normal – as alunas foram menos precavidas e desagradáveis do que as do 2ºC –, ela não conseguia parar de pensar nas meninas que provocaram um pré-infarto em sua antecessora. Sempre se perguntava como seriam, quantos anos teriam e se poderia reconhecê-las com o tempo; identificá-las sem que os outros as apontassem – ver nelas vestígios de Malena Goya e Michelle Gomezcoello. No Delta havia mais três professoras de Língua e Literatura, mas nenhuma – provavelmente para evitar que ela fizesse um prejulgamento injusto das meninas – estava disposta a lhe dizer quais foram as que fizeram aquela brincadeira pesada com Marta Álvarez. No entanto, e acima de seu desejo de se atormentar, Clara lhes agradecia pela discrição, porque conhecer a identidade das piadistas – das atacantes, das perpetradoras, das agressoras (na opinião da mãe morta que habitava sua mente) – podia ser prejudicial ao seu caráter paranoico e dispô-la contra as alunas – ou deixá-la mais na defensiva do que já estava –, desencadeando nela uma nova crise que não acreditava que fosse capaz de suportar.

"Às vezes é melhor não saber, Bezerra", costumava dizer sua mãe quando ainda estava viva e se fingia de cega e andava pela casa com um cabo de vassoura e pensava que estava sonhando com o futuro, ou seja, com sua própria morte.

Mas Clara achava difícil ver o lado benéfico da ignorância.

Felizmente, no segundo intervalo seus tremores diminuíram bastante. O suor, em vez disso, permaneceu, assim como a sensação de despersonalização que tomava conta dela toda vez que entrava numa sala de aula. Descobriu que era mais fácil disfarçar seus sintomas se mantivesse uma distância prudente das carteiras, de maneira que, para se sentir completa – e conter os excessos do corpo –, ela se propôs a não se aproximar mais do que um metro e meio das meninas durante as aulas. Enquanto isso, Patricia-a-inspetora – que a princípio Clara acreditou que era sua aliada em questões de disciplina – apareceu na janelinha da porta de todas as salas onde ela dava aulas para passear os olhos como duas águias deselegantes pelos cabelos das alunas.

Clara não gostou do fato de que, às vezes, era como se Patricia a vigiasse mais do que às alunas.

No final do dia, deu uma aula no 5ºB, um grupo que a recebeu com aplausos e se recusou a explicar o motivo até que – quando o sinal de saída tocou e a classe voltou a prorromper em aplausos – uma garota muito branca e sardenta se aproximou dela para lhe dizer que não se preocupassse, que só estavam lhe dando as boas-vindas. Seu primeiro impulso diante da proximidade daquele corpo suado e com cheiro de maçã foi retroceder, mas a garota parou naturalmente na frente da mesa dela, apoiando as mãos na madeira com os lábios encharcados de saliva. "Você vai fazer a chamada, Miss Clara?", perguntou com uma expressão que ela achou suspeita – tinha se esquecido, mais uma vez, de fazer a chamada no início da aula. As alunas da turma, diante de seu prolongado silêncio, começaram a se retirar e ela não se sentiu forte o bastante para detê-las. Só naquele momento – vendo a garota sardenta ir atrás do rebanho de mochilas entreabertas – Clara percebeu que passara vários minutos – horas, talvez – rangendo os dentes e que era muito provável que suas alunas a tivessem ouvido.

Algo em seu corpo não estava bem, concluiu mais uma vez.

Totalmente exausta pela quantidade de esforço que tinha feito durante o dia, Clara saiu da sala de aula como das profundezas de um pântano. Não havia ninguém no corredor, mas ela podia ouvir o barulho que as meninas faziam lá embaixo, correndo para os ônibus e os automóveis dos pais com suas perninhas de tesoura recortando o pouco oxigênio que lhe restava. Ao seu redor o calor era vermelho, e ela se lembrou de quando Malena Goya e Michelle Gomezcoello balançaram seus absorventes muito perto de seu rosto, como dois pêndulos de sangue.

O gosto metálico entre os dentes a fez cuspir um fio de saliva espesso num vaso de flores.

Chorou, mas em silêncio.

Minutos depois, desceu as escadas com os músculos doloridos e, enquanto caminhava pelos espaços livres de garotinhas que deixaram – como ela havia previsto – cabelos de várias cores no chão, teve uma revelação espantosa: assim seriam todos os seus dias de trabalho no Colégio Bilíngue Delta, *High-School-for-Girls*.

Todos, até que conseguisse se recuperar.

É por isso que, no segundo dia, ela enfiou em sua maleta uma cartela de Alprazolam e começou suas aulas sem tremer ou suar, embora com alguma sonolência. O efeito mal durou algumas horas – durante o primeiro intervalo ela voltou a bater o pé contra o chão, a ranger os dentes, a transpirar e a beliscar a pele delicada entre os dedos da mão esquerda. Ángela a surpreendeu assim, visivelmente inquieta na sala dos professores, e lhe perguntou em voz alta se ela estava bem, se algo doía, se ela queria que a levasse para a enfermaria. Mas sua preocupação, longe de comover Clara, desapontou-a – ela achava que pelo menos Ángela evitaria fazer perguntas que ela não queria responder. A semana foi cheia de encontros semelhantes, dos quais se esquivou com movimentos desajeitados de cabeça. Descobriu que, se fizesse dessa forma, se resistisse a falar, os professores que a questionavam sobre seu aspecto acabavam deixando-a em paz. Ela se empenhou, então, em responder aos seus colegas sem palavras e em fazer rituais preventivos para diminuir os sintomas de sua ansiedade em público.

Assim, enquanto tentava se adaptar às suas alunas – e deixar de compará-las com Malena Goya e Michelle Gomezcoello –, percebeu que as garotas do Delta eram diferentes das que havia conhecido antes – não por causa de sua classe social ou religião, mas pela maneira de interagir entre si. Nesse sentido, o veto de matrícula para alunos do sexo masculino representava um fator fundamental, pois – de acordo com a mãe morta que habitava sua mente – sua ausência modificava as relações entre meninas e também a organização social das salas de aula. Num grupo misto, por exemplo, o mais bagunceiro – aquele que fazia piadas e que era expulso das aulas – costumava ser um menino. Existia também um eterno flerte entre meninos e meninas da mesma turma que funcionava por contraste: quanto mais desafiadores e violentos eram eles, mais obedientes e responsáveis eram elas – ou fingiam ser porque (na opinião da mãe morta que habitava sua mente) aquilo era apenas uma máscara para atrair suas presas. Claro, havia exceções: mocinhas que desafiavam as normas, abusavam da paciência de seus professores e batiam em seus colegas, mas o normal era que as meninas se construíssem em oposição a esses comportamentos que viam nos outros e associavam a uma masculinidade que era proibida para elas. Dentro do Delta, por outro lado, as meninas tinham formado um tecido social de mulheres que não operava por contraste, mas por níveis de intensidade: a mais bagunceira da sala de aula era obviamente uma menina, mas isso não significava que as outras eram obedientes, muito pelo contrário; elas a seguiam, encorajavam-na e, se necessário, outra menina estava sempre disposta a assumir a liderança. A líder em cada sala de aula – que em geral era rebelde, embora não em todos os casos – definia o caráter do grupo. Além disso, apesar da ausência de meninos, o flerte não desaparecia, e talvez fosse isso que realmente perturbava Clara. Tinha a impressão de que – em alguns grupos mais do que em outros – as meninas flertavam umas com as outras de maneiras muito sutis, mas sexuais. Tocavam os seios e a bunda umas das outras quando pensavam que ninguém as via. Mandavam beijos pelo ar. Piscavam. Às vezes, Clara pensava que as alunas se seduziam escondendo-se atrás de pequenos gestos que podiam ser interpretados como amistosos e inocentes – uma tarde encontrou duas meninas de mãos dadas e olhando uma para a outra de perto até que, ao ver um professor, as duas sorriram timidamente e fingiram que nada tinha acontecido –, mas ela sabia ler nas entrelinhas. Não escapava aos seus olhos a ambiguidade nos abraços, nas carícias e nos lábios mordidos. Pressentia as zonas úmidas e ficava enojada com a precisão de sua imaginação. Surpreendia-se com o fato de que um colégio religioso permitisse esse tipo de comportamento em plena luz do dia e que alguém como Alan Cabrera – protetor da moral institucional e estudantil – andasse entre as alunas sem suspeitar que o desejo também podia ser feroz entre as mulheres.

Uma manhã, enquanto fazia seu turno de vigilância no intervalo, Clara se lembrou daquela época em que amou tanto sua mãe que a beijou, não nas bochechas, mas nos lábios – com a língua, como tinha visto nas novelas que passavam na televisão. Naquele dia, Elena finalmente domara sua insônia e caíra na cama. Já era noite, mas Clara ficou vendo por horas como o seio de sua mãe se inflava e descia como o magma dos vulcões. Tinha dez anos e, de sapato nos pés, observava Elena do centro da cama, admirando seu cabelo preto e espesso, com algumas mechas grisalhas – de cor cinza, e não branca – e os lábios entreabertos como uma porta que leva a um quarto escuro. Seus seios caíam desprotegidos de ambos os lados do corpo e, através da blusa, Clara viu mamilos marrons que ela queria ter iguais o mais rápido possível. Olhou para a mãe por um longo tempo, comovida mais por sua feiura do que pela beleza: pelo bigode que lhe aparecia por sob o nariz, pelas estrias que formavam rios em suas coxas gordas e flácidas, pelas rugas em seu rosto e pelo queixo duplo com três pintas que cobria grande parte de seu pescoço. "Eu te amo, mamãe", disse a ela, e sentiu um desejo indescritível que, com o passar dos anos, se tornaria ainda mais misterioso. Nunca soube o que desencadeou nela aquela paixão infantil e imprópria que a levou a se aproximar da boca da mãe e beijá-la lambendo seus dentes, mas mergulhava numa vergonha profunda cada vez que se lembrava dos detalhes – as cobras vermelhas dos olhos de Elena, o tapa na testa, a maneira como a empurrou, apavorada, como se a tivesse pegado fazendo algo inominável. Clara lembrou-se de tudo isso no pátio do intervalo: que os dentes da mãe tinham gosto de milho e que não pôde lhe dizer isso porque Elena a afastou do quarto, sem deixá-la falar, como se fosse um monstro ao qual ela devia ensinar a ser uma filha.

Naquela tarde, Clara soube que o medo era algo muito semelhante a estar sempre afastada do quarto da mãe.

"Você é uma menina doente e é meu dever corrigi-la", disse Elena no dia seguinte, mas não foi isso que a angustiou, e sim a compreensão de que seu amor tinha um lado físico que devia reprimir.

Uma vertente nefasta: um barranco cheio de presas e de parafusos.

Para Clara, os intervalos começaram a se transformar numa caça de gestos cúmplices e de fricções obscenas. Achava sentidos ocultos em cada interação, em cada toque, e isso lhe custava respirar sem temer que aqueles corpos lascivos e imprecisos a contaminassem com seus destemperos. Um dia, ela pegou duas meninas do sexto ano se escondendo atrás de uma árvore. Como preferia não se aproximar das alunas – especialmente fora do horário de aulas –, optou por chamar-lhes a atenção de onde estava. "Ei! Saiam daí!", ordenou quase gritando, e depois de alguns segundos em que Clara considerou a necessidade de se aproximar, elas saíram correndo de seu esconderijo e voltaram para o pátio. Ficaram apenas alguns momentos fora de seu campo visual, mas havia algo em sua atitude – na maneira como as duas olharam uma para a outra e também para ela – que fez Clara suspeitar o pior. Antes que o sinal tocasse, deu várias voltas em torno da árvore e identificou as pegadas das meninas muito juntas no chão. Imaginou suas posições e acidentalmente reabriu com a unha a pele delicada entre os dedos da mão esquerda. O sangue jorrou, mas em vez de limpá-lo, decidiu restabelecer a ordem: alertar a instituição, dar a conhecer que as meninas estavam desrespeitando limites que — na opinião da mãe morta que habitava sua mente — não deviam ser ultrapassados; limites que Elena a ensinou muito bem a respeitar e que ela agora era responsável por proteger.

— Mas o que você viu? — perguntou Amparo Gutiérrez quando Clara lhe contou tudo, na esperança de semear nela uma dúvida razoável.

— Nada, não vi nada do que aconteceu atrás da árvore — explicou Clara. — Mas era aquela com as folhas amarelas, aquela com o tronco fino, e não se conseguia vê-las de jeito nenhum, sabe? Quero dizer que deviam estar muito juntas para que eu não as visse quando se esconderam ali. E se assustaram quando gritei para que saíssem, como se estivessem fazendo algo errado. Não estou dizendo que... se excederam. Só estou dizendo que elas estavam se escondendo e acho que é normal perguntar por quê.

Amparo Gutiérrez baixou o olhar e suspirou.

— Sim, é realmente uma árvore fina — disse, e ficou pensativa. — Acho que devemos discutir isso com o Alan. Eu conheço essas duas meninas e tenho minhas próprias experiências com elas. Não é que eu tenha visto algo, mas é melhor prevenir do que remediar, como eu sempre digo!

Dois dias mais tarde, Alan Cabrera falou com Carmen Mendoza e Rodrigo Zúñiga sobre o caso das meninas do sexto ano — segundo Carmen, para pedir-lhes que ficassem atentos a qualquer comportamento impróprio que pudessem notar entre as alunas. Por que isso foi solicitado a eles e não aos outros escapava da compreensão de Clara, mas pelo menos, pensou, ela não era mais a única que via o risco.

Uma semana depois, a diretora, que quase nunca saía de seu escritório, atravessou o pátio seguida por três professores de aparência canina, altos e esguios, farejando seus ombros. Era uma mulher ruiva, de cinquenta e cinco anos, cujo cabelo flutuava vários centímetros acima de sua cabeça. Ela o usava curto e o penteava dando-lhe a forma de um leque, o que incitava as alunas – e alguns professores – a tirar sarro dela pelas costas. Quase sempre estava de bom humor, mas naquela manhã Clara percebeu sua irritação, como se a tivessem ofendido profundamente e, por causa disso, ela não conseguia parar de contrair os músculos da testa – quatro larvas gordas descansavam o peso em suas sobrancelhas mal pintadas – nem afrouxar os lábios.

Até Patricia-a-inspetora abandonou sua ronda para ver a diretora cravar os saltos como punhais nos paralelepípedos.

Do lado oposto, Alan Cabrera apareceu ao lado de uma das meninas que Clara tinha delatado. A aluna, com o queixo encostado no peito e o cabelo cobrindo ambos os lados do rosto, arrastava os pés e segurava os cotovelos como se estivesse abraçando a si mesma em meio à intempérie. Ela parecia assustada, como um animal que acabou de ser espancado, e vendo-a assim Clara se perguntou se não cometera um erro ao iniciar aquela batalha absurda contra a incerteza; se tinha sido necessário e, o mais importante, se valia a pena.

– Levante a cabeça – ouviu que ordenavam à aluna sem que a garota se alterasse. Os cadarços de seus sapatos estavam desamarrados e ela usava uma pulseira de ouro com uma pequena cruz no pulso direito.

A distância, Alan Cabrera se chocou com olhos vacilantes de Clara e a chamou, impaciente, acenando com a mão no ar como se fosse um lenço. Era a primeira vez que ela o via tão sério, as pupilas tensas, e lhe desagradou que uma veia grossa e esverdeada descesse pelo pescoço dele, desenhando uma escada retorcida até sua orelha.

Quando ela se aproximou do grupo, a diretora se dirigiu à aluna em voz alta:

– Você sabe por que está aqui?

A garota continuou a olhar para o chão em silêncio.

– Porque vocês foram vistas – respondeu a diretora a si mesma. – Foram vistas!

Os três professores que estavam atrás dela acenaram com a cabeça em uníssono.

– Professora – Alan disse a Clara assim que ela chegou –, diga à professora Ángela Caicedo pra vir até aqui, por favor.

– A Ángela? Por quê? O que está acontecendo? – ela perguntou, mas logo em seguida se arrependeu de seu atrevimento.

– Porque ela as viu também.

Clara não tinha certeza do que estas palavras significavam: "Ela as viu também", lentamente as digeriu em sua cabeça, e ficou assustada, sentiu-se nua diante de uma árvore que escondia suas duas últimas predadoras – não as garotas do sexto ano, mas Malena Goya e Michelle Gomezcoello. Ainda assim, obedeceu. Foi até o 5ºB, onde Ángela estava dando aulas de acordo com Patricia-a-inspetora, e ao abrir a porta se deu conta de que tinha corrido até lá, que estava sem fôlego e que as alunas olhavam para ela como se estivesse lambuzada com algo fedorento.

Com os pés banhados em suor dentro de seus sapatos modelo-materno-de-oitenta-e-um, caminhou até Ángela e lhe sussurrou no ouvido duas frases curtas que não reconheceu como suas.

Ángela se retesou na cadeira, fechou o livro que tinha sobre as pernas e sorriu para as alunas.

– Com licença, meninas, já volto.

Ao saírem da sala de aula, Clara tentou ignorar os olhares escrutinadores das alunas do 5ºB. Imaginou-as, mal cruzou a soleira, colando-se aos vidros das janelas para descobrir o que estava acontecendo; empurrando umas às outras e unindo seus corpos imaturos numa massa homogênea de olhos espiões.

"As garotas são as piores, Bezerra", voltou a dizer a mãe morta que habitava sua mente.

Lá fora, a menina do sexto ano chorava e Alan Cabrera – o único que podia explicar o motivo daquela reunião improvisada no pátio do colégio – tinha desaparecido.

– Isso é grave. É inadmissível! – disse a diretora. – Mas vamos resolver isso, não vamos deixar assim. – Passou a mão pelo pescoço para enxugar o suor e olhou para os outros professores que a acompanhavam. – Temos que ligar para os seus pais.

Então a aluna levantou a cabeça e Clara deu um passo para trás ao ver suas pálpebras inchadas e o muco líquido que caía sobre seu queixo pontudo.

– Por favor, não ligue pra eles!

"Minha missão é te educar", dizia-lhe sua mãe quando ainda estava viva e a expulsava de seu quarto porque o medo era, para ela, que sua filha se enfiasse na cama.

– Não ligue pra eles! Não vou fazer de novo! Por favor! Seus dentes rangeram.

– Não vamos mais fazer isso! Juro!

Apenas uma mãe diz a verdade.

Os monstros tinham de ser ensinados a ser boas filhas.

XVIII

– Tenho medo! – disse Ximena, roendo as unhas.

– Mas eu nem comecei – disse Annelise com um sorriso.

– Tenho medo mesmo assim!

Fernanda sentou-se no chão com as pernas abertas.

Fiorella e Natalia deram-se as mãos.

E Annelise começou:

– Rachel, de quinze anos, estava deitada na cama ouvindo o single de um grupo de música underground que ela tinha baixado da internet. Era uma noite de sexta-feira. Ela queria ter saído com as amigas, mas todas elas tinham tirado notas baixas na última prova de Matemática e as mães as deixaram de castigo. Então lá estava Rachel, indiretamente punida, ouvindo sozinha, no seu quarto, uma música estranha que não tinha letra nem instrumentos reconhecíveis, apenas um som desagradável, como o de alguém mastigando com a boca aberta. O nome da música era "Mother Eats Daughter".

– Outra vez uma história de mães! – Natalia disse.

– Cale a boca! – disse Analía. – Parece *creepypasta*.

– Essas dão medo – disse Ximena, levantando-se. – Muito medo.

– Shhh! – falou Fernanda, sem fechar as pernas.

Todas pensavam que a mãe de Annelise se parecia com as mães de suas histórias de terror, mas não lhe diziam isso.

Todas, exceto Fernanda, preferiam os exercícios de corda bamba do que suas histórias.

Preferiam os socos e os cortes.
As humilhações.
Os pequenos perigos que pelo menos
não lhes tiravam o sono.

– Como eu estava dizendo – disse ela, retomando sua história –, Rachel tinha quinze anos e estava sozinha, à noite, no seu quarto, ouvindo uma música muito estranha que encontrou na internet. Ela morava sozinha com a mãe porque seu pai tinha morrido dez anos atrás num acidente. Rachel geralmente se dava bem com a mãe, embora, como toda garota da sua idade, como vocês sabem, preferisse ficar trancada no quarto fazendo qualquer outra coisa do que passar tempo com a família. – Fez uma pausa para examinar seu público e Fernanda percebeu que seus olhos se avermelharam. – Então, lá estava ela, ouvindo "Mother Eats Daughter", um single que tinha encontrado por acaso num site estranho, www.whitegod.org, até que viu a maçaneta girar de um lado pro outro, como se alguém quisesse entrar. E baixou o volume.

Cada vez que Fernanda ouvia as histórias de Annelise, cheias de cabelos e gengivas e leite e mães e filhas e cultos adolescentes e rituais, ela ficava aliviada de que sua mãe não fosse nada parecida com a de sua melhor amiga.

De que não tivesse dentes tão brancos.
De que não tivesse uma voz como unhas sendo afiadas
contra sua testa.

"Mas todas as mães são a mesma mãe", dizia Annelise, embora Fernanda não gostasse de ouvir aquilo. "O reverso da mãe de útero errante: o oposto do grande Deus Branco." Atrás do prédio, às vezes, o mangue rugia enquanto elas contavam suas histórias.

Trazia-lhes répteis, anfíbios e insetos.
Trazia-lhes o som aterrador da água
rompendo a quietude.

Isso as lembrava de que ali estava o crocodilo, nadando nas profundezas há mil anos, guardando o templo divino e terrível criado pela imaginação transbordante de Annelise.

Por isso Natalia, Fiorella, Analía e Ximena preferiam lançar-se pelas escadas.

Dançar com as cobras.
Beijar carcaças de iguana.

Bater-se com força ali onde sua roupa escondia os hematomas para que ninguém visse.

Suportar a dor.
Vencer o jogo da dor.

Elas preferiam superar os desafios mais difíceis do que ouvir as histórias do Deus Branco de Annelise.

– Rachel perguntou: "O que foi, mãe?". E a voz da mãe soou pela porta suavemente: "Querida, você pode abrir a porta?".

– Ah! Não abra! – disse Ximena, abraçando os joelhos.

– Fique quieta! – Analía gritou, dando-lhe um tapa no braço.

– Rachel estreitou os olhos – continuou Annelise. – Não estava com vontade de sair da cama, então voltou a perguntar: "O que você quer, mãe?". Mas houve um silêncio muito profundo do outro lado da porta.

Do grupo, só Fernanda sabia que Annelise escrevia *creepypastas* em inglês e que as colocava na internet com o nickname de WhiteGod001.

Os leitores davam altas pontuações às suas histórias.

Três estrelas.
Quatro estrelas.

Ela as postava em creepypasta.org com as *hashtags*: *#Computers, #Internet, #Mindfuck, #Madness, #Rituals* e *#Cults*.

– Que medo!

Todas as suas histórias tinham o mesmo subtítulo: *The White God Cycle*. E Fernanda sempre as lia antes que fossem publicadas.

"Será que *The White God Cycle* se tornaria viral como as *creepypastas* do *Jeff The Killer* ou do *Slenderman*?" "Será que muitas pessoas em todo o mundo escrevem sobre o Deus Branco e a idade branca?"

Annelise fez uma voz rouca enquanto olhava para o centro do círculo que formava com suas amigas.

– O silêncio se prolongou, mas duas batidas na porta a fizeram saber que sua mãe ainda estava lá. "Querida, você pode abrir?"

– Vou me mijar – disse Natalia, e recebeu uma cotovelada de Fiorella. – Ai!

– Rachel bufou – Annelise continuou, ignorando-as. – "Mother Eats Daughter" não parava de tocar com aquele barulho de boca mastigando carne, embora em volume muito baixo. "O que você quer, mãe?" Houve um novo silêncio, dessa vez mais curto que o anterior. "Querida, você podia me emprestar os brincos que eu te dei de aniversário?"

– Sim, claro – comentou Analía.

– Rachel começou a ouvir gritos estridentes que vinham da música e franziu a testa, mas não parou o mp3.

– Pra variar.

– "Meus brincos?", ela perguntou, intrigada. "Você vai sair para algum lugar?" E houve um novo silêncio. A maçaneta voltou a girar. Rachel não sabia por quê, mas se sentiu desconfortável. "Querida, você pode abrir a porta?"

Das *creepypastas* mais famosas – aquelas que eram consideradas clássicas do gênero –, Fernanda era fascinada pelo homem vestido de urso que sequestrava crianças e que era contada em forma de postagens de blog.

"E se criássemos uma página na internet sobre o Deus Branco?"

Chamava-se *1999*. Quem escrevia os posts era Elliot, um homem que queria contar os acontecimentos perturbadores que lhe ocorreram em 1999 e giravam em torno de um canal de televisão: Caledon Local 21.

"E se criarmos um canal no YouTube?"

Tudo começou, segundo Elliot, quando ele era criança e via Pokémon num velho televisor sem que ninguém o vigiasse. Encontrou, por acaso, o canal Caledon Local 21, no qual eram transmitidos programas aparentemente para crianças, embora de qualidade muito baixa.

"Não podemos filmar nada no prédio, porque é segredo, mas poderíamos fazer videoblogs!"

Elliot começou a assistir ao canal Caledon Local 21, embora não entendesse os programas. Ele se lembrava especialmente de dois: *Bobby* e *O porão do Sr. Urso*. O primeiro era semelhante a um show de fantoches, mas sem fantoches: apenas com as mãos de um homem adulto que se movia na frente da câmera; o segundo, um encontro de crianças com um homem vestido de urso. Em ambos os programas, nada de mais acontecia, exceto em alguns episódios nos quais, de repente, se desencadeava a violência.

"Poderíamos contar as histórias do Deus Branco em videoblogs e carregá-los no YouTube!"

Elliot se lembrava de um episódio de *Bobby* em que uma mão segurava uma tesoura e cortava os dedos de outra muito menor.

Ouviam-se gemidos abafados.
O sangue jorrava.

Também se lembrava de um episódio de *O porão do Sr. Urso* em que uma das crianças tentava escapar, assustada e chorando, e o Sr. Urso a perseguia.

"Ou poderíamos editar vídeos com
clipes de filmes ou desenhos animados
antigos e coisas que deem medo."

– Rachel se levantou da cama e procurou os brincos
numa das suas gavetas – continuou Annelise. "Mother
Eats Daughter" ainda continuava tocando de seu laptop,
mas agora com gritos e um barulho de líquido caindo em
alguma superfície.

– Eu ia mijar nas calças – disse Ximena.

– Vasculhou a gaveta e de repente lembrou que tinha
guardado os brincos no banheiro que dividia com sua mãe,
aquele que ficava no corredor, então pôs as mãos na cintura
e olhou para a porta: "Mãe, os brincos estão no banheiro".

– Ah, olha só.

– Um novo silêncio e, em seguida, três golpes agressivos
na porta a paralisaram. A voz da sua mãe soou muito doce e
rouca, tanto que lhe deu arrepios: "Querida, abre pra mim?".

No blog de Elliot, contava-se que um dia, enquanto
assistia a Caledon Local 21, o Sr. Urso forneceu seu endereço para que as crianças que quisessem contatá-lo pudessem escrever para ele. Movido pela curiosidade, Elliot
decidiu lhe enviar uma carta que teve como resposta o con-
vite do Sr. Urso para seu porão. O pai de Elliot, supondo
que fosse um programa infantil normal, levou seu filho ao
endereço indicado na carta, mas quando chegaram ao local encontraram uma cabana no sopé de uma floresta que
tinha acabado de ser interditada pela polícia.

– Rachel se assustou. Se assustou muito. Alguma coisa
estava errada e a maçaneta continuava girando.

– Oh!

– Shhh!

– Ela foi até a porta e se abaixou pra tentar ver os pés da mãe, mas o corredor estava escuro, sem nenhuma luz acesa. E isso a assustou ainda mais porque sua mãe sempre acendia as luzes. "Querida: abra a porta." "Abra logo, vamos."

Elliot soube, com o tempo, que Caledon Local 21 tinha sido criado por um lunático que sequestrava crianças e as mantinha no porão de sua cabana, de onde filmava todos os programas que foram transmitidos por meses e que apenas televisores antigos, como o dele, conseguiram capturar.

– Rachel se sentiu insegura. "Mother Eats Daughter" continuava tocando horrivelmente no seu laptop, perturbando-a, então ela correu pra parar o mp3.

– Finalmente!

– Então a maçaneta parou de girar – disse Annelise em voz baixa. – E, cheia de pavor, Rachel viu pela janela os faróis do carro da sua mãe. E também a mãe, sim: saindo do automóvel com as sacolas do supermercado.

A *creepypasta* contava que a polícia nunca conseguiu encontrar o Sr. Urso, e era isso que Fernanda mais gostava de *1999*: que o final era aberto e permitia aos fãs atualizar a história com seus próprios relatos sobre Caledon Local 21.

Houve até quem filmou episódios de *Bobby* e *O porão do Sr. Urso* e eles foram carregados no YouTube.

Annelise adorava vídeos falsos
que pareciam reais.

– Rachel estava tão assustada que apagou o mp3 do seu laptop – disse, retomando seu tom de voz normal. – Nos dias seguintes, quis entrar de novo na página www.whitegod.org e procurar respostas pro que tinha acontecido com ela, mas não conseguiu acesso. Então encontrou um fórum em que se falava de "Mother Eats Daughter" e a relacionavam com casos recentes de meninas desaparecidas ao redor do mundo.

– Oh!

Annelise gostava de ver vídeos de terror no YouTube, apesar de sua mãe ter proibido. "Quase todos são filmados e editados pra assustar, mas alguns são reais", ela explicou a Fernanda quando lhe enviou os links daqueles que ela adorava assistir em loop.

O vídeo *Obey the Walrus*.
O vídeo *I feel fantastic*.

"É tááão *creepy*", disse Fernanda vendo uma *drag queen* com poliomielite caminhando toda manca em direção à câmera.

"*It's so fucking creepy*", disse ao ver um manequim-robô numa sala vazia cantando "*I feel fantaaastic*, ei, ei", e então um jardim escuro.

– No fórum, algumas pessoas contavam como vivenciaram momentos de horror absoluto, como aconteceu com Rachel, enquanto ouviam a música. Houve até uma pessoa que assegurou que sua mãe estava morta fazia muito tempo e também bateu na porta quando ela apertou o play no mp3.

– Que horrível!

– Todo mundo no fórum tinha em comum o fato de ter estado em algum lugar da casa com a porta fechada. Ninguém podia dizer que teria acontecido de forma diferente, se não estivessem trancados, ou por que algo tão simples como uma porta deteve quem quer que estivesse ali, atrás da fechadura, imitando as vozes das suas mães.

Uma vez, a sra. Van Isschot descobriu Annelise assistindo a vídeos de psicopatas na internet.

Os vídeos de Ricardo López, o acossador
de Björk que atirou na própria cabeça.
O vídeo *Three guys one hammer*.

No dia seguinte, no colégio, Fernanda passou os dedos pelas marcas que o rosário tinha deixado nas pernas de Annelise. "Ela bateu em você com isso?", perguntou, espantada.

"Era o que estava mais perto."

Toda vez que ela ficava para dormir na casa da amiga, a sra. Van Isschot as forçava a rezar e, em algum momento, aproveitava para criticar os modos de Annelise, o cabelo de Annelise, a postura de Annelise.

"Pelo menos sua mãe finge que te ama", Anne disse a ela uma noite, embaixo das cobertas.

"Por outro lado, a minha me humilha."
"A minha me subestima."

Por isso, quando olhava diretamente nos olhos da sra. Van Isschot, Fernanda ficava feliz pelo fato de que sua mãe nunca estivesse em casa.

*Se elas soubessem o que fazemos, achariam
que somos mais do que amigas*, pensou.
Se soubessem o que fazemos, iriam nos matar.

– Rachel leu muitas coisas nos fóruns onde se falava de "Mother Eats Daughter": que as frequências da música criavam alucinações, que os sons distorcidos tinham sido tirados de vídeos reais onde as mães comiam suas filhas, ou que a música invocava de alguma forma uma mãe canibal na cabeça dos ouvintes.

– Oh!

– E sobre whitegod.org… diziam que era uma seita de garotas entre onze e dezoito anos que operava na internet, e nada mais. Corria o boato de que um grupo delas tinha feito a música, e era composta de adolescentes desaparecidas de vários países que, no entanto, continuavam a publicar na internet com seus nomes sem que a polícia tivesse sucesso em encontrar seu paradeiro. A única coisa que as relacionava era essa página que na maioria das vezes estava inativa ou com outro nome: whitegod.org, whiteage.net, thewhitegodcult.info etc.

Annelise escrevera orações ao Deus Branco que apenas Fernanda ouvia sem tremer.

Ela tinha escrito contos de adolescentes que, depois de experimentar teofanias, matavam a mãe e entravam nas florestas chorando lágrimas de leite.

Creepypastas sobre a presença do Deus Branco em videogames, páginas web, quadrinhos e filmes caseiros.

Mas também queria fazer vídeos.
Editar fotos.
Escrever textos sagrados.

– A partir do que aconteceu com ela, Rachel se tornou uma das primeiras pesquisadoras cibernéticas do culto ao Deus Branco e documentou suas descobertas por dois ou três anos, até que desapareceu.

– Eu sabia!

– Dizem que as garotas do culto a contataram e depois desapareceram, mas também que a recrutaram. Ninguém sabe. Há quem assegure que as meninas a quem o Deus Branco se revela não desaparecem, mas fogem de casa. Porém, ninguém sabe direito.

– Ninguém sabe.

– O blog onde Rachel ia postando todas as informações que compilou no culto do Deus Branco também desapareceu, mas teve gente que copiou fragmentos antes que o removessem da web. E eu trouxe um deles pra vocês.

– Ai, não!

Às vezes, Fernanda não tinha medo das *creepypastas* assustadoras que Annelise escrevia com o subtítulo *The White God Cycle*, mas quando ela as contava no quarto branco do prédio e as outras fechavam os olhos, assustadas, ela também fechava.

Annelise tirou o iPhone do bolso da saia.

– Esta é uma das primeiras entradas do seu blog, e começa assim: "Olá! Desculpem que tenha demorado tanto pra atualizar isso. Tive muitos deveres de casa no colégio e outros assuntos… Não tenho muito tempo. Só vim colar o que copiei de www.whitegodcult.info. Aproveitei a madrugada de ontem pra fazer isso. As páginas quase sempre caem, menos ontem. Ontem esta funcionou por alguns minutos. Não pude navegá-la inteira, mas isso é o que consegui copiar. Aqui vai".

– Oh, não leia!

– Isso é o que Rachel copiou da página – continuou ela. – "Bem-vinda ao culto do Deus Branco, uma homenagem ao deus-mãe-de-útero-errante, a verdadeira mãe e origem do leite. Objetivos: 1. Fazer uma teologia do Deus Branco. 2. Castigar as falsas mães. 3. Recrutar todas as filhas. Observação: se você está lendo isso, prepare-se para uma teofania. Oração para o Deus Branco: Deus-mãe-de-útero-errante / Eu me abro a ti / Eu te entrego meu crânio de leite / Minha pureza / Meus dentes / Minha fome / Eu me abro a ti / Eu te entrego meus medos / Eu faço de ti e do horror um templo / Eu me abro a ti / Eu te entrego meu sangue e o das minhas irmãs / Juntas veneramos tua mandíbula encarnada / Eu me abro a ti / Gotejando / Salpicando / Meus desejos / Minhas ânsias / Eu me abro a ti / Deus Branco / Ao proibido / À tua mancha / Eu me abro a ti."

— Nós vamos fazer essa oração? — perguntou Fiorella.

— Ai, não. Isso me assusta — disse Ximena.

Annelise dizia que as coisas ruins que elas faziam no prédio, aquelas práticas secretas que não compartilhavam com ninguém e que suas mães censurariam, eram consequência da idade branca: manchas que o Deus Branco despertava nelas.

— É claro que vamos fazer — disse ela.

Fernanda sabia que era mentira, mas as outras decidiam acreditar nela, aliviadas com o fato de que aquilo que estavam fazendo não provinha de sua cabeça ou seu corpo, mas de algo que as transcendia e que elas eram incapazes de controlar.

— Vamos ver: vamos rezar.

> Todas elas rezavam à imaginação
> litúrgica de Annelise.

— Vamos rezar.

> Todas elas tinham pulseiras feitas
> de seus cabelos.

XIX

A: Miss Clara, você acha que uma professora é como uma mãe?

C: Como assim?

A: Acho que sim, porque uma aluna é como uma filha que aprende.

C: Acho que terminamos por hoje.

A: Então, se eu sou como sua filha e você é como minha mãe, deveria me proteger, certo?

C: Perdão?

A: Deveria me ajudar a não ter medo.

C: Eu não te entendo, Annelise. Estou cansada dessas conversas.

A: Você quer que eu diga o que minha melhor amiga fez comigo?

C: ...

A: Se eu te contar, você promete que não vai ficar com raiva?

XX

Quando Clara entrou na enfermaria, a primeira coisa que viu foi o joelho esquerdo de Annelise Van Isschot, vermelho e aberto como a boca de um bebê chorando, e o branco da saia da enfermeira Patricia flutuando enquanto um líquido transparente caía sobre essa goela de bebê tornando-a espumosa, enfurecida de bactérias, gritando sobre a rótula. Era um joelho que gritava cores uma atrás da outra. Magenta, rosa, vermelho-crepúsculo. Granada, carmesim, escarlate. O joelho de Annelise Van Isschot gritava todos os tons de sangue, mas o resto de seu corpo mantinha a compostura. Clara a observou fechar os olhos enquanto a enfermeira Patricia derramava mais líquido transparente em sua pele dilacerada. Viu que seu lábio superior estava partido como um morango. Viu que as sardas gritavam em vermelhão. "O que aconteceu?" "Brigou com a melhor amiga." Clara não sabia que brigar com a melhor amiga podia ser tão vermelho. O cheiro de álcool lhe pareceu repugnante e ela se encolheu sob as roupas e retrocedeu seus saltos baixos, distantes do chão apenas dois centímetros. Ela viu, com algum alívio, que Annelise não estava olhando para ela, mas para os ladrilhos, isto é, para o vazio. Viu que seus cabelos pretos e lisos estavam grudados nas maçãs do rosto e no pescoço. Viu que estava ofegante. "Não é possível que duas mocinhas se batam assim", disse a enfermeira. "Duas mocinhas não fazem essas selvagerias de rapazes." Annelise apertava a ponta da maca com suas mãos de nós dos dedos cor de girassol. Seu lábio gotejava coral sobre os dentes, mas ela só olhava para os ladrilhos. "A outra menina ficou menos machucada e levaram-na para a diretoria." *Parece um vampiro; uma Carmilla do século XXI*, pensou Clara sem sair da soleira da porta, vendo o minúsculo uniforme pornográfico de Annelise Van Isschot ainda úmido nos seios e na virilha. "Estão ligando pros pais agora, mas parece que não atendem." A melhor amiga de Annelise era Fernanda Montero, ela se lembrou com o corpo cada vez mais rígido e frio à vista do sangue. Elas estavam no 5°B. Dava aulas para elas às segundas, quartas e quintas-feiras, mas para Annelise Van Isschot, também conhecida como Sardas, ela também dava aulas extras nas tardes de sexta-feira, sozinha, porque essa era a maneira de castigar uma garota no Colégio Bilíngue Delta, *High-School-for-Girls*, quando desenhava um Deus travestido. "Essa violência não é normal para uma mocinha", disse a enfermeira cuidando do rosto de Annelise. "Veja como ficou a cara da menina!" Todos torceram que no sorteio saísse Teologia, mas saiu Língua e Literatura. "Uma coisa é um empurrão ou um tapa, e outra coisa é isso." Todos se arrependeram de ter sorteado a matéria da punição quando saiu Língua e Literatura e não Teologia. "Coitadinha, vamos ver, levante o queixo." Clara sentiu seus ossos começarem a se retrair antecipando um possível ataque de pânico e, embora talvez fosse apenas um sintoma de ansiedade diante de uma cena de violência, ela decidiu ir embora sem seus comprimidos. "Levante um pouco mais o queixo, querida, um pouco mais, isso." Annelise olhou para Clara de soslaio antes que saísse, ou assim ela achou no momento em que se virou e saiu para o sol novamente.

Pensou em Annelise o dia todo assim: como um bebê selvagem que tinha conseguido escapar da traição inesperada de uma de suas irmãs.

Então, na sala dos professores, descobriu o que havia acontecido: uma puxou o cabelo da outra, empurrando-a para trás, arqueando suas costas com a força do puxão; a outra respondeu com um soco nos lábios. Disseram que Annelise agarrou Fernanda primeiro, mas Fernanda foi para cima de Annelise com todos os seus ossos e unhas como o esqueleto de sangue que era, como a potranca sem rédeas que era. Mister Alan e Miss Ángela as separaram quando se agrediram no refeitório durante o intervalo mais longo. "Elas se batiam como duas boxeadoras fora do ringue", disseram. *Fora do ringue é onde os golpes realmente acontecem*, Clara pensou, mas não disse nada. Naquela mesma semana, durante sua aula particular com Annelise Van Isschot, perguntou sobre o incidente, tentando não olhar para a crosta escura em seu lábio superior. "A Fernanda e eu não somos mais amigas", disse ela com o queixo tão elevado quanto pedira a enfermeira Patricia dias antes. "Eu a odeio e acho que quero vomitar."

De todas as salas em que Clara dava aulas, a mais difícil era a de Annelise Van Isschot, Fernanda Montero e suas amigas: Natalia e Fiorella Barcos, Analía Raad e Ximena Sandoval. O 5ºB era dominado por elas e seus abusos, mas as outras, suas companheiras de sala, lutavam pelo poder territorial mesmo quando baixavam os focinhos até o chão e as seguiam com os cadarços desamarrados e as saias sempre abertas, sempre subindo perigosamente acima da coxa. Era uma turma onde se condensavam personalidades intensas e provocantes que gostavam de beirar os limites da convivência. "O 5ºB é especial", disse Ángela na primeira semana de aula. "Você vai ter que conquistá-las aos poucos." Mas, com o passar do tempo, ela só conseguiu sentir-se ainda mais rejeitada pelo caráter do grupo. Odiava a música que elas faziam com a voz e a expressão zombeteira em seu olhar, como se soubessem algo que ela não sabia e sob nenhuma circunstância iriam lhe dizer. A combinação de corpos delgados, firmes, com cabelos despenteados e uniformes esvoaçantes lhe parecia excessiva; como uma aparição demasiado luminosa ou uma imagem lasciva borbulhando no vapor tropical. Outras turmas, ao contrário, eram diferentes. Em outras turmas as meninas obedeciam, tinham os cabelos penteados e os uniformes mais assentados. As vozes das meninas não eram iguais em outros cursos e seu olhar era mais gentil e refinado. Às vezes, ela tinha vontade de chorar enquanto escrevia na lousa do 5ºB. Então cerrava a mandíbula e as palavras de sua mãe morta lhe surgiam na cabeça: "Faça o que fizer, nunca demonstre fraqueza na frente dos seus alunos, Bezerra". Mas ela sempre acabava lhes mostrando seu desalinho porque havia algo um pouco disfuncional em seu relacionamento com aquelas garotas. Todas eram irrequietas e faladoras. Mexiam-se muito na carteira, mostravam a língua, colavam meleca de nariz e chicletes debaixo das carteiras e cheiravam a suor e menstruação. Eram desleixadas e atrevidas e riam sem recato, com gargalhadas sinistras, com as blusas desabotoadas e amarfanhadas. Mas Annelise Van Isschot, Fernanda Montero e suas amigas eram especialmente insuportáveis para Clara. Durante meses a estudaram e tentaram conhecê-la, chegar a algum tipo de intimidade impossível dentro da sala de aula, mas não com uma intenção amistosa, já que só existia amizade entre iguais, entre irmãs, e elas sabiam que entre professora e aluna não podia haver igualdade, bem como tampouco pode haver entre mãe e filha. "Qual é seu romance favorito?" "Você escreve?" "Quantos anos você tem?" "Onde você mora?" Elas perguntaram coisas porque ela era a professora nova e a estudavam como um brinquedo na caixa, embrulhado, com um pompom no meio da testa. "Você gosta de maquiagem?" "Por que seu queixo está tremendo?" "Você acredita em Deus?" Elas a interrogaram no meio da aula, do nada, para destruir sua linda caixa de presente. "Você tem namorado?" "É casada?" "O que você acha do lesbianismo, do islamismo, do uso de preservativos e do kichwa?" Clara tentara ser igual à mãe, apesar de Elena ter dito, muitas vezes antes de sua morte, que não havia igualdade possível entre mãe e filha. "Você acredita na virgindade da Virgem Maria?" Tampouco havia igualdade entre professora e aluna, apesar de as boas professoras, dizia ela, tentarem superar as diferenças. É por isso que as do 5ºB a perscrutavam, para descobrir que tipo de mestra ela era: o tipo que morde ou o tipo que pode ser mordida. Para saber quão mãe e quão professora ela era na hora de amestrar. Mas em relações hierárquicas como essas, de dominação especular e focinheiras, o resultado se repetia até que algo interrompesse o ritornelo. Uma levitação, um sucumbir: o que estava abaixo decifrava o método, e a interrupção reproduzia a peça ao contrário. Clara reconhecia o movimento da história porque tinha acabado comendo a mãe, mas não se permitiria ser comida pelas alunas do 5ºB. O verdadeiro problema, porém, não era a classe inteira em temporada de caça, mas Annelise Van Isschot, Fernanda Montero e suas amigas. A incerteza se retorcia naquele grupo de seis pontas. Seis fios difíceis de engolir.

Ela ainda se lembrava do momento em que soube que não tinha autoridade no 5ºB além das migalhas que aquelas garotas lhe cediam de vez em quando. Não foi durante as manhãs de perguntas que interrompiam o ritmo da aula, nem durante as caminhadas de Analía Raad pela sala de aula, ziguezagueando sem permissão entre as carteiras das colegas enquanto Clara explicava algo – "É que eu preciso esticar as pernas", ela dizia, mas sua única razão era desafiá-la, testar os limites de sua paciência com aquele sorriso afilado de coiote macilento –: foi no momento em que Annelise Van Isschot conseguiu fazer com que todas ficassem quietas porque ela queria ouvir a aula sobre Edgar Allan Poe. Clara estava tentando despertar o interesse das alunas havia mais de meia hora sem sucesso, mas bastou um grito de Annelise para que suas colegas se acalmassem e se acomodassem nas carteiras. Naquela manhã ela não se sentiu grata, mas humilhada. E desde então tudo piorou. As meninas começaram a fazer barulhos estridentes quando ela escrevia na lousa ou quando lhes virava as costas por algum motivo. "Desculpe, Miss Clara", diziam, jogando suas coisas no chão. Lápis, canetas e compassos ricocheteavam em sua nuca. Em seguida, elas os pegavam e, depois de alguns minutos de aparente serenidade, voltavam a jogá-los para longe das carteiras. Uma manhã, Fernanda Montero começou a assobiar enquanto ela explicava a diferença entre orações coordenadas e subordinadas. Pediu que parasse, mas Fernanda continuou a assobiar olhando-a diretamente nos olhos; e quando Clara lhe ordenou que saísse da sala, Fernanda continuou assobiando imóvel na carteira, sem sapatos e acariciando o chão com a ponta de suas meias de algodão. Essas atitudes aumentavam sua ansiedade cada vez mais física e faziam com que ela se fechasse no banheiro dos professores para chorar e limpar o suor do pescoço e da barriga – Clara suava muito quando ficava nervosa e seus pés se encharcavam tanto quanto os de sua mãe. As meninas do 5ºB queriam que ela transpirasse anzóis e chorasse leite para canibalizar sua autoridade. Eram filhas desmamadas e precisavam de carne. É por isso que colocavam cascas de banana em sua mesa e jogavam água na cadeira. É por isso que punham o apagador e os gizes no chão: para ver a professora se agachar, inclinar sua estatura e prestar reverência às carteiras que eram tronos refletidos no teto. Tentou não se sentir ridicularizada nem ver como a bunda de suas alunas cortava sua cabeça, mas desde o ocorrido com as M&M's ela tinha pouco controle sobre o que sentia. Seu corpo fora retalhado e qualquer respiração distorcida a empurrava para o nada: um abismo de pernas hipersensíveis ao toque da atmosfera. Elas cuspiam nos livros e, quando Clara escrevia na lousa, batiam ritmicamente com as mãos espalmadas nas carteiras. *We will, we will, rock you*, ela ouvia em sua cabeça. As saias se abrindo como guarda-chuvas durante os intervalos a faziam tremer. Ela acreditava que, com o tempo, a sensação de perigo e a falta de defesa contra as ninfetas diminuiria, mas os meses consolidaram o galope de seu medo. E não era apenas algo que ela experimentava com o grupo de Annelise Van Isschot. Não era apenas culpa de suas alunas pesadelo do 5ºB. As córneas púberes das meninas do 1ºA, por exemplo, pareciam-lhe terríveis. Seus dedinhos pré-menstruais acabariam como os de Ximena Sandoval, ela pensava, e talvez elas os colocassem na boca e os chupassem como Fernanda Montero e Annelise Van Isschot em suas aulas, ou como Malena Goya e Michelle Gomezcoello comendo a nutella de sua geladeira. Sentia uma profunda repugnância quando, logo de manhã, entrava na sala de aula e via oito ou dez ou quinze pares de olhos remelentos do 3ºB, ainda costurados com o fio dos travesseiros. E a forma com que as unhas das meninas do 2ºC estavam sempre cheias de sujeira. E o comprimento dos cílios de Priscila Moscoso. E os mamilos evidentes na blusa de Marta Aguirre. E os lábios cheios de saliva de Daniela Correa. Todos os pequenos corpos de úteros quentes e clitóris inchados produziam nela uma estranha irritação nos ossos, onde não conseguia coçar. Às vezes, ela queria jogar seu esqueleto escada abaixo para aliviar a coceira, explodir diante do olhar indolente da inspetora, engolir água fervente para dilacerar a angústia do contato físico inesperado. Annelise Van Isschot e Fernanda Montero tinham descoberto a comichão que ela sentia quando, por acidente, roçava a pele em alguma saia, e desde então brincavam de chegar muito perto dela, arrastá-la para a paralisia do peito, a cãibra nos braços, o gafanhoto na têmpora. Mas seus constantes ataques de meninas-torturadoras-ovulares cederam depois do dia em que se agrediram durante o intervalo mais longo, cercadas de ventiladores e garotas mal uniformizadas – porque nenhuma aluna do Colégio Bilíngue Delta, *High-School-for-Girls*, se dignava a usar bem o uniforme. Esqueceram-se dela, e o fim daquela amizade tornou a vida de Clara mais fácil por um tempo. O tempo exato que a crosta negra, escaravelho lúbrico na epiderme, levou para desaparecer dos lábios de Annelise.

"Por que você se veste igual à sua mãe, Miss Clara?", perguntou-lhe Annelise muito antes da briga com Fernanda Montero, sua melhor amiga, sua irmã cobra, sua siamesa unida pelo quadril, quando, numa das tardes de castigo, sua bolsa modelo-materno-do-ano-noventa-e-oito caiu no chão e, de seu bolsinho interior, a foto de sua mãe saiu voando como um peixe suicida no ar. E por que caralhos você se importa?, pensou ela, sem dizer nada. E como não respondeu, como ignorou a pergunta mostrando sua fraqueza, falhando com a mãe morta com sua deselegância muda, Annelise deu um sorrisinho torto e cravou os dentes mais fundo. "Até a maneira como você se penteia é igual." "Você não tem medo de se olhar no espelho?" Mas o que Clara tinha medo era de ficar sozinha com sua aluna depois que, na segunda semana de reunião na sala de aula vazia do 5ºB, Annelise a pegou pelo braço e ela, horrorizada, a empurrara, fazendo-a cair de bunda no chão. Clara ainda se lembrava do espanto de saber que tinha sido descoberta, o grito estrangulado de uma criatura do mar que emitiu quando viu sua aluna no chão, agredida por ela, e a surpresa no rosto de Annelise. E a alegria no rosto de Annelise. Parecia uma garota pirata olhando para o ouro nas ruínas; ouro no descontrole e no terremoto das pupilas de sua professora. Clara pensou que ela contaria a alguém, que iria à diretoria dizer que a professora tinha lhe batido e que ela não podia dizer que não era verdade, mas diria mesmo assim. Negaria tudo. Iriam demiti-la, mas ela nunca admitiria isso. Nunca diria que, quando uma garota do colégio a tocava, era como se milhões de agulhas tivessem entrado por seus poros e cutucassem sua carne. Nunca diria que era como se cada um de seus órgãos começasse a se decompor e um chilrear nascia dentro de seus tímpanos. Nunca diria que poderia até se mijar, urinar-se toda como fez na frente da gargalhada estrondosa das M&M's. Que poderia até vomitar o sangue, o ventre, os pulmões e o coração sobre a terra. Não diria nada porque iriam chamá-la de louca, frágil, exaurida. Acariciariam sua cabeça e a demitiriam, mas com pena. E então não haveria mais possibilidade de que as coisas voltassem a ser como antes, como quando cuidava da radiografia da coluna de sua mãe e os ataques de pânico não tinham outra razão além do medo primordial ao medo. O horror mais puro: transparente, horizontal e febril.

Annelise Van Isschot não contou a ninguém o que aconteceu naquela sexta-feira.

Ou talvez sim, mas para suas amigas. A única coisa que Clara sabia com certeza era que, ao mantê-lo em segredo, sua aluna lhe mostrara mais uma vez quem tinha poder sobre quem. E agora a aluna estava acima da professora e da filha no rio-occipital da mãe. Clara, que também foi filha, soube afogar a mãe com sua leveza morna de recém-nascida. "Quanto mais você se parece comigo, mais eu me pareço com você", dizia Elena Valverde chorando porque Clara se sentava em cima dela com todo o peso de seu amor umbilical. "É como se você tivesse acabado de nascer." "É como se você tivesse acabado de nascer todas as manhãs." Clara sentia pena de sua mãe morta desde que soube o que era ter uma recém-nascida sentada em sua cabeça. Uma *baby born* de quinze, quase dezesseis anos, que se alimentava dela como toda aluna se alimenta da professora. Ou como toda filha-drenadora-das-águas-da-mamãe se alimenta de sua origem. "Você me deixa doente", Elena dizia a ela. "Você não é uma garota normal." Clara percebia que Annelise gostava de ser agente de seu medo, assim como ela gostava, sem consciência e sem misericórdia, de ser o agente do medo da mãe. "Uma garota normal não sufoca a mão que a alimenta." Mas uma garota normal comia apenas o que estava vivo; o que respirava, tremia e umedecia o mundo, Clara pensava ao ver suas garotas correndo durante o intervalo. Uma garota normal digeria a vida dos outros, o calor dos outros, para aquecer seu sangue gelado de réptil plutoniano. E Annelise era vulgar e devorava aquelas mãos longas depois de acariciá-las. Clara pensou que a aluna abusaria do poder que tinha de sua professora, mas ela foi, por um tempo, uma mestra indulgente. Fingiu que não tinha sido empurrada. Fingiu e pediu-lhe que ensinasse o uso correto das vírgulas pois queria aprender a escrever bem. "Quero escrever coisas que deem medo", disse-lhe. Manteve a distância, embora às vezes tenha brincado de chegar muito perto, de inclinar o cotovelo até o cotovelo dela, de olhá-la com a profundeza incômoda de uma xamã selvagem. "Quero escrever coisas que deem muito medo." Nos melhores momentos das aulas de castigo – quando a conversa fluía a mais de três metros de distância – Clara falava sobre seu livro dos vulcões e Annelise, dos filmes de terror a que assistia, da literatura de horror que lia e dos quadrinhos de terror que pegava na biblioteca. "A erupção do vulcão Tambora no século XIX deixou os céus da Europa cobertos por uma camada de gases e cinzas, e foi aquela atmosfera sombria que inspirou Lord Byron a desafiar Percy Shelley, Mary Shelley e John Polidori a escrever uma história de terror." Em momentos assim, Clara relacionava seu livro sobre vulcões com a literatura favorita de Annelise para mantê-la interessada e quieta. "Daquele confinamento vulcânico na casa de Lord Byron surgiu o monstro Frankenstein e o primeiro vampiro ficcional da literatura." Às vezes, se houvesse tempo, falava de algumas culturas que acreditavam que os vulcões eram entradas para o inferno. *The horror! The horror!* "Um vulcão se parece com a mente de uma pessoa: uma montanha na qual a loucura arde", disse depois de explicar a relação entre vulcões, terremotos e apocalipse. Às vezes, Annelise estava interessada em ouvi-la falar sobre como o medo se nutria da paisagem. "Lovecraft já dizia: o horror está na atmosfera", disse-lhe durante um momento em que esqueceu que, se quisesse, Annelise poderia esticar o braço e tocá-la. "Porque o medo é uma emoção", disse, evitando seus olhos. "E é a prova de que o primitivo nos habita."

Por um tempo, suas sessões foram assim. E então a crosta negra desapareceu e Annelise deixou-lhe um ensaio perverso sobre a mesa.

Esse foi o início dos problemas.

XXI

Nome: Annelise Van Isschot
Disciplina: Língua e Literatura
Professora: Clara López Valverde

TAREFA: "Escreva um breve ensaio comentando algum dos contos de Edgar Allan Poe vistos em aula."

Querida Miss Clara:

Não vou escrever sobre Poe. Desculpe-me por ser tão direta e falar assim, sem rodeios, mas isso de fazer piruetas antes de cair de boca no que se quer dizer é uma chatice. Como eu dizia, não vou falar sobre os contos de Poe, mas sobre a experiência do medo e, especialmente, sobre o horror branco. A senhora o mencionou uma vez, lembra? (embora pareça incrível, eu a escuto com atenção). Falamos dele quando nos fez ler um capítulo de *Moby Dick* na aula, "The whiteness of the whale". Pois bem, no meu ensaio vou falar disto: do horror branco. Mas não a partir de Melville, e sim do que eu sinto e do que acho que você sente. Portanto, na verdade, não será um ensaio, mas uma confissão ou uma tentativa de compartilhar algo muito íntimo com você. Decidi fazê-lo dessa forma, como se fosse um e-mail ou uma carta, porque é mais fácil me dirigir a uma pessoa específica enquanto escrevo. Afinal, meu destinatário é você, não um ser abstrato nem toda a humanidade. Escrever para toda a humanidade, como fazem os ensaístas, é escrever para ninguém (eles escrevem para si mesmos ou para fazer os outros pensarem que são muito inteligentes). É por isso que nunca gostei dos diários nem dos ensaios. Prefiro me comunicar com alguém real, alguém a quem eu tenha algo importante a dizer, e não com leitores imaginários. Acho mais honesto do que fingir ou algo assim. Além disso, me ajuda a ter certeza do que quero contar, pois se as pessoas fossem sinceras, iriam admitir que ninguém diz a mesma coisa para sua mãe e para seu amigo ou sua professora: todos nós dizemos coisas diferentes, dependendo de com quem falamos, e não estamos mentindo, mas cada pessoa nos faz dizer uma verdade única e alheia às muitas outras que carregamos dentro de nós. Por exemplo, isso está pensado apenas para você. Cada uma destas linhas é como é porque foi escrita para a minha professora de literatura, que as arranca do meu corpo a partir do centro da minha mente. Eu não poderia dizer a mais ninguém o que vou dizer agora.

Esta escritura é uma das centenas de verdades que existem na minha cabeça.

É verdade que Fernanda e eu gostamos de filmes de terror. Realmente, foi isso que nos levou à literatura. Quando vimos *O inquilino* de Polanski, começamos a ler o romance francês que o inspirou. Lemos tudo de Stephen King e também os filmes baseados nos seus livros. Talvez isso a decepcione, Miss Clara, mas tudo que eu desejo é ser honesta: procuramos a literatura porque queríamos ter medo realmente, não por amor à arte ou todas aquelas coisas que você nos diz nas aulas. E os livros (bem, alguns) dão muito medo. Acho que é porque nada do que se conta neles pode ser visto, e sim apenas imaginado. Quando li

Lovecraft, por exemplo, a primeira coisa que pensei foi que suas melhores histórias não poderiam ser levadas ao cinema sem ser transformadas em outra coisa. Eu não tinha visto filmes baseados no que ele escreveu, mas os procurei para confirmar minha teoria (segundo a qual uma adaptação cinematográfica de um conto de Lovecraft nunca poderia assustar alguém, pois o horror cósmico não tem imagem). Este é seu problema e sua principal virtude: não pode ser visto, é por isso que gera tanto espanto. E não me refiro a um espanto que te faça tremer e ter pesadelos, porque o horror cósmico não faz isso, mas a uma inquietação, como uma presença assentada profundamente dentro de você. Essa presença não é uma pessoa, nem uma coisa, nem um animal. Carece de forma, mas é feita de tudo que nem sequer pode ser pensado. É por isso que o horror cósmico (que se parece um pouco com o horror branco, embora isso eu vá explicar depois) não tem nada a ver com fantasmas, demônios, zumbis, vampiros ou outras criaturas perigosas que podem ser destruídas (sim, tem a ver com o extraterrestre, mas não como nos *Arquivos X*, e sim o de Pennywise em *It -- A coisa*), porque em Lovecraft o extraterrestre e o monstruoso são, como você sabe, o indescritível; uma metáfora do desconhecido e imensamente superior (é quase místico e supera seu referente). Enfim, o extraterrestre nao importa porque, no fundo, tudo se resume a uma coisa maior e mais abstrata. Mas vamos voltar à presença a que me referia: é algo informe e monstruoso que parece que sempre esteve lá. O verdadeiro horror cósmico é isso e, uma vez que foi revelado (porque sim: é uma revelação), permanece no íntimo da nossa mente até que nos destrói. Como se podia levar isso ao cinema, Miss Clara, sem torná-lo ridículo? (e, como você sabe, não se pode temer algo do qual se ri). Mesmo que fosse um bom filme sobre horror cósmico, este teria que sacrificar o terror (uma parte essencial de si mesmo) e se transformar num *thriller*. Seria um filme "sobre" e não "de" (como esta carta / ensaio em que falarei sobre o horror branco, mas que de forma alguma é o horror branco). Além disso, o horror cósmico tampouco pode ser descrito como se descreveria o ataque de, digamos, um lobisomem, porque aqueles que o experimentam são incapazes de compreendê-lo, e quando finalmente se aproximam do seu significado, percebem que não têm palavras suficientes para falar sobre isso; que está além da linguagem e que, daquele momento até o fim dos seus dias, deverão carregar sozinhos aquela revelação incompleta e incomunicável. "Tekeli-li", por exemplo, é o som sem significado que Poe inventou para o horror branco. E não é por acaso que Lovecraft, para quem a relação entre o horror branco e o horror cósmico era clara, tenha acabado usando esse mesmo som para seu único romance, *At the Mountains of Madness* (que, da mesma forma que *The Narrative of Arthur Gordon Pym*, ocorre na branquíssima Antártida). "Tekeli-li" é o que o horror branco e o horror cósmico têm em comum, não acha?: sua capacidade de implodir a linguagem. Isso só pode funcionar na literatura porque lá as palavras são como matrioskas ou, como você disse na aula, um *mise en abyme* dentro da nossa imaginação. Acho que agora entendo o que você quis dizer: as palavras abrem portas inóspitas e invisíveis na nossa cabeça e, quando essas portas se abrem, não há mais como voltar atrás. Mas, no fundo, quero lhe falar sobre outra coisa: de como tudo isso se relaciona com o horror branco, com o desconhecido e com o que não pode ser entendido e, também, de como se relaciona com você e comigo e com o que eu penso que nos une de forma especial (vou chegar a esse ponto daqui a pouco, Miss Clara, peço-lhe que não pare de me ler).

O desconhecido, como eu dizia, é obviamente sempre terrorífico, mas o horrível, o que realmente petrifica nossos órgãos, é o que conhecemos apenas pela metade; o que está perto de nós e, mesmo assim, não conseguimos entender. Vou explicar: quando não se sabe alguma coisa, sempre se pode ter a esperança de chegar a conhecê-la no futuro, mas o que você faz com algo que sempre esteve à sua frente e de repente se mostra irreconhecível e impenetrável? Quer dizer, o horrendo não é o desconhecido, mas o que simplesmente não se pode conhecer. Em Lovecraft, isso está relacionado a seres atávicos e extraterrestres, a mitologias e origens, mas no fundo se trata de uma presença informe que nos extrapola, que vai além da nossa pequena existência e que corresponde às forças inexplicáveis da nossa e de outras naturezas. Essa presença pode ser qualquer coisa, até mesmo uma ideia ou uma percepção do mundo ou das pessoas ao nosso redor. Não é algo que surge apenas de dentro de alguém, mas também da sua relação com o exterior. Por exemplo, quando discutimos o conto do gato preto, você nos disse que Poe nos dava pistas de que o narrador estava louco (seu alcoolismo, seu mau caráter, suas ideias estranhas sobre seu animal de estimação...). Se lêssemos o conto apenas dessa forma, ele seria a história de um louco que acaba matando sua esposa e, como é um narrador em quem não se pode confiar, seríamos ingênuos se acreditássemos na sua versão dos fatos. Mas (e isso é algo que eu queria dizer na última aula, mas não me atrevi) o que realmente nos dá medo como leitores é esse pequeno buraco onde cabe a possibilidade de que o narrador estivesse dizendo a verdade. Se sua história fosse verdadeira, então não haveria explicação lógica ou racional possível que nos ajudasse a entender o que aconteceu. Seria preciso que se tratasse de algo terrível e obscuro encarnado no gato, isto é, no familiar, que apenas o narrador fosse capaz de perceber; alguma coisa que estivesse além da nossa compreensão. Não é uma leitura que se aproxima um pouco mais do horror cósmico de Lovecraft? Sei que Poe escreveu outro tipo de horror, mas o horror cósmico não é, afinal, essa tensão entre a revelação que ocorre na mente de alguém e do agente externo que a desencadeia? Ou seja, não se trata da loucura de uma pessoa nem de uma realidade sobrenatural horrível da qual você tem que tentar escapar (embora seja inútil), mas sim ambas as situações e, ao mesmo tempo, nenhuma. É uma sensação: de que existem coisas, assuntos materiais, que teria sido melhor nunca ter intuído.

E aí vem o interessante, Miss Clara: o horror branco é parecido com o horror cósmico nessa sensação mística. O branco, como você disse na aula, representa pureza e luz, mas também ausência de cor, morte e indefinição. Representa o quê, apenas por se mostrar, antecipa coisas terríveis que não podem ser conhecidas. É uma cor tão brilhante e tão limpa que parece estar prestes a ficar ofuscada, prestes a alcançar sua palidez perfeita. Em outras palavras, o branco é como o silêncio num filme de terror: quando aparece, você sabe que algo horrível está para acontecer. Isso se deve porque é facilmente pervertido e contaminado. Na verdade, um dos aspectos mais perturbadores da brancura é que ela é pura potência e está sempre muito perto de se tornar qualquer outra coisa. Não é? O contraste entre o melhor e o pior que o branco traz à imaginação é tão grande que me dá calafrios. É por isso que a experiência do horror branco é a do deslumbramento; não a do medo que provém do que está escondido na sombra, mas do que se revela na luz brilhante e sem saturação e nos deixa sem palavras. Por exemplo, sei que o horror que você sente por nós surge da revelação de algo impossível de conhecer e não do que está escondido. Eu a observei e não se trata do medo que os novos professores têm de nós porque sentem que não podem nos controlar e veem sua autoestima em perigo ("ah, eles não ligam pro que eu digo!", "ah, não sou bom no meu trabalho!", "ah, sou inútil e fracassado!"). Não, o que você sente é um horror real que é tanto físico quanto metafísico. Em todo caso, sinto que você e eu temos em comum uma aproximação real de um medo diferente que nem todos entenderiam, mesmo que tentássemos explicá-lo. Vi como suas mãos tremem quando está perto de nós. Há duas semanas, por exemplo, Fernanda tocou seu ombro e você se retraiu como uma centopeia. A pele do seu rosto ficou úmida e achamos que você parecia uma criatura sem pálpebras tirada à força da água. Lembro-me de me perguntar naquele momento se seria possível, para qualquer outra pessoa além de você, manter os olhos abertos por tanto tempo. Admito que achei desumano e nojento (há gestos que nos separam dos monstros, e piscar é um deles). Enfim, depois que você me empurrou, eu também te toquei sem querer, lembra? Na semana passada, encostei no seu braço quando o sinal do recreio tocou e você soltou um pequeno grito. Não foi um gemido: foi um grito minúsculo, como uma agulha furando uma unha, como daquela vez que me empurrou. Se você pudesse se ver, entenderia por que eu conheço seu segredo. Naquele momento, confirmei que você não tolera que a toquemos ou fiquemos perto do seu corpo. É como se você sentisse uma espécie de repulsa por nós, algo que a faz parar de piscar.

Isso não lhe acontece com os adultos, pois já a vi beijar a bochecha de outros professores e apertar a mão dos diretores normalmente. Antes, acreditava que sua sobriedade na classe era seu estilo de dar aulas, mas agora sei como é difícil para você dividir uma sala com mais de vinte adolescentes que, a qualquer momento, poderiam se aproximar. Tem medo da nossa juventude, Miss Clara? Não, isso não faria sentido porque você é jovem. Além do mais, todo mundo adora a juventude. Então, o que é que a assusta tanto sobre nós? E é aqui que minha teoria começa: talvez seja nosso estado intermediário. Afinal, somos pessoas que não estão nem na infância nem na idade adulta, mas numa espécie de limbo vital, na "fase de formação definitiva do caráter", como dizem a diretora e Mister Alan. Existe uma espécie de indefinição perigosa na adolescência, um vazio, uma potência que pode disparar para qualquer lugar e que a torna muito distinta, até oposta, de todas as outras idades. Já pensei muito nisso. Há questões em torno da sua condição que não posso responder, admito, mas há outras que resolvi rapidamente. Por exemplo, concluí que seu medo é recente, pois, se tivesse se sentido antes assim, não teria se tornado professora de Ensino Médio, certo? Ninguém no seu juízo perfeito teria escolhido uma profissão em que deva estar perto do que mais teme. Na verdade, é bem provável que seu medo decorra do que lhe aconteceu naquele colégio. Deve ter sido uma experiência difícil, mas meu pai me disse que as meninas foram punidas, embora isso não seja o importante, certo? Você não tem medo delas, mas da sua idade, ou seja, de um determinado tempo dos corpos. Certa vez, Mister Hugo nos disse que o tempo era uma ilusão com a qual medíamos as mudanças e que há até cientistas que afirmam que ele não existe. Seja como for, temer uma idade que representa o vazio e a indefinição, mas também a possibilidade de muitas coisas, a potência de ser, é uma experiência semelhante à do horror branco. Para você, nós, que somos a puberdade, o nada e o tudo, somos também uma forma especial da matéria orgânica que nos torna vulneráveis a um tipo de possessão. Mas não me refiro a uma possessão demoníaca, porque então estaríamos falando do maligno de acordo com os critérios judaico-cristãos, e o horror branco se sobrepõe a essa ideia de que nós, os filhos de Deus, somos o centro de uma batalha universal entre o bem e o mal. Nesse caso, estou falando de uma possessão diferente. É como se você acreditasse que, depois da morte da infância, algo ameaçador abrisse os olhos dentro do nosso estômago, respirando, comunicando-se, algo que existe desde a criação, ou até mesmo antes dela. Esse despertar conecta nossa idade, cúmulo de todas as adolescências, a uma natureza que não é benigna nem maligna: simplesmente é. E sua cor é branca como Moby Dick, o Ártico e a Via Láctea, porque revela algo incomunicável e o expõe. Até pensei em escrever uma teoria sobre isso. Se eu escrevesse, você a leria, Miss Clara?

Vou lhe contar a primeira vez que percebi seu horror em relação à adolescência. Acho que foi há um mês, ou talvez um pouco mais, durante uma das suas aulas. Fernanda e eu estávamos conversando em voz muito baixa enquanto você descrevia as características da literatura gótica. Não é que não nos importássemos com o que você estava dizendo, mas discutíamos por causa de uma bobeira e estávamos prestes a ficar irritadas uma com a outra, como está acontecendo agora. Talvez você saiba como é estar num momento como este, prestes a dizer uma coisa equivocada para alguém só porque essa pessoa disse algo equivocado. Bem, Fernanda e eu estávamos assim. De qualquer forma, você se cansou de esperar que fizéssemos silêncio e nos chamou pelos nossos sobrenomes ou, melhor dizendo, gritou-os, como os sargentos nos filmes de guerra. Acho que foi naquele momento, ou um pouco mais tarde, que Ximena desmaiou. O corpo dela, duas carteiras à minha frente, murchou e sua cabeça bateu no chão como se seu crânio fosse uma caixa feita de carne, mas sem nada dentro. Todas nos levantamos e você ficou paralisada, com os pés muito juntos em cima de uma lajota quebrada. Você tem de entender que esperávamos algo da sua parte, uma reação qualquer: talvez uma ordem, não sei. Então, Fiorella disse que Ximena precisava ser levada para a enfermaria, e tentou levantá-la com a ajuda da Natalia. Elas foram as primeiras a reagir, mas não conseguiam carregá-la porque era muito pesada, e seus braços e pernas estavam escorregando e a caixa de carne quicou novamente, dessa vez contra a perna de uma carteira. Você poderia ter carregado Ximena, Miss Clara, ou ao menos ter tentado, que é o que se supõe que uma professora deve fazer: tentar. No entanto, você nem mesmo saiu do lugar. Todas pensaram que você ficou paralisada pelo choque, mas eu não. Uma professora costuma estar pronta para fingir que está pronta. Então, enquanto as outras continuaram de olho na Ximena, eu fiquei de olho em você. Algo na postura do seu corpo, imóvel no centro de uma lajota quebrada, me impactou mais do que qualquer outra coisa. Acho que foi o medo que li na sua paralisia que me fez esquecer da Ximena. Garanto que você não piscou nem por um momento e que seus olhos se converteram na parte mais alheia à sala de aula. Eu me lembro de que Raquel se aproximou e você deu um pulo para trás, olhando-a como se ela a tivesse insultado, como se todas nós a tivéssemos insultado, antes de sair correndo para pedir ajuda. Essa foi a primeira vez que percebi que havia algo estranho no seu comportamento conosco; na maneira como olhava para nós e falava conosco, às vezes como se não existíssemos ou como se estivéssemos prestes a arrancar uma orelha sua. Fiquei pensando na lajota, no seu corpo, nas suas pálpebras e na maneira que teve de se recusar a ajudar Ximena pois aquilo implicaria tocá-la. Foi assim que comecei a entender o que eu precisava para formular minha teoria. Com certeza, antes não era um problema tocar ou roçar nos seus alunos, mas houve uma revelação, você intuiu algo que não pode ser entendido totalmente: a idade branca dentro da sua mandíbula, e nada mais foi igual.

Enquanto me lê, você deve estar se sentindo nua, como se eu estivesse arrancando suas roupas em público ou algo do tipo. Talvez eu esteja fazendo isso, mas não num palco. Aqui estamos apenas nós duas: é algo íntimo, embora forçado, pois provavelmente você não gostaria que eu lhe escrevesse tudo isso. Mesmo assim, peço que você continue lendo. Admito que houve dias em que a observei durante o intervalo, abraçando um livro, exposta fora da sala dos professores, obrigada a nos vigiar debaixo de um salgueiro a metros da quadra de basquete e do terraço do refeitório, e me senti culpada, como se estivesse fazendo algo muito ruim. Esse sentimento bobo durava pouco porque, quando eu pensava bem, entendia que não estava invadindo sua privacidade; eu não a espionava através de uma fenda, e sim em espaços abertos e compartilhados. Seria estúpido me sentir mal por perceber algo que os outros não viam, certo? Então a culpa me abandonava e eu podia continuar estudando-a sem remorso. Graças a isso, percebi detalhes curiosos. Por exemplo, a maneira como você finge estar lendo toda vez que um grupo se aproxima durante o recreio, não para falar com você, mas para atravessar ao outro lado da quadra ou sentar-se perto dos gerânios, mas na dúvida você abre o livro em qualquer página e simula uma concentração que eu sei que não existe, pois sua atenção está, na verdade, dirigida às dezenas de corpos em idade branca que andam ao seu redor. Todos os professores fazem seus turnos entediados (Miss Ángela passa o tempo conversando com suas alunas do primeiro ano perto da lanchonete; Mister Rodrigo tira a sujeira das unhas com um clipe de papel, que nojo!). Eu não acho que ninguém mais além de mim percebeu que você é a única que faz isso com inquietação. Seus movimentos a delatariam a qualquer um que se desse ao trabalho de olhar: a cada poucos minutos, procura os ponteiros do relógio e evita fazer contato visual com qualquer uma de nós, como se nossos olhos fossem vespas ou aranhas. Eu adoraria estar dentro da sua cabeça para comprovar se o que digo é verdade; que nos teme por causa da nossa idade. Talvez você veja o cadáver pálido da infância amarrado aos nossos tornozelos; talvez você veja, na adolescência, uma brancura espectral e perfeita, semelhante à paisagem de *At the Mountains of Madness*, da última visão de Arthur Gordon Pym e dos dentes do monstro de Frankenstein. Ou seja, um branco que desperta o mais sórdido na imaginação. E não é que eu esteja idealizando a infância, mas tudo o que vem depois é sempre pior, você não acha? Se fomos garotas más, quando crescemos somos ainda mais vis. Na adolescência, pode aflorar o mais belo ou o mais horrível, como no branco pode existir tanto pureza como podridão. Há algo nesses anos que permanece reticente à norma e que não é igual à rebelião da infância.

Vou explicar: quando somos pequenos, estamos muito ocupados descobrindo o mundo através de jogos e histórias. A ficção nos ajuda a experimentar tudo o que ainda é proibido para nós. O desejo de realidade vem mais tarde, com a puberdade. Nosso corpo muda. Nossa mente muda. E é como se de repente estivéssemos possuídos por uma brancura (isto é, por aquela possibilidade de nos manchar) e essa brancura fosse uma presença ubíqua no tempo dos homens. Algo como o caos rastejante de Lovecraft, aquele monstro primitivo que pode assumir a forma de qualquer coisa, ou Pennywise. A idade branca, na minha teoria, seria o tempo dos corpos, onde é possível a manifestação dessa brancura, dessa potência primordial que chamarei Deus Branco (e que é muito mais do que apenas outra versão do meu Deus *drag queen*, garanto-lhe). Tente imaginar, Miss Clara: não posso descrever sua forma original, pois ele não tem uma, mas pode assumir a aparência de tudo o que existe no universo. Tudo que sabemos é que os corpos púberes são, e sempre foram, fantoches sensíveis à sua presença. Talvez você veja como esse Deus é perigoso na nossa metamorfose corporal: mamilos que se arrepiam, pelos que encontram seu caminho em áreas inesperadas e afinam a pele, manchas, acne e sangue. São transformações que vão nos esvaziando de tudo o que fomos, e em cada uma delas lá está ele: avivando uma comoção mórbida e antecipando o terrível. Decidi chamá-lo de Deus Branco porque desde o início nós, humanos, percebemos que existiam seres antigos, enormes e incompreensíveis, que poderiam nos destruir, e percebemos isso por meio da brutalidade da natureza. Muito mais tarde, pessoas como Mister Alan vieram nos falar sobre um Deus benevolente e amoroso para acalmar aquele medo original de deuses despóticos, mas primeiro houve eles: os deuses sanguinários e cruéis que lançavam sobre nós a fome, as pragas e o caos, acima de tudo o caos. As primeiras divindades eram aterrorizantes. Nunca disse isso a ninguém, e imploro que você não comente isso com Mister Alan, mas acho que os deuses originais são os deuses reais. Acho que, se há alguém ou algo olhando para nós, alguém ou algo que poderia acabar conosco com um espirro, não é nada que possamos compreender ou decifrar; não é nada que conheça conceitos humanos como o amor, ou qualquer coisa que nos importe minimamente. Os primeiros homens veneravam esses seres eternos porque os temiam. Todas as religiões foram construídas sobre esse medo, e ao medo chamaram de "Deus" para nomeá-lo e implorar por misericórdia. É por isso (porque Deus é o medo) que eu chamo de Deus Branco a brancura que se manifesta nos corpos na idade branca. O que você acha? Minha teoria poderia se tornar um conto lovecraftiano que não deixaria nada a desejar aos melhores imitadores do gênero. Desde o início houve centenas de rituais e cultos da sexualidade, grupos humanos que adoravam deuses masturbadores ou com membros gigantescos como São Biritute. O Deus Branco é a manifestação aglutinadora de todos esses deuses: o despertar da sexualidade na adolescência e suas incômodas mudanças no corpo são apenas uma porta aberta para sua presença. Porque, se você parar para pensar, não há ninguém mais propenso a ser pervertido e contaminado do que um adolescente. Sinto isso agora mesmo: enquanto lhe escrevo, tenho vontade de me tornar algo pior do que sou. Penso e sinto coisas que não pensava ou sentia quando era criança. Coisas ruins e sujas. Coisas que podem machucar outras pessoas. Coisas que saem de mim e que me assustam e que eu nunca diria ao pastor Tito. É nisto que se origina minha teoria: no horror a certa idade dos corpos que os converte em possíveis detonadores dos impulsos mais desenfreados e violentos. Mas há mais, muito mais. Porque para falar do horror branco precisamos de uma revelação do que não pode ser conhecido: uma clareza emudecedora.

Ainda assim, não quero que você sinta vergonha por ter medo de algo diferente do que os outros têm medo; pelo menos não comigo. Eu também estou assustada com minha idade de leite. Não saberia dizer quando começou (talvez três ou quatro anos atrás), porque é uma descoberta que foi crescendo aos poucos no meu corpo e na minha mente. Quando criança, nunca fui de me assustar: nunca fiz xixi na cama ou acordei meus pais dizendo que havia um barulho inexplicável debaixo dela. Isso não significa que não tivesse conhecido o medo antes da puberdade, mas que sempre tinha vivido esse medo como um jogo (sentir medo é muito diferente de sentir horror, mas você já sabe disso). Quando comecei a ler Lovecraft na biblioteca do colégio, entendi que meu horror era muito semelhante ao que os personagens das suas histórias sentiam. Depois de tanto tempo lendo Lovecraft, Poe, Chambers, Machen, Shelley, e projetando, junto com Fernanda, quadrinhos com vampiros, súcubos e outras criaturas, acho que só há alguém no colégio que conhece melhor do que eu literatura de terror: você. Foi muito importante para Fernanda e para mim que você nos fizesse ler aquele capítulo de *Moby Dick* dedicado à brancura da baleia. Todos os sinais que passamos por alto nas histórias e romances que lemos de repente adquiriram um novo significado: da enorme baleia de Melville à exploração de Poe e Lovecraft da Antártica, o Ártico de onde a criatura de Shelley escapa, o homem com aparência de "verme esbranquiçado de túmulo" de Chambers, o Verme Branco de Bram Stoker, a aldeia branca de Machen, a brancura dos fantasmas e dos cadáveres... A totalidade e a imensidão do nada se condensam nessa claridade máxima que não se desprende de cor nenhuma. A mística de Lovecraft é uma mística sobre o vazio, é por isso que o horror branco está relacionado ao horror cósmico. O que mais gosto nas histórias dele é que seus deuses, seus seres antigos e primordiais, suas criaturas enormes e poderosas num nível inimaginável para a raça humana não são nada parecidos com os deuses das religiões que conhecemos. Não têm nenhuma característica humana, portanto são terríveis, mas não porque representem o mal. Não são Belzebu ou Lúcifer. Não são malignos. Não existem para nos tentar ou nos arrastar para as trevas, como na mitologia cristã, onde somos o centro da criação. O interessante sobre os Antigos de Lovecraft é que eles não podem ser entendidos de acordo com essa forma de pensar. Quando a ideia do bem e do mal desaparece, tudo o que resta é a natureza e sua violência. Acho que se houver um só Deus, ou seja, um Antigo, uma criatura eterna e todo-poderosa, que poderia nos fazer desaparecer num piscar de olhos, teria de ser alguém que não ligasse a mínima para nós e que brincasse conosco como se fôssemos mais um entretenimento dentro do vasto universo. Pense bem, Miss Clara: com todas as coisas que acontecem todos os dias neste mundo, faz sentido que exista algo como o Deus cristão? Todas as manhãs, quando vou para o colégio, vejo pela janela do carro dezenas de crianças pedindo esmola no semáforo. Eu li que a cada minuto centenas de pessoas morrem de fome em diferentes partes da Terra e que, para que eu use o computador com o qual agora escrevo isto, há outras tantas que morrem nas minas de coltan. Agora mesmo, em algum lugar do globo, há mulheres tendo seu clitóris cortado, crianças vendidas, pessoas explodindo em pedaços ou se afogando no oceano, e nada disso tem a ver com o mal, e sim com a natureza humana fracassando na sua autodomesticação. Sei que é reconfortante acreditar que existe alguém ou algo superior que cuida de nós e tem um plano maravilhoso para nossa vida, mas se pensarmos seriamente nisso, nem mesmo os discursos mais profundos de Mister Alan poderiam fazer com que esse Deus fosse crível. Essa é a conclusão a que cheguei, junto com Fernanda, e que nenhuma de nós compartilhou com nossos pais. Nós duas entendemos que para o único Deus que existe, o Deus Branco, não somos nada mais do que formigas. Você já se esquivou de uma formiga para não pisar nela, Miss Clara? Você a pulou ou parou para salvar sua vida? Ninguém moveria um único músculo, ou deixaria de movê-lo, pela vida de uma formiga. Talvez o fizéssemos pela vida de um coelho, uma galinha ou um porco. Às vezes, as pessoas freiam bruscamente quando um cachorro cruza a rua, mas eles fariam isso por uma formiga? A razão dessa discriminação é que elas são tão pequenas que parece que o mundo não mudaria nada com sua ausência. Além disso, sua morte é limpa e quase invisível: sem sangue, sem ruídos irritantes e sem o espetáculo em grande escala da decomposição. Mas também há outra razão, e é que, se tivéssemos de nos preocupar com a vida de cada formiga no mundo, ficaríamos loucos. Jamais poderíamos nos movimentar sem medo de matar brutalmente uma delas. Pois bem, isto é o que somos para os Antigos de Lovecraft e para o Deus Branco: formigas que percorrem o imenso espaço no qual o inexplicável se move. E, uma vez que essa verdade nos é revelada, uma nova vertigem (o horror que sentimos quando descobrimos nossa fragilidade) se inicia. Pelo menos as formigas não conhecem sua própria pequenez cósmica, mas nós, embora vivamos ignorando isso, temos a capacidade de descobri-la. Podemos nos dar conta do nosso verdadeiro tamanho, da nossa insignificância em relação à natureza e ao universo. E depois disso, tudo que nos resta é a loucura: o horror capital que destrói todos os sentidos.

Acho que o que quero dizer é que se saber uma formiga, prestes a morrer a cada segundo como um pequeno crocodilo na mandíbula da mãe, é viver dentro do horror branco. O que a brancura revela, aquela coisa que não se pode conhecer, mas que de repente ocupa nossa mente, nos faz perceber como somos fracos. Imagino que você se sente muito pequena desde que suas ex-alunas fizeram com você o que fizeram (talvez sua revelação tenha acontecido naquele momento). Eu, porém, descobri no meu próprio corpo. Afinal, se meu horror não fosse semelhante ao seu, se o branco não fosse a metáfora ideal, se eu não tivesse lido o capítulo de *Moby Dick*, jamais poderia entendê-la como agora, porque jamais poderia ter entendido a mim mesma. Vou tentar explicar melhor: para mim, o medo da idade branca começou quando meu corpo estava mudando. Primeiro, um cheiro rançoso. Depois, os mamilos como hematomas se arrepiando e doendo ao toque. Então, os fluidos vaginais iguais a um muco fresco e esbranquiçado. O cabelo indisciplinado. Estrias. Sangue. Aquela coisa incompleta e indefinida que a enoja em nós também é muito repulsiva para mim. A infância termina com a criação de um monstro que rasteja à noite: um corpo desagradável que não pode ser educado. A puberdade nos transforma em homens e mulheres lobos, ou hienas, ou répteis e, quando há lua cheia, vemos como nos perdemos a nós mesmos (o que quer que sejamos).

Há pouco tempo, escrevi um poema sobre isso:

No fundo de mim há uma mãe sem rosto:
um Deus
de tentáculos aéreos
atravessando a estação mais branca da natureza.

Seu peito é um pátio de vegetais mastigados;
um tanque mãe das anacondas
um útero errante
uma mandíbula
que inunda meu coração
com seu leite perfeito.

Escrever, como você deve ter notado, me faz bem. Fernanda diz que prefere minha prosa, mas às vezes escrevo poemas porque são muito assustadores. Por exemplo, agora acabei de inventar um verso para falar sobre menstruação: "Meu útero carnívoro: uma planta que deglute insetos de sangue". Não sei como foram suas cólicas durante a adolescência (dizem que a dor diminui com a idade), mas as minhas são tão fortes que me fazem suar e vomitar um líquido denso e transparente semelhante à baba do monstro de *Alien*. Às vezes, quando a dor é tão intensa e se estende por horas, eu desmaio. Na verdade, desmaiei apenas duas vezes, embora eu gostaria que tivessem sido mais porque então a dor se esfuma, igual ao tempo quando dormimos. De qualquer forma, nesses instantes é como se meu útero tivesse sido mastigado e não houvesse mais nada no mundo além desse canibalismo interno. Na idade branca o corpo nos sujeita, mas também somos sujeitados pelos corpos dos outros. Quando fiz onze anos comecei a observar, por exemplo, que os homens olhavam para mim de forma estranha. Eles, e algumas mulheres, olham para mim diferente desde então, como se tivessem um caracol nas pupilas. Com certeza você sabe o que quero dizer, Miss Clara. Esses olhos me perseguem na rua e no colégio. Jovens e velhos com as mesmas línguas pegajosas saindo da boca, e tudo isso acontece enquanto meus quadris se alargam e minha voz parece cada vez mais com a de uma sereia da Disney. É como se tivessem mãos nos olhos e meus seios inchassem ao mesmo tempo que os dedos deles. Cinco meses atrás, numa festa de família, peguei meu tio olhando para as minhas pernas (Fernanda diz que isso é normal e que todos os caras, especialmente os políticos, são uns porcos). De qualquer forma, essas mudanças me afetaram mais do que afetam outras pessoas. Minhas amigas, por exemplo, não entenderiam isso. Nem mesmo Fernanda entenderia, embora agora não importe, porque não nos falamos mais. Às vezes tenho pesadelos em que sou estuprada pelos meus professores, pelo jardineiro, meus tios, meu irmão, meu pai... Já pensou nisso, Miss Clara? Você já pensou como é fácil para qualquer homem nos estuprar? É como se fôssemos feitas para isso, para sermos sujeitadas pela força, não apenas pelos homens, mas também pelas nossas mães. Quando criança, minha mãe costumava me dar banho. Fez isso até que eu completasse dez anos porque, segundo ela, eu não me limpava direito sozinha. Para falar a verdade, ela sempre reclamou da minha higiene, mas te juro, Miss Clara, que eu era uma menina muito limpa. Enfim, minha mãe costumava falar sobre todo tipo de coisas enquanto eu tomava banho (do colégio, da igreja, das minhas tias, do fim de semana, das empregadas domésticas, do pastor Tito, da diocese) e sempre, de uma forma ou de outra, acabava me contando casos horríveis de garotas sequestradas, estupradas e assassinadas que ela via, com certa fascinação, num canal de televisão que só transmite esse tipo de crime. Começava me contando essas histórias com um "você não sabe o que aconteceu com uma garota por falar com um estranho" ou "por desobedecer à sua mãe e sair de casa sozinha" ou "por não saber dizer não" (nas histórias, o que acontecia sempre era culpa da menina). E depois de narrar os detalhes mais sinistros, ela repetia, mais uma vez, quais eram as áreas do meu corpo que ninguém, além dela, poderia tocar. Ela me dizia: "Se um dia você se perder e alguém lhe disser que vai levá-la pra casa, não acredite, porque pode ser um homem mau. Você também não pode confiar nas mulheres, pois existem mulheres más que pegam as meninas pra entregá-las a homens maus e Anne, querida, você só pode confiar na sua família; o mundo é cheio de pessoas más que querem fazer coisas terríveis a garotas bonitas como você. Existem homens doentes que querem enfiar os dedos e outras coisas nesse lugar secreto e delicado pelo qual você faz xixi. Se isso acontecesse, doeria muito e talvez você até morresse como essas garotas da televisão. É por isso que você tem de ser obediente, não se afastar de mim quando saímos e sentar direitinho. É muito importante que você se sente comportada. Se você não se sentar, os homens maus poderiam ver seu lugar secreto e teriam vontade de sequestrá-la pra te fazer coisas ruins. Você também não deve mostrar a língua pra ninguém, pois poderia dar ideias estranhas a homens maus, muito maus. Portanto, Anne querida, você deve sentar-se com modos e fechar bem a boca, entendeu?". Mas suas palavras eram irritantes e não significavam nada para mim. Na verdade, eu odiava que ela me desse banho porque sua aliança de casamento se enfiava no meu rego e na minha vulva e a sensação era fria e desagradável, exatamente como eu imaginava que seria se um homem mau me enfiasse os dedos, mais grossos e ásperos do que os da minha mãe. Foi muito depois, quando mamãe decidiu que eu já era grande o suficiente para tomar banho sozinha, que comecei a me preocupar com a maneira como me sentava na frente dos meus professores, tios, primos ou amigos. Tinha até o cuidado de me sentar adequadamente, com as pernas fechadas, na frente do meu pai e do meu irmão. Também desenvolvi uma repulsa especial por qualquer homem que usasse anéis, especialmente se eles fossem grandes e brilhantes como os da minha mãe. Talvez essa preocupação tenha começado ao mesmo tempo em que notei que os homens haviam parado de olhar para mim como uma criança. Ou não. Tanto faz. O importante é que logo se tornou uma obsessão para mim sempre me sentar com os joelhos juntos e me afastar das pessoas que usavam anéis. Eu nem sequer cruzava as pernas porque isso fazia com que a saia do colégio ou os vestidos que minha mãe me obrigava a usar subissem alguns centímetros e, se em algum momento alguém percebesse e olhasse para mim (e se esse alguém fosse homem e também usasse anéis), eu me sentia culpada e enfermiça. Com o tempo, consegui tirar do meu guarda-roupas as saias e os vestidos, mas no colégio tenho que usar uniforme. Por que os uniformes escolares são tão diferentes para meninos e meninas, Miss Clara? Por que temos de usar saia? Demorei muito para ficar em paz com relação a isso e aos anéis. Às vezes, durante as aulas, eu me esquecia do meu corpo e sem querer abria tanto as pernas que qualquer um que estivesse diante de mim conseguia ver minha calcinha. Quando isso acontecia, eu tremia e tinha ânsia de vômito, sobretudo se houvesse um professor, e não uma professora, à minha frente. A coisa mais terrível que eu poderia imaginar era que Mister Alan, Mister Hugo, Mister Mario ou Mister Rodrigo vissem minha calcinha. Sentia tanto nojo quando pensava nisso que inventei um castigo para me ajudar a lembrar a postura correta das minhas pernas. Na carteira, sob as coxas, eu colocava um compasso de maneira que a agulha ficasse sempre pressionando minha carne. Se eu me mexesse, a agulha me espetava, então eu tinha de ficar alerta e consciente do meu corpo se não quisesse me machucar. Essa era minha maneira de estar no controle (e vencer a batalha mesmo que a guerra estivesse perdida). O pior era o desconforto de manter a mesma postura durante horas. Minhas pernas ficavam dormentes, mas eu tinha de fazer aquilo se não quisesse me sentir culpada. Porque, se algum professor visse minha calcinha, teria sido minha culpa por não me sentar direito, sabe? Isso se repetiu em cada uma das minhas aulas do primeiro, segundo e terceiro ano, menos naquelas dadas pelas professoras. As professoras não me preocupavam, embora eu não pudesse explicar por quê. Ainda odeio o desejo no rosto dos homens, mesmo antes de aparecer, e ainda me preocupo em me sentar direito, com as pernas bem fechadas. Não posso dizer que passei completamente dessa fase, mas já não me imponho castigos, e isso é bom. De qualquer forma, acho que não fui suficientemente explícita sobre a angústia que essa fase inicial representou para mim. Talvez outra história sirva para retratá-la melhor: há um ano, ou talvez dois, enquanto eu estava trocando de roupa, minha mãe entrou no meu quarto para me dar um sermão pelas minhas notas. Deixou a porta aberta e, depois de alguns segundos, meu pai e meu irmão entraram reclamando porque estavam com fome e a comida estava esfriando na mesa (minha família tem uma regra de ouro: não começar a comer até que estejamos todos sentados e tenhamos rezado pelos desamparados que são, sempre, qualquer pessoa menos nós). Instintivamente cobri os seios com as mãos e minha mãe olhou para mim como se eu tivesse feito algo imperdoável. "Por que você fez isso? Por que você está se cobrindo? São seu pai e seu irmão! Que coisa doentia passa por essa sua cabeça torta? Eles são sua família!", ela me disse, fazendo-me sentir mal por esconder os seios, mas ainda assim não tirei as mãos e não deixei que eles me vissem. Não consegui, minha mãe me pegou pelos pulsos e me obrigou a largar os seios. "Boba, nós somos sua família!", ela gritou, me sacudindo. Você pode imaginar como isso foi humilhante para mim, Miss Clara? Meus seios pareciam dois pedaços de gelatina, dois estúpidos e desiguais pedaços de gordura. Nem me atrevi a olhar para o meu pai ou para o Pablo, mas eu sabia que eles estavam olhando para mim porque senti a força das suas pupilas em cima da minha nudez. Então, certa tarde, entrei no banheiro do meu irmão enquanto ele estava fazendo xixi, forcei minhas pupilas no seu pinto magro e rosado e lhe disse que era sua família. Depois fui ao banheiro dos meus pais enquanto meu pai estava tomando banho e olhei para o seu pinto torto para a esquerda e disse: "Sou sua família". Minha mãe bateu com uma escova na minha cabeça quando descobriu, mas eu a perdoei porque oito anos atrás, enquanto ela estava grávida do Pablo, eu bati na barriga dela com aquela mesma escova. Lembro-me de que me chamou de "malvada" na ocasião, mas "malvada" foi a Fernanda, que sempre esteve na idade branca e matou seu irmão mais novo. Você sabia disso? Eu só dei um golpe antes de o meu nascer e queria que ele morresse, como toda irmã mais velha. Aposto o que for que você não sabia disso sobre a Fernanda, Miss Clara. Alguns professores sabem. O psicólogo do colégio sabe. Todo mundo fala que foi um acidente, embora Fernanda não se lembre do que aconteceu e é por isso que os pais dela a levam ao psicanalista, para convencê-la de que foi um acidente, mas é um absurdo porque ninguém sabe o que realmente aconteceu.

Enfim.

Dois anos atrás, durante uma das muitas noites que eu fiquei para dormir na casa da Fernanda, houve uma mudança importante. Até então, e por razões óbvias, eu nunca tinha me sentido sexualmente excitada. O sexo e tudo que tivesse a ver com ele era, para mim, uma experiência de nojo e medo (se você pensar sobre isso, há algo primitivo e sombrio na sexualidade: algo adormecido, mas perigoso e incontrolável, algo que explode, como os vulcões do seu livro). Fernanda, pelo contrário, tinha me contado que se masturbava desde os cinco anos de idade, mas eu nunca a vira fazer isso e acho que pensei que fosse mentira (é normal mentirmos para as amigas apenas para impressionar; talvez você também faça isso com as suas e saiba do que estou falando). Naquela noite, ela pensou que eu tinha adormecido: sei disso porque ela me chamou pelo nome e eu não respondi. Algo me fez ficar imóvel e fingir que não a ouvira, talvez curiosidade. Talvez, no fundo, eu quisesse surpreendê-la no meio de um ato íntimo, mas garanto que não fazia ideia do que aconteceria. Na verdade, não consegui ver nada porque estava de olhos fechados. No entanto, há coisas que não precisam ser vistas. A cama tremeu e eu não conseguia respirar. Fernanda emitiu sons semelhantes aos que alguém faria quando se queixa de dor e, ao mesmo tempo, diferentes por uma ligeira nuance que não consigo descrever. Claro, eu nunca tinha me masturbado antes, mas senti vontade de fazer isso naquele momento. Foi algo surpreendente e desconcertante. Minha família e minha educação foram, como você sabe, dedicadas à Obra. Desde sempre ouço coisas terríveis sobre masturbação. De algum jeito, pensava que isso me transformaria num animal ou numa criatura desprezível. Tinha a impressão de que, se o fizesse, as mudanças no meu corpo se fechariam como num círculo macabro de maneira irreversível. Eu não fiz nada naquela noite, mas o desejo de me tocar nasceu lá, do lado da Fernanda que contraía os músculos sob o lençol de pôneis vermelhos. A sensação que tive nos dias seguintes foi estranha porque, quando me olhava no espelho, nua, primeiro sentia uma rejeição semelhante ao ódio em relação a cada um dos cantos do meu rosto, ao tamanho dos meus mamilos, à minha altura, minha pele, minhas sardas, e, depois, um horror asfixiante por aquele corpo que, às vezes, parecia o de outra criatura que eu queria tirar de mim mesma. Por um tempo, coloquei em prática uma técnica que me permitiu evitar a masturbação e que consistia no seguinte: quando o desejo de me tocar voltava forte e eu estava sozinha, repassava os pesadelos dos estupros mais sinistros que eu tinha tido nos últimos dias. Normalmente, isso era o suficiente para me acalmar. Num deles, por exemplo, Pablo, com a pele transformada em leite coalhado, enfiava os dedos na minha vagina, então você pode imaginar, Miss Clara, que lembrar cenas desse tipo era mais do que suficiente para acabar com minha excitação. Enfim, e mesmo que tenha funcionado muito bem por algumas semanas, acabei cedendo aos meus impulsos porque pensei: "Se a Fernanda pode fazer isso sem que nada de ruim aconteça com ela, então eu também posso". Além disso, relembrar meus pesadelos me produzia soluços nervosos e náuseas que demoravam horas para passar. Então me masturbei. Nas primeiras vezes, fiz isso quando todos dormiam, protegida pela noite, com timidez e uma culpa que eu não conseguiria lhe descrever. No começo só usava as mãos, mas depois comecei a usar objetos. Certa ocasião, depois que minha mãe me pediu, na frente das suas amigas do clube de badminton, para escovar os dentes porque eu estava com mau hálito, entrei no banheiro dela e me masturbei com sua escova de dentes. Foi infantil, eu sei, mas não me arrependo porque minha mãe nunca se arrepende. Adora reclamar de mim em público e dizer, na frente do dentista, por exemplo, que não escovo bem os dentes, que sou porca e uma "garota estúpida e desajeitada" que não escuta nada. É assim que ela começa a me insultar, me chamando de "menina boba e desajeitada", e então prossegue falando das minhas notas e de como é difícil que eu entenda a lógica da matemática e da linguagem (é verdade que sou muito ruim em matemática, Miss Clara, mas sou boa com as palavras, mesmo que ela não saiba). Enfim, alguns dias depois, algo estranho aconteceu enquanto eu estava me masturbando. Ou talvez tenha acontecido desde sempre, desde a primeira vez, mas eu não tinha como saber porque me tocava de olhos fechados, me escondendo de mim mesma e da culpa que me fazia chorar e sentir náuseas. Uma madrugada, abri os olhos enquanto me tocava, enquanto imaginava meu mamilo esquerdo entre os dentes da Fernanda, e vi, ao lado da cadeira do meu quarto, uma figura densa, longa e esbranquiçada que se distinguia da escuridão como se a tivesse rompido para entrar nela. Eu a vi de repente e pensei que não podia ser real, que tinha de ser uma ilusão de ótica provocada pelo meu desejo, mas permaneceu lá, batendo como um coração de rinoceronte, alargando-se e cobrindo todo aquele canto; engolindo a cadeira, a janela e o espelho na parede. Não consigo explicar quanto horror me produziu sua nitidez, sua ausência de forma animal ou humana, sua textura mucosa, branquíssima, e sua altura crescente. No entanto, apesar do meu medo e do cheiro insuportável de colmeia, não consegui gritar nem tirar as mãos do meu sexo. Preciso que você acredite em mim, Miss Clara: estava apavorada como nunca estivera antes, e não por uma coisa da minha imaginação, mas por algo real, grotesco, agigantando-se diante dos meus olhos. Eu queria pular da cama e correr para o quarto dos meus pais, mas uma força assumiu o controle do meu corpo que, além de assustado, também estava enormemente excitado. Não é algo que eu possa explicar, simplesmente aconteceu assim. Eu estava paralisada porque, embora me mexesse, aqueles movimentos sobre o clitóris não eram mais meus, sabe? Eu queria parar de mexer as mãos, mas era como se minha cabeça e meu corpo fossem duas coisas diferentes. O que senti foi muito complexo: um caos de repulsa, horror e desejo. E assim, quando estava chegando ao clímax, o enorme branco avançou na minha direção como se estivesse me chupando a distância e, em questão de segundos, perdi a consciência.

Há algo que liga o prazer à dor e ao medo, você não acha? Não sei exatamente do que se trata, mas tem a ver com o buraco que se abre no nosso estômago quando estamos prestes a cair. O que eu senti naquela noite foi semelhante a isto: à vertigem das alturas que faz com que você perca o equilíbrio e, ao mesmo tempo, esteja mais ciente do que nunca de que você é um corpo e que um dia vai morrer. É engraçado, mas na maior parte do tempo esquecemos que somos animais compostos por órgãos que parecem saídos de um pesadelo. O coração, por exemplo, é um órgão horripilante. Sempre está lá, batendo, mas nunca pensamos nele porque, se pensássemos, talvez aprendêssemos a temê-lo. Ainda me lembro da primeira vez que vi um coração, não numa fotografia, vídeo ou ilustração, mas na minha frente. Estava no laboratório, há três anos, durante uma aula de Biologia. Miss Carmen nos pediu que nos sentássemos em dupla e pôs na mesa um coração de vaca. Sua cor (um vermelho coroado por um branco gorduroso) e sua forma me paralisaram. Tive medo dele, admito: pensei (porque ninguém nunca me dissera que os corações das vacas e das pessoas tinham tamanhos diferentes) que aquele era o meu coração, daquele tamanho titânico, e o imaginei empurrando minhas costelas para fora e bombeando meu sangue no centro do peito através das suas veias repulsivas. Eu o vi sem conseguir tirar meus olhos dele (assim como você faz conosco quando nos aproximamos demais) e achei-o monstruoso, nada parecido com os corações dos cartões ou emoticons, mas feios: um pedaço de músculo assimétrico que parecia ter sido mordido por um tubarão. Em todo caso, enojada e apavorada como eu estava, comecei a ouvir e sentir meus próprios batimentos cardíacos se acelerando, tornando-se cada vez mais fortes, e me dei conta de algo terrível: eu também tinha um coração. Isso pode parecer idiotice, eu sei, mas não é a mesma coisa saber algo e senti-lo e experimentá-lo, e naquele momento eu tive a experiência de ter um coração. E foi agradável e, ao mesmo tempo, abominável. E enquanto Fernanda abria com o bisturi o coração de vaca para observar o ventrículo esquerdo e direito, pensei: "Estou viva. A vaca a quem pertencia esse coração está morta, mas eu estou viva". Isso, embora com maior intensidade, foi o que senti depois de ver aquela estranha manifestação do Deus Branco enquanto me masturbava, só que, além de ter a experiência de ser um coração, tive a experiência de ser pulmão, pele, cérebro, nariz, língua, umbigo, clitóris, dedos... Todo o meu corpo fazia parte daquela masturbação durante a qual não tive nenhum controle.

De qualquer forma, quero que você tenha certeza de que não estou inventando: qualquer um é capaz de diferenciar a realidade de um pesadelo, ou o real da imaginação. Só os loucos esquecem a diferença, mas eu não sou louca. Sei o que vi. Além disso, mesmo que tivesse imaginado, mesmo se aquela aparição branca tivesse estado apenas na minha mente, por que deveria ser menos real? Minha mente existe e tudo que ela projeta no mundo também. O que estou contando agora acontece porque minha mente é minha realidade. E com isso não estou dizendo que tenha inventado: estou dizendo que, embora a presença branca naquela noite tenha sido visível só para mim, o que isso importa? Deixaria de ser verdade? Porque no final das contas o que importa não é o que é real, mas o que é verdadeiro. Suponho que isso diferencia o horror branco do horror cósmico porque, embora ambos nos transcendam e nos façam sentir minúsculos e esmagáveis, como formigas diante de algo enorme, poderoso e inapreensível, nos melhores contos de Lovecraft a atmosfera de realidade é fundamental e, em vez disso, o horror branco pode prescindir da verossimilhança para sua atmosfera porque é uma experiência da mente e dos sentidos. Mas vamos voltar ao que aconteceu comigo naquela noite: eu perdi a consciência (algo que nunca tinha acontecido comigo, exceto nas minhas piores cólicas menstruais) e, quando acordei, já era dia. Apesar disso percebi, depois de alguns segundos, que um pedaço dentro de mim tinha mudado para sempre: aquela mancha densa, viscosa e branca, semelhante aos meus fluidos vaginais, era uma aparição do meu Deus Branco. Um desejo e um horror infinito suspensos pelo mesmo fio e que eu precisava ver novamente. Tenho vergonha de escrever isso, mas nunca senti tanto prazer como senti naquela noite em que perdi o controle. Pela primeira vez, experimentei um verdadeiro horror. E esse horror era, também, um orgasmo.

Minha idade branca se tornou tangível a partir dessa vez, mas essa é outra história que eu não posso contar agora. O que importa é que você e eu sabemos o que esse tempo dos corpos é capaz de fazer. Você tem medo de se contaminar ou sair ferida pelo que eu personifico, mas já estou contaminada, já estou ferida. Você tem medo de nós porque nos viu e não consegue saber o que vê: é por isso que foge, mas eu não posso fugir de mim mesma. Você teme que façamos com você o que suas ex-alunas fizeram, mas o que está acontecendo comigo é o mesmo que aconteceu com elas e às vezes eu quero fazer isso com meus pais, com a diretora e com todos os professores do colégio. Estou te escrevendo isso porque você é a única que entende: porque às vezes é necessário falar com alguém que entende o que é o medo.

Terminei.

XXII

A: Você sabe qual é a pior coisa que alguém pode fazer à sua melhor amiga?

F: Sim, eu sei qual é a pior coisa que alguém pode fazer à sua melhor amiga.

A: À sua irmã gêmea.

F: À sua siamesa perfeita.

A: A pior coisa que alguém pode fazer a ela é traí-la.

F: A pior coisa que alguém pode fazer é virar as costas para a sua igual.

A: Para a sua irmã.

F: Para o seu duplo.

A: Essa é a única coisa que não se pode fazer.

F: Essa é a única coisa que eu jamais vou fazer.

XXIII

Seus tênis estavam gastos e isso é que era sinistro. Clara os inspecionou minuciosamente: a sola tinha depressões que não poderiam ter sido feitas por ela, mesmo que os usasse com frequência, pois seus sapatos costumavam se abrir nas laterais e nunca nos calcanhares – desde pequena ela andava quase na ponta dos pés, e embora isso causasse dor em seus pés e nas costas, e embora ela tivesse tentado corrigir o andar durante anos (sobretudo quando começou a aprender a caminhar igual à mãe), às vezes continuava tirando, involuntariamente, os calcanhares do chão. Uma pessoa como ela – que herdou (ou adotou) os rituais imutáveis do comportamento materno – percebia quando algo dentro de seu espaço mudava, e Clara estava notando intrusões mínimas no seu havia vários dias; intrusões como o lado errado em que sua escova de cabelo descansava na mesa de cabeceira, ou a tomada diferente em que tinha deixado seu carregador ao voltar do trabalho, ou em outro canto do aparador onde ficava a moldura de prata com a foto de sua mãe. Todas as manhãs antes de ir para o Colégio Bilíngue Delta, *High-School-for-Girls*, punha a escova, o carregador, o porta-retratos nos lugares corretos, e todas as tardes, quando voltava, encontrava-os nos locais errados. À noite, as colheres mudavam de gaveta e as gavetas fechadas apareciam abertas, mas Clara sabia que o que acontecia com os tênis não era uma invenção dela. A área dos calcanhares tinha sido especialmente afetada, embora o resto da sola apresentasse um desgaste perceptível, como se alguém os tivesse usado para correr uma maratona – alguém que não era ela, é óbvio, porque Clara não costumava fazer esporte, muito menos na rua, onde havia tanta gente disposta a olhar para ela ou lhe dizer coisas que não queria ouvir. Dentro do calçado havia vestígios dos dedos do pé da intrusa: uns dedinhos gordos, escuros e redondos que não lhe pertenciam. Os tênis – repentino objeto de seu medo – cheiravam a chiclete e cocô de cachorro, e, se colocados sob a luz – o que ela fez –, a sola brilhava um pouco, como se tivesse restos de areia ou geada, ou talvez resíduos da sujeira do piso do pátio do colégio. Mas Clara jamais os usara, muito menos fora de casa; disso ela tinha certeza. Sua mãe tinha lhe dado em seu aniversário número vinte, logo depois que o médico lhe dissera que a saúde da filha estava melhorando – isto é, que seu cada vez mais agudo transtorno de ansiedade estava diminuindo – e desde então eles tinham sido abandonados sem uso no armário, esquecidos mas protegidos de todo mal por ser um dos poucos presentes que sua mãe se dignara a dar a ela, até que naquela tarde – com o pânico apertando-lhe os nós dos dedos –, Clara percebeu que estavam gastos, e que o sinistro poderia caber na paisagem irregular de uma sola.

Também sua pálpebra – tremendo como uma borboleta em agonia na qual ela batia incessantemente com a palma da mão aberta – podia conter o sinistro, mas ela preferia não pensar demais nisso.

Depois de vários minutos observando-os, cheirando-os, tocando-os, Clara largou os tênis e correu ao banheiro para vomitar. Nas noites mais difíceis da semana, ela abria e fechava as portas dos quartos, perambulava descalça pelos corredores, conferia as janelas, fechaduras e gavetas uma vez atrás da outra; entrava e saía do quarto, suspirava, mudava de posição na cama centenas de vezes – as molas do colchão e o peso de seu corpo compunham uma reivindicação ou uma súplica –, acendia uma vela aromática e a fumaça se espiralava num pedido de ajuda até que, sem resposta, sem ninguém para ler a mensagem, ela acabava cantarolando músicas de Antonio Machín – porque era o cantor favorito de sua avó morta e a única coisa que a fazia suar menos – como se fosse um pássaro com um horário tresloucado que insistia em cantar quando não havia luz, um pássaro de desenho animado que bicava seu próprio crânio todas as madrugadas, quebrando a casca do descanso da mãe morta de sua mente. Aquelas longas noites amarelas em que conferia a porta de seu quarto duas, três, quatro vezes em menos de uma hora eram povoadas com os sons que Clara via de olhos fechados. Via pequenas unhas arranhando a cadeira de estampa de tigre, escutava risadas na cozinha, passos rápidos como palmadas desajeitadas no chão da sala e o pestanejar de um olho que a observava dormir pelo buraco da fechadura – se o silêncio fosse perfeito, dizia a mãe morta que habitava sua mente, uma pessoa seria capaz de ouvir até mesmo o bater de cílios a distância. E embora esses eventos tenham começado depois do que as M&M's fizeram com ela, e embora por um tempo ela pensasse que estava tudo em sua cabeça, e embora em algumas noites nada acontecesse e a linguagem dos ruídos desaparecesse, os tênis tinham lhe despertado um novo ataque de pânico, palpitações subindo por sua garganta como uma erupção de sangue, e a fizeram se lembrar – com a cabeça encostada no vaso sanitário – o que sua aluna lhe confessara: "Você quer que eu lhe diga o que minha melhor amiga fez comigo?", perguntou. "Se eu te contar, você promete que não vai ficar com raiva?"

Os eventos começaram antes da confissão de Annelise Van Isschot e antes do ensaio rebuscado que lhe deixou na escrivaninha, mas só depois dessas palavras Clara começou a entender que seu medo – aquela sensação de asfixia que preenchia seu peito com calor e tentáculos – não distorcia a realidade, mas a ampliava. Do pior jeito – ou seja, através da longa língua de Annelise –, havia descoberto que seu pânico era uma verdade expandida nos movimentos das coisas. Se tivesse sabido desde o início – como dizia sua mãe morta para dar mais dramatismo a seus discursos de arrependimento –, teria tido mais cuidado, mas quando ordenou que sua aluna escrevesse um ensaio como castigo por ter conversado com Analía Raad durante a aula, Clara nunca imaginou que acabaria levando para casa um texto delirante e obsceno. Ela o leu na cama, à luz de um abajur velho, e, quando terminou, não sabia se deveria ficar com raiva ou simplesmente perturbada. Releu várias de suas partes com a intenção de compreender, de elucidar o motivo de sua ansiedade ter disparado como um foguete, e entendeu que, além da morbidez do relato íntimo, a maturidade da escrita a angustiava, como se fosse proveniente de uma mente adulta, e o conhecimento comprovado que a aluna tinha sobre seu medo – "Você tem de se proteger das suas alunas, Bezerra", sua mãe dizia fazendo uma cara de pitonisa enquanto aspirava a fumaça de seu baseado. "Aprendem mais rápido do que suas professoras." Embora o relacionamento com Annelise tivesse melhorado graças às sessões extras de literatura às sextas-feiras, Clara ficava desconcertada que sua aluna lhe revelasse detalhes tão íntimos num trabalho de escola; detalhes que ela nem sabia se eram verdade, mas que por algum motivo lhe causavam uma enorme repugnância. "Por que você escreveu isso?", perguntou durante uma de suas sessões pessoais. "Porque eu quis", ela respondeu, já sem nenhuma marca dos golpes de sua melhor amiga. Os adolescentes eram petulantes por natureza, mas Annelise o era de uma forma hierática que despertava os piores impulsos em Clara. Quando falavam sobre vulcões nevados e literatura de horror tudo transcorria bem, mas às vezes ela descobria um sorriso oculto, dissimulado, escondido nas comissuras da boca de Annelise enquanto fingia ouvi-la. "O que você escreveu sobre mim não é verdade. Não tenho medo das minhas alunas", Clara lhe disse na tarde em que devolveu o ensaio. "Sim, você tem medo de nós", disse Annelise. "Por isso devo lhe contar a verdade." Em casa, Clara fechava as janelas e cerrava as cortinas todos os dias, embora soubesse que à tarde, ao voltar do trabalho, as encontraria abertas. "A verdade é que a Fernanda e eu bolamos um plano pra assustá-la, mas agora não somos mais amigas." Às vezes, de madrugada, ela ouvia um monte de pedrinhas se chocando contra alguma superfície irregular. "Descobrimos seu endereço porque queríamos assustá-la por diversão." Ela não conseguia nem imaginar o tamanho dos dedos que empurravam aquelas pedrinhas alojadas em seu estômago a cada noite de insônia. "Eu sei que é errado que fôssemos até sua casa e olhássemos pra ela da calçada do outro lado da rua, mas nós fomos." Tinha certeza de que ouvia à noite aquele ronronar de pedras, uma respiração agitada atrás da fechadura e o crepitar contínuo e inexplicável das pestanas. "Ela queria entrar na sua casa", disse ela. "Foi tudo ideia da Fernanda."

Os últimos dias tinham sido terríveis. As marcas dos dedos rechonchudos e pequenos, que bem poderiam pertencer a qualquer uma de suas alunas, a faziam sentir ânsia de vômito sempre que olhava para os tênis. Segundo Annelise Van Isschot, Fernanda queria entrar na casa da professora porque assustá-la parecia tão emocionante quanto escalar uma montanha e gritar acima das nuvens. "Ela queria que entrássemos e mudássemos as coisas de lugar." "Ela queria que entrássemos muitas vezes sem você perceber." As M&M's haviam entrado em sua casa pelo quintal e, em seguida, pela janela da cozinha, que agora tinha grades – e embora Clara não estivesse naquele momento, e embora outra coisa tenha sido dita durante o julgamento, ela era capaz de reconstruir a cena real graças às baratas que punham ovos em sua mente. Quebraram três pratos de sua mãe que estavam na pia e, com a desculpa de procurar os exames, rondaram pela casa por alguns poucos minutos – ela calculava que apenas uns cinco. Só tiveram tempo para vasculhar o quarto antes de Clara chegar e ver, perplexa, duas alunas perfeitamente uniformizadas dentro de sua casa. No começo, ela não percebeu nada estranho – e assim explicou às autoridades –, exceto por uma laranja rolando a vários metros da porta da cozinha, mas depois – quando pegou a laranja do chão – viu Malena Goya e Michelle Gomezcoello do outro lado, muito perto da radiografia da coluna de sua mãe, e foi como se a luz tivesse sumido durante o dia. Clara se lembrava de não ter gritado para fora, mas para dentro, e que seu grito cresceu nela como uma onda que a submergiu por completo, e quando ela finalmente conseguiu dizer algo, a única coisa que saiu era uma voz que não se parecia com a sua – que não podia ser sua voz porque a dela estava profundamente embaixo da pele –, dizendo-lhes para ficarem onde estavam, que não ousassem se mexer, que ela ia chamar a polícia. Então foi até o telefone com a laranja suja ainda na mão direita e cometeu seu primeiro erro: virar as costas para elas. "As duas meninas estavam prestes a perder o ano na sua matéria", disse a defesa durante o julgamento. "As duas meninas vêm de lares problemáticos." Clara achava que sabia que tipo de meninas eram porque tinham um comportamento agradável e costumavam passar despercebidas por seus quarenta e cinco colegas de classe. "As duas afirmam ter sofrido bullying durante as aulas de Língua e Literatura." Faltavam com frequência, não entregavam trabalhos de casa e colavam nas provas. "A pergunta é, meritíssimo, se essas duas garotas teriam feito o que fizeram se o colégio se esforçasse para que se sentissem incluídas, ou seja, se tivesse se preocupado com elas em vez de ignorá-las." Mas nunca se podia saber que tipo de garota uma garota era, pensava Clara. "Olhe pra isso", Ángela lhe disse uma manhã na sala dos professores. "Uma das minhas alunas esteve vasculhando minha bolsa, pegou meu caderno e desenhou essa coisa." Quando Clara lhes deu as costas para chamar a polícia, ainda com a laranja suja na mão tensa, Malena Goya se jogou em cima dela e mordeu sua orelha, enquanto Michelle Gomezcoello foi direto para a cozinha pegar uma longa faca de cortar carne. "É uma mandíbula, certo? É uma mandíbula de animal." Clara tentou tirar Malena Goya de seu pescoço, mas a menina era muito forte. "Você acha que, seja quem for que desenhou isso, estava zombando da minha mandíbula?" Na luta, Clara caiu e bateu com a cabeça na mesa da sala de jantar. "Você acha que esse desenho é racista?" Não sentiu dor quando estava caída, mas ao tentar se levantar ficou tonta e viu uma mancha de sangue na borda da mesa. "Você acha que eu devo levar o caso à diretoria?" Michelle Gomezcoello falava alto com Malena Goya, apontando para Clara com a faca comprida de cortar carne. "Eu sei que é só um desenho, mas não é correto que nossas alunas invadam a privacidade das professoras." Clara não se lembrava do que elas disseram, apenas de suas vozes tão agudas como um alfinete. "Não é certo que elas metam as mãos na nossa bolsa como se fossem umas ladras vulgares." E depois a faca em seu pescoço.

Para Clara, era difícil circular pela casa quando tinha certeza de que alguém – que não era ela nem sua mãe morta – usava suas coisas, perambulava por seus corredores e fazia xixi em seu banheiro sem dar descarga. "A questão é, meritíssimo, se não havia nada que pudesse ter sido feito para evitar que essas duas meninas estivessem tão desesperadas, tão absolutamente ameaçadas por notas, que acreditaram que atacar sua professora era a única saída." Talvez para o júri ser professora era o mesmo que ser mãe, mas, para Clara, mãe e filha eram uma antinomia. "Qual é a responsabilidade dos adultos nessa história?" Às vezes, ela sentia que o desequilíbrio passava a seu lado como uma lufada e ela estendia os braços para segurar algo firme, mas só encontrava o calor daquela sensação evanescente e, então, o nada: um oco por onde o ar não se atrevia a passar. "A verdade é que, embora não sejamos mais amigas, sei que a Fernanda vai entrar na sua casa pra assustá-la", disse-lhe Annelise, e naquela noite Clara pensou ter encontrado cabelos castanhos em sua escova; tirou das cerdas uma bola de cabelos sedosos e desconhecidos e os jogou pela janela. "Estou te contando pra que você não se assuste se isso acontecer." Na escuridão da rua, onde os cabelos estranhos voavam como uma bola de palha em miniatura, ela acreditou ter visto a sombra de uma garota correndo e desaparecendo na esquina. "Pra que você saiba que, quando isso acontecer, foi a Fernanda." Nenhum cachorro da vizinhança latiu, mas os cães sempre eram maus guardiões. "Eu vou falar com ela", disse Clara, dissimulando sua angústia diante de Annelise. "Não! Por favor, não diga nada", ela pediu. "A Fernanda vai me machucar se descobrir que eu te contei." As M&M's amarraram-na à cadeira com estampa de tigre com a corda do varal em que ela costumava pendurar as roupas e também com alguns cabos que arrancaram da televisão. "A verdade é que não é a primeira vez que a Fernanda me bate." Malena Goya tirou uma de suas meias, cheirou-a, fez uma cara de nojo e enfiou na boca de Clara antes de tapá-la com a fita isolante que encontrou na caixa de ferramentas. "Quer que eu te conte o que minha melhor amiga fez comigo?", perguntou-lhe Annelise. Às vezes, Clara pensava que ela tinha sido a Malena Goya e a Michelle Gomezcoello da vida de sua mãe. "Se eu te contar, você promete que não vai ficar com raiva?" Porque mãe e filha eram uma antinomia, mas as M&M's tinham sido suas filhas durante as treze horas e cinquenta e sete minutos em que ela esteve amarrada à poltrona com estampa de tigre e, com elas, Clara havia experimentado ser uma mãe sobre a mesa das crias famintas.

"Eu amarrei você com meu amor umbilical?", perguntava às vezes à radiografia da coluna de sua mãe. "Cortei sua circulação com o cordão umbilical?"

No colégio, havia centenas de cílios que Clara não sabia escutar. O barulho incessante das vozes fazia com que beliscasse a pele delicada entre os dedos das mãos no intervalo e nas salas de aula, mas quando chegava à sua casa, o silêncio lhe revelava as mudanças: o telefone fora do gancho, os livros na mesa, uma laranja a poucos metros da porta da cozinha. Ela se servia um copo de rum, sentava-se na cadeira com estampa de tigre e olhava por horas a única coisa que jamais mudava de lugar: a radiografia da coluna vertebral de sua mãe pendurada no centro da parede. No Colégio Bilíngue Delta, *High-School-for-Girls*, as alunas saíam uma hora e meia antes dos professores – Fernanda tinha (segundo seus cálculos) quase duas horas para entrar por alguma janela, bagunçar tudo e voltar à noite para reproduzir os sons de sua memória. Malena Goya e Michelle Gomezcoello se revezaram para vasculhar a casa sem tirar o olho dela; puseram suas roupas, usaram sua maquiagem, jogaram sobre ela a garrafa de rum, picotaram com uma tesoura todos os sutiás e encontraram os exames, mas quando já não os queriam. "Quebramos a cabeça dela, olhe como a pentelha está sangrando, o que vamos fazer agora?", disse Michelle. "Vamos bagunçar a casa enquanto pensamos", disse Malena. E quando se cansaram de pular nas camas, comer a nutella, jogar os sapatos na privada, despejar os esmaltes na cozinha e desenhar pintos no rosto da professora, decidiram beliscar sua barriga. "Oh, como ela grita! Isso machuca muito. Que divertido. Faça você." Elas a esbofetearam, cortaram seu cabelo, cravaram agulhas de costura em suas coxas. "Olhe só como deixamos sua cabeça. Ela vai contar à polícia e minha mãe vai acabar comigo. Temos que matá-la." Passaram nos joelhos dela a chama do acendedor da cozinha. "Ok, mas como vamos matá-la?" Quebraram todos os espelhos enquanto ela pensava que realmente ia morrer. "Ah, sei lá. Nunca matei ninguém." Clara olhava para a radiografia da coluna de sua mãe sempre que o medo a fazia sentir como se estivesse suando leite. "Há muito tempo, matei um gato que me atacou." Sua mãe não permitia que ninguém entrasse na casa pois dizia que nenhum caracol vivo convidava outros animais para dentro de sua concha. "Podemos enfiar a faca nela assim, zás!, mas vai sair muito sangue e a gente vai ter que limpar." Às vezes, Clara tinha dificuldade em encontrar as mudanças em meio à ordem estrita dos quartos. "Podemos asfixiá-la com um travesseiro e assim não vemos a cara feia que ela tem." Às vezes, a única coisa que variava era uma porta mal fechada ou um copo virado de boca para cima. "E depois o que a gente faz? Porque eu vi que, quando encontram o cadáver nas novelas, os assassinos só se fodem." Todas as noites, no entanto, eram iguais – as molas, a vela, as unhas, a risada, o farfalhar dos cílios. "Poderíamos enforcá-la pra parecer um suicídio." Mas de vez em quando os passos que se aproximavam num andar arrítmico em direção à porta fechada de seu quarto eram ouvidos com mais força. "Não tem como fazer isso direito… acho melhor a gente só confessar tudo." E Clara, sentindo a chegada de um novo ataque de pânico, tinha vontade de abrir a porta para matar seu medo, mas não se atrevia. "Minha mãe vai me matar." Não se atrevia a sair porque a escuridão não lhe permitiria ver Fernanda. "Se a matarmos, será muito pior." Não lhe permitiria saber se era realmente ela que estava piscando. "Se a matarmos, será muitíssimo pior."

Todas as vozes eram rodas de caveiras em sua cabeça.

"Qual será a sensação de matar alguém?", perguntou Malena Goya, quase chorando de medo da mãe. "Qual será a sensação de morrer?", perguntou Michelle Gomezcoello, queimando os joelhos de Clara. A loucura era o grau zero do medo da morte: uma escada quebrada que levava a lugar nenhum. Foi o que ela pensou na sexta-feira em que Annelise fechou a porta da sala de aula e tirou a blusa como se fosse um pedaço de pele, que não voou só por causa do peso dos botões. "Agora você está vendo o que minha melhor amiga fez comigo?", ela perguntou enquanto os olhos da professora se enchiam de sal diante do campo aberto de hematomas e crostas. "Agora você entende o que a Fernanda vai fazer comigo se souber o que eu te contei?"

O silêncio era o som abjeto dos cílios.

Os tênis cheiravam a quintais com balanços.

XXIV

"Eu quero que você me morda", sussurra-lhe Annelise. "Quero que você me morda muito forte." Sua voz soa lenta, como uma iguana tirando a pele do sol. Fernanda machuca o pescoço da irmã e escuta seus desejos: "Me morda, crocodilo", e em sua boca o corpo gêmeo se fratura. "Me morda, jacaré." Uma flor de carne se destaca do canino. Uma flor de ossos salta dos focinhos infinitesimais. Os órgãos em carne viva se contaminam à noite. Os lençóis ficam molhados. Seu instinto mandibular corre para os estuários, mas Fernanda gosta de morder clavículas e pélvis no topo dos vulcões. "Me morda tão forte quanto você conseguir", pede sua irmã de renascimento. Annelise entrega a ela seus ossos limpos para matar sua fome sobre toalhas de algodão. Entrega-lhe o pescoço para ser apertado: seus músculos para ser mastigados. "Eu não quero te machucar, mas vou te machucar", diz-lhe Fernanda. "Me marque", Annelise lhe pede no chuveiro. "Me sangre com seus trinta e dois dentes." E ela a morde trinta e duas vezes. Trinta e duas vezes a língua desce por suas pernas, salivando de vermelho as estrelas. Na água, elas olham para as cores das mordidas: preto, verde, azul, lilás. Cosmos abertos na pele. Manchas roxas na via láctea da carne. Annelise abre a boca quando Fernanda morde sua virilha. Treme. Geme. Limpa o sangue com papel higiênico e o joga no vaso sanitário como uma pomba morta. "Eu não quero te machucar", diz

Fernanda. "Não sei por que você me obriga a fazer isso." Mas depois aperta as mandíbulas nas costelas para saborear a pele de pelúcia de Annelise e vê-la morder os lábios, e esbofeteá-la para que ela não se morda, e morder seus mamilos para escutá-la chorar de dor e de prazer; ver seu nariz minúsculo pegando fogo e os olhos revirando para o interior do crânio. Mas então Fernanda puxa seus cabelos no chuveiro para fazê-la sorrir. Ela realmente gosta quando Annelise sorri de dor. "Eu rezo ao Deus Branco com cada um dos seus dentes", Annelise lhe diz, acariciando suas gengivas. "Mas isso ninguém pode saber." Então, ocultam que na cama e no chuveiro Fernanda mancha os caninos. "Seu sangue tem gosto de estilhaços." "Seu sangue tem gosto de arame." Enquanto isso, os molares estão sempre morrendo de sede. "Sabia que a mordida do crocodilo é mais poderosa do que a da baleia?" Annelise crava os dedos no travesseiro quando Fernanda explora seu esqueleto. A perfeição é sua mandíbula-armadilha-para-ursos caçando mais do que os glúteos e os músculos lombares. "Sabia que os crocodilos guardam seus filhotes bem no fundo da mandíbula?" A perfeição abre caminho em direção à medula: centro do desejo equinocial. Seus dentes zumbindo como abelhas picam o cóccix e as vértebras involucradas. Seus dentes são conchas ósseas que guardam todo o sal do ventre de Annelise. Com eles, Fernanda não talha as coxas, mas a parte interna do fêmur. E quando as clavículas flutuam como um horizonte que marca o início do corpo, ela as umedece antes de roê-las. "Quando éramos pequenas, não fazíamos essas coisas", ela diz toda vez que sente que a ama de um jeito muito errado. E também toda vez que sente medo de gostar tanto do prazer de Annelise quando sobe em cima dela e aperta seu pescoço, ou quando estica com os incisivos a pele de suas omoplatas. "Nade pro fundo como um crocodilo", pede-lhe Annelise na piscina. "Morda pro alto como um jacaré." E sua mandíbula abocanha uma pélvis azul-celeste como um crânio de raposa perdido entre os manguezais. Fernanda não explica ao dr. Aguilar que as manchas do teste de Rorschach são os ossos de Annelise com as cores do jardim. Não explica que sua mandíbula é branca e feita para devorar. Feita para triturar. "Sabia que as iguanas mordem o parceiro no pescoço durante a cópula?", Annelise diz a ela com os pés descalços na cama. "Sabia que durante a cópula a lagartixa macho morde a fêmea no ventre?" Fernanda não gosta que Annelise fale sobre cópulas com os pés descalços na cama. Não gosta que ela reze ao Deus Branco com seus dentes ou diga que o viu e por isso sabe que vai morrer. Tampouco gosta de gostar dos mamilos de Annelise, vermelhos como duas picadas de mosquito. Nem das centenas de pombas mortas que descartam na privada. "Não sei de onde vêm esses meus desejos tão horrendos", Fernanda lhe diz quando começa a se sentir culpada. Às vezes, quer empurrar Annelise do terceiro andar do prédio, ou que ela caia, mas a maior parte do tempo só quer abraçá-la e morder sua língua para sempre. "De meninas, não éramos assim." Annelise geme e ao mesmo tempo grita quando derrama água oxigenada sobre as mordidas-pequenas-armadilhas-para-ursos. Clique. *Flash*. Fazem upload das fotos para as suas contas privadas no Instagram. "O amor começa com uma mordida e um deixar-se morder." Enquanto elas dormem, a mandíbula de Fernanda dá uma mordida no ar. Annelise se acalma com aquele som sagrado que vibra como o sinal do colégio. Certas noites, elas assistem a filmes de terror como *Possuída* ou *Irmãs diabólicas*. Certas noites, Fernanda morde suas axilas. "Se sua mãe visse essas mordidas, o que você diria?", Fernanda pergunta, arrancando uma crosta com a unha. De madrugada, Annelise finge ser sonâmbula e entra no quarto dos pais. Abre todas as portas da casa. Deixa os animais de estimação da família fugirem. "Eu diria a ela que as mães também mordem", responde, franzindo o nariz como um verme que se contrai. Fernanda não entende por que Annelise quer que suas mães tenham medo delas. "Nós somos as gêmeas de *O iluminado.*" A mãe de Fernanda tem medo de Fernanda, e Fernanda não gosta disso. "Nós somos as irmãs Gibbons." Elas se ressentem pelo fato de não serem iguais e que os ossos e a textura da pele sejam uma questão tão pessoal, tão individual. "Eu gostaria que a gente tivesse o mesmo nome", diz Annelise no meio da aula. A mesma altura, o mesmo tamanho da escápula. Fernanda se espanta de que seu úmero seja menor que o de Annelise e suas costelas sejam mais largas. "De meninas, éramos parecidas", ela diz quando descobre que Annelise é linda e que a beleza também produz medo. Annelise diz em voz alta que ver o Deus Branco é como ver a morte, e Fernanda se assusta porque começa a acreditar naquilo, especialmente quando estão no quarto branco e todas elas se ajoelham num círculo e se dão as mãos e fecham os olhos e o silêncio parece uma presença imensa que Annelise quer que elas escutem, e elas escutam enquanto cerram as mandíbulas para não gritar. "Talvez devêssemos parar com o lance do Deus Branco", sugere Fernanda quando tem medo do que deseja. "Eu não te entendo", responde sua siamesa unida pelo quadril. Ninguém abre os olhos no círculo, mas Fernanda os abre e vê Annelise com a boca bem aberta e os olhos brancos como a lua. "Não é algo que a gente possa deter." Fernanda tem vontade de chorar quando sente prazer em morder o calcâneo direito de Annelise e ela arqueia as costas como Linda Blair em *O exorcista*. Suas costas parecem o lombo de uma égua e também um terreno baldio por onde cruzam os escorpiões de sua imaginação. Todo mês, Fernanda e Annelise ficam menstruadas ao mesmo tempo. Elas tomam banho juntas e veem o sangue escorrer de entre as pernas como se fosse o mesmo. "Quando éramos pequenas, essas coisas não aconteciam conosco", diz Annelise, atraída e repelida pela cor da água. Elas evitam que o ralo entupa tirando seus cabelos da grade do ralo. "Minha mãe diz que não deveríamos tomar banho juntas porque já estamos grandes." Elas grudam os cabelos molhados nos azulejos que a Charo limpa durante o dia. "Nós sempre tomamos banho juntas." Sempre rolaram, escalaram, pularam juntas. Sempre acariciaram os nós dos dedos e beijaram a pele sob as costelas uma da outra. "Estamos mudando muito", Fernanda diz, dando as costas para os cânticos enquanto o monte de vênus de Annelise se preenche de paladares. "Estamos mudando demais." Annelise acaricia a mandíbula de Fernanda pouco antes de dormir. Sua mandíbula feita para devorar. Sua mandíbula feita para triturar. "Toda mudança é sempre excessiva."

XXV

Dr. Aguilar:

Fernanda: Acho que foi a mandíbula do crocodilo.

Dr. Aguilar:

Fernanda: Não, *I mean*, acho que a Anne ficou obcecada com a mandíbula do crocodilo e com seus dentes e com sua mordida super-hiperforte, e isso a fez ter a ideia que teve e me perguntar se eu podia mordê-la.

Dr. Aguilar:

Fernanda: Sim, Doc. Acho que agora estou pronta pra falar sobre isso.

Dr. Aguilar:

Fernanda: É que nós brincávamos e nos desafiávamos. Era divertido. Nossa amizade era muuuito divertida.

Dr. Aguilar:

Fernanda: Bom, no começo eu não via isso como algo táááo ruim. Não parecia táááo diferente do que já tínhamos feito no prédio, *you know*? Na verdade, sempre achamos os ossos umas coisas muito bonitas. Como esculturas. Uma vez, a profe de Ciências Naturais nos mandou fazer um esqueleto com plastilina e pôr o nome de cada osso e a Anne e eu nos divertimos muito. Na biblioteca do colégio, nas prateleiras, há mandíbulas e animais em formol, e a Anne gostava muito da mandíbula de tubarão branco que ficava em cima da seção de poesia, então ela a roubou e, quando estávamos no quarto branco, ela a usava como uma coroa.

Bom, ela ainda a usa como uma coroa, *I guess*. Embora na verdade ela queira uma de crocodilo. É obcecada com o poder da mandíbula de um crocodilo.

Dr. Aguilar:

Fernanda: É que... não sei. *Of course* que eu ficaria com medo de ser mordida. E *of course* que tenho medo de morder. Mas pensei no que você me disse na outra tarde e *maybe* seja verdade que houve vezes que eu quis fazer isso.

Dr. Aguilar:

Fernanda: Sim, é verdade que menti um pouquinho, Doc, mas agora estou te dizendo a verdade. Sempre acabo contando a verdade pra você. Vou te dizer o que eu acho: acho que todo mundo quis morder alguém em algum momento da vida. *No big deal*. Às vezes, as mulheres, quando veem um bebê, dizem "Queria te morder, queria tanto te morder", e os casais também dizem "Quero te comer!". É ou não é? Você sabe que é, sim. Todos nós brincamos de morder porque é muuuito instintivo. E o que nós somos? Animais! Então, isso de morder ou ter vontade de comer as pessoas que você ama é mais normal do que parece. Todos nós temos esse desejo. Portanto, não precisa ser algo lésbico ou sexual, mas um instinto de outro tipo, *right*? O que acontece é que a maioria das pessoas realmente não chega a morder de verdade porque não quer machucar ninguém e porque tem medo de se parecer com um animal. *Anyway*, meu caso é especial porque, *I mean*, eu não queria machucar a Anne: ela é quem queria que eu a machucasse. Mas isso estava bom pra ela. Quer dizer, a Anne gostava que eu a machucasse. O que fazíamos juntas, quando ninguém olhava pra gente, era mais *hardcore* do que a gente fazia no prédio. Se as outras soubessem, teriam pensado o pior de nós... Parece que não era importante dizer que a Anne me pedia, mas é, porque ela me pedia pra mordê-la com força, muuuito forte. Ainda me lembro da primeira vez que senti o sangue dela nos meus dentes... não consigo nem explicar. *Anyway*, por um tempo eu vi isso como um jogo, da mesma forma que as outras coisas que fazíamos no prédio, mas então me dei conta de que era diferente. Percebi que era algo, não sei... íntimo. Não era um entretenimento como os desafios que a gente fazia com as outras. Não era pra nos sentirmos corajosas. Ser mordida não era divertido pra Anne, era... prazeroso. E isso fez com que eu me sentisse mal. Suas feridas também fizeram com que eu me sentisse mal, mas pra mim o mais insuportável era seu prazer. Não começou sendo insuportável, mas logo se transformou em insuportável. Depois do lance da foto.

Dr. Aguilar:

Fernanda: É que na foto ela estava nua no chuveiro e suas feridas apareciam. Algumas sangravam um pouco. Não sei... Quando viram a foto, fizeram cara de nojo e horror e eu também senti isso. E então eu não quis continuar. Talvez porque tenha pensado que nosso relacionamento estava mudando muito e eu não queria que nada mudasse. Estava muuuito angustiada. Não sei como explicar. É difícil quando você tenta dizer algo importante pela primeira vez. *Let me think*... eu nunca teria pensado em morder alguém. Sim, dizer isto é importante: foi ideia dela. E sim, eu gostei de mordê-la, mesmo que um pouco, mas a culpa foi dela e não minha, porque eu nunca teria pensado em fazer aquilo, está entendendo, Doc? Se a Anne não tivesse me pedido, quase implorado, que brincássemos daquilo, eu nunca teria descoberto que talvez goste um pouco de mordê-la. E eu sei que não pode ser legal que eu meio que gosto de algo assim, certo? Não pode ser legal que eu goste de machucar minha BF. Embora ela goste e eu gosto um pouco que ela goste, não me sinto bem com isso. Quando a gente era pequena, não éramos assim, *you know?* Acho que comecei a ter medo porque eu estava mudando. Estava me fazendo pensar que eu queria coisas que lá no fundo eu não queria. Coisas que não posso querer.

Dr. Aguilar:

Fernanda: Acho que pensei que podia fazer qualquer coisa que ela faz, mas comecei a ficar com medo do que fazíamos e também a pensar que ela estava me testando e vendo até onde eu podia ir. E então eu quis que parássemos porque não queria ir tááão longe. Não sei se estou me explicando. Uma coisa eram os jogos que inventávamos no prédio, e outra bem diferente, o que acontecia nos nossos quartos toda vez que dormíamos juntas.

Dr. Aguilar:

Fernanda: *Of course. I mean*, eu sei que o que fazíamos no prédio também era perigoso. Bem, é perigoso. *I know.* Mas pelo menos não era íntimo. E acredito que a intimidade é sempre muito mais ameaçadora. *Anyway*, quero deixar bem claro que eu não era a única que tinha medo da Anne. Como eu falei outro dia, as outras também tinham medo dela embora não dissessem, especialmente desde que a coisa da idade branca e do Deus Branco foi inventada. *I mean*, a última vez que fui ao prédio e cheguei tarde, quase tive um *heart attack* porque todas começaram a gritar e seus gritos lá dentro eram os piores que eu ouvi em toda a minha vida. Era uma daquelas tardes em que contávamos nossas *horror stories*, mas que ultimamente era a Anne quem comandava, porque ela é assim. *Whatever.* Ouvi os gritos que não paravam e fiquei muito quieta na entrada do prédio, aterrorizada pelo eco e pelas pombas que fugiam, e então a Fiorella, a Natalia e a Ximena desceram as escadas bem rápido e me empurraram pra sair. Elas estavam com o rosto feio, deformado pelos berros. Você nem imagina, Doc, como os gritos eram horríveis. Fiquei com muito medo e gritei "*Fuck!*", mas subi mesmo assim, como nos filmes. Acho que subi porque não queria ser covarde, e sim mostrar a mim mesma que, embora eu estivesse assustada, podia enfrentar o que quer que fosse. Ah! E também porque você sempre quer saber do que está com medo, *you know*? Pra mim, não saber é *always* pior, Doc. *Anyway*, quando subi as escadas fui direto pro quarto branco e a vi, aquela cena, aquela que sempre vai ficar na minha cabeça. Eu estava assustada, *of course*, e tudo começou a passar em câmera lenta, como nos filmes. Não sei se é verdade, mas uma vez ouvi que nossa percepção de tempo depende da velocidade das batidas do nosso coração, e é por isso que um beija-flor nos vê como nós vemos as tartarugas, isso é verdade, Doc? *Anyway*, foi muuuito estranho porque, em vez de acelerar, meu coração parecia o de uma tartaruga quando vi a Analía chorando e tremendo no meio de uma poça de xixi com sangue. Sim, xixi com sangue! A Anne estava num canto, coroada com a mandíbula de tubarão que roubou da biblioteca, e não fazia nada, só olhava pra Analía com um pouco de medo. E não sei por quê, mas naquele momento senti muita raiva. Talvez seja porque já me via fora do grupo e porque no fundo eu tinha ido lá pra me despedir, não sei. O que sei é que corri até onde a Anne estava e a empurrei. Gritei muito com ela, *like crazy*. Gritei perguntando o que ela tinha feito com a Analía, embora soubesse que ela não tinha feito nada. Eu tinha certeza de que a Analía tinha ficado menstruada, como Carrie White, e era isso, porque ela era a única de nós que ainda não tinha menstruado, e que talvez tenha ocorrido durante uma das histórias do Deus Branco ou do círculo que às vezes fazíamos de mãos dadas e ficando em silêncio. A menstruação pode ser muuuito assustadora dependendo da atmosfera, *you know?*, como quando a Anne e eu brincávamos que tínhamos um monstro devorador no nosso útero, embora não seja um bom exemplo porque isso nunca nos assustou. Nós sabíamos bem o que era a menstruação, mas *o creepy* não é saber ou não saber, e sim o ambiente onde acontecem as coisas que são, não sei, naturais. Existem ambientes que fazem com que o natural pareça não natural e também sobrenatural. Assim, acho que foi isso que aconteceu. Embora ninguém tenha me contado, acho que foi assim: uma coisa da atmosfera. Mas naquele momento ninguém me disse nada e a Anne olhou pra mim como se me odiasse mais do que a qualquer outra pessoa no mundo. Então voltei a sentir medo porque a Analía parou de chorar e houve um silêncio gigantesco e eu simplesmente não suportei. Decidi ir embora, assim como as outras fizeram. E quando eu estava lá embaixo, a Anne me jogou aquela pedra grande da qual te falei outro dia, aquela que quase quebrou minha cabeça, mas ela não conseguiu me atingir. Aquela filha da… *bitch. Sorry.*

Dr. Aguilar:

Fernanda: Acho que fiquei com medo porque senti algo que não conseguia ver, mas estava lá. Igual àquela história que você me recomendou, *O Horla*, do Maupassant, quando fala de como o vento é algo que está entre nós, assobiando, derrubando coisas, mesmo que não o vejamos. Foi isso que eu senti. E acho que é isso que eu percebia sempre que estávamos no quarto branco. Agora que estou pensando nisso, pode ser que as outras também se sentissem assim e é por isso que não nos atrevíamos a entrar ou olhar pro quarto, a não ser nas tardes que tínhamos de ir lá. Não é que eu ache que o Deus Branco seja real, bem longe disso, Doc, mas também é possível ter medo de coisas que não existem.

Dr. Aguilar:

Fernanda: Sei lá, pensei nisso agora. Por quê? Você não gosta que eu te diga, Doc?

Dr. Aguilar:

Fernanda: Não estou zoando, Doc.

Dr. Aguilar:

Fernanda: Oi, Doc.

XXVI

A: Juliet Hulme e Pauline Parker eram melhores amigas e se amavam tanto que aos quinze e dezesseis anos mataram a mãe da Pauline pra que ela não as separasse.

C: Chega.

A: Elas lhe deram quarenta e cinco golpes com um tijolo escondido dentro de uma meia. Você pode imaginar isso, Miss Clara? Numa meia!

C: Não quero ouvir essas coisas. Não tenho por quê...

A: E teve Caril Ann Fugate, que com catorze anos matou a mãe, o padrasto e a meia-irmã com a ajuda do namorado.

C: Pare, Annelise.

A: Eles ficaram com os cadáveres em casa por seis dias e então saíram numa *road trip* e mataram dois outros adolescentes. Você acredita?

C: ...

A: E Mary Flora Bell e Norma Bell, que não eram irmãs, longe disso, mas apenas amigas, elas mataram um menino de quatro anos e outro de três. Neste último, Mary escreveu suas iniciais com uma navalha e cortou seus genitais. Ela tinha onze anos quando fez isso. Onze!

C: Chega!

A: Brenda Ann Spencer, de dezesseis anos, atirou em crianças e professores do seu colégio com um rifle semiautomático com mira telescópica. No julgamento, disse que tinha feito isso porque não gostava das segundas-feiras.

C: Annelise, por favor…

A: *I don't like mondays*, disse ela. Simples e complexo ao mesmo tempo, né?

C: …

A: Natasha Cornett fugiu com um grupo de amigos porque estava muito entediada, assim como todo mundo, né? E matou uma família inteira atirando neles. Quando ela fez isso, tinha dezessete anos.

C: Por favor! Está me escutando?

A: As irmãs Caroline e Catherine Karubin assassinaram a mãe alcoólica afogando-a na banheira. Antes de cometer o crime, contaram aos amigos e todos eles acharam a ideia ótima. GE-NI-AL. Elas tinham dezesseis e quinze anos.

C: Por favor!

A: Se você for embora, vou persegui-la, Miss Clara.

C: Por favor…

A: Eu preciso que você me escute. Preciso que me ajude. Você vê o que elas têm em comum?

C: Não.

A: Ana Carolina, de dezessete anos, estrangulou e injetou cloro com inseticida na jugular dos seus pais adotivos. Depois de fazer isso, ela foi com o namorado comer *hot-dogs* e tomar cerveja.

C: Basta.

A: Espere, este é meu caso favorito: Morgan Geyser e Anissa Weier tentaram matar sua melhor amiga esfaqueando-a dezenove vezes. Ambas disseram que tinham feito aquilo porque o Slenderman pediu. Você conhece o Slenderman?

C: …

A: Não? É um monstro inventado na internet que cresce através das histórias de muita gente que gosta de histórias de terror. Supostamente ele aparece para crianças e jovens, e quando isso ocorre, nada de bom acontece. Acredite em mim.

C: ...

A: Morgan Geyser e Anissa Weier tinham doze anos quando esfaquearam a amiga dezenove vezes. Dezenove vezes!

C: ...

A: Você vê o que elas têm em comum? Quer dizer... não é normal.

C: ...

A: E há muitas mais... Centenas e milhares de meninas com algo que deu errado dentro delas. Garotas perigosas, como a Fernanda. Meninas que traem suas melhores amigas e que se enfiam na casa das suas professoras pra assustá-las.

C: ...

A: Deus é jovem. Não acha, Miss Clara?

XXVII

"Eu não quero entrar!", Fiorella grita. Sua voz se cansa e falha. Está com ramela nos olhos. Tem passado noites ruins. Não quer ter tanto medo, mas teme porque o quarto branco intumesce como um pulmão doente e Annelise põe a coroa: a mandíbula de tubarão que pesa. Os dentes brilham nos cabelos dela como punhais. E, no canto sul, Fernanda caça. Põe-se de quatro. As outras a imitam: entram na brancura do quarto como o rebanho do Deus Branco. "Vamos rezar ou caçar?", Anne pergunta lambendo os nós dos dedos. Ajoelha-se. Levanta a mão direita até a altura da coroa. A mandíbula divina. A relíquia do Deus-mãe-de-útero-errante. Fiorella se mantém do lado de fora e treme. Sabe que se não entrar vai enfurecer Fernanda: vai enfurecer Annelise. Sua irmã e as outras formam o círculo para a cerimônia. Estão possuídas pela febre. Às vezes ela também fica, mas não essa tarde, pois teve pesadelos. Viu rostos tirando a pintura branca das paredes. Viu crocodilos. Viu leite. Natalia, Ximena, Analía e Fernanda baixam a cabeça e os cabelos cobrem seus rostos banhados em suor e frenesi. Não quer ir para a cama com medo. Não quer sonhar com o que vão fazer. Elas fizeram isso muitas vezes. Quinze vezes. Vinte vezes. Ela sabe que vai doer, porque sempre dói. Sabe que vai imaginar coisas, pois Anne fará com que as imagine. Fiorella quer que a brincadeira pareça estúpida e infantil, como quando a fizeram pela primeira vez.

"Você vai rezar ou caçar?" Agora, em vez disso, a brincadeira parece adulta demais para ela. "Você vai caçar?" Agora, Anne tem dentes de tubarão sobre o crânio. "Ou você vai rezar?" Ela lambe os nós dos dedos da mão esquerda e levanta a direita no ar. "Um dos dois, Fiorella." E, embora não queira, ela entra. "Um dos dois."

Elas se dão as mãos. Ximena sabe que as suas estão transpirando. Sabe que Analía e Fiorella têm nojo disso, mas é assim que suas mãos são. Não tem outras. Annelise diz as palavras: aquelas que soam bem e cujo significado é ruim. E Ximena sorri, orgulhosa de estar lá, de ter superado todos os desafios até agora, de ter suportado os castigos, de ter entregado suas histórias ao Deus Branco. Ela se sente afortunada por estar no círculo, mesmo se tiver de bater nas amigas ou que elas lhe batam. Porque a aventura vale a pena, pensa ela. Pois quem não iria querer viver um enredo de filme algumas horas por dia?
Elas fecham os olhos.
E então começa.

"O Deus Branco está no quarto", diz Anne. Natalia não acredita nessas bobeiras, mas quando está no círculo com as amigas e dão as mãos e fecham os olhos, ela sempre segue as regras. "Ele está no quarto", repete Anne, agitada. Todas a escutam. Todas têm dificuldade para respirar. Natalia sente uma vibração. Um frio. Uma presença. Jamais se atreveria a olhar, embora não acredite naquelas bobagens. Aperta as pálpebras. A voz de Anne se transforma em outra voz.
Uma voz amputada.
Um cotoco.

Analía fica muito entediada quando não está no prédio. Por isso, embora lhe dê nojo sentir a saliva de Fernanda em seu rosto, e tenha medo do que Annelise coroada de dentes diz, não quebra o círculo. Ela não abre os olhos se o Deus Branco lhe acaricia a orelha. Se isso a faz pensar em chutes e sangue. Em empurrões e em como é fácil rasgar a pele de suas amigas. Está segura com as pálpebras cerradas: enquanto não olhar, nada de mal pode acontecer. Unhas percorrem suas costas e puxam seu cabelo. Seu pescoço é frágil, mas não sua mente. "O Deus Branco está aqui", canta a mandíbula. Recebe bofetadas no rosto e sorri. "Dê-lhe algo de beber." É ver o que causa dano, ela aprendeu. "Dê a ele um gole do seu sangue, Analía." É ver o que está errado. "Seu sangue, que tem gosto de linguagem." É ver o que é contrário a Deus.

Fernanda abre os olhos e vê Annelise, que não tem mais cabeça, mas uma mandíbula pensante. "Você vai sentir o gosto de Deus na carniça", ela diz e deposita um pássaro morto em suas mãos. As outras levantam as suas no ar. Sabem que está chegando o momento. "Você vai sentir o gosto de Deus na carniça", repetem em coro. E as paredes gotejam. O vento chora como uma mãe. Todos terão de fazer aquilo, até Annelise, mas cabe a Fernanda primeiro. "Você vai sentir o gosto de Deus na carniça." Ela prefere os desafios, os golpes, os perigos. As histórias de terror que não a deixam dormir. "Coma dele porque este é seu corpo." No entanto, o culto ao Deus Branco é um jogo real. "E este é seu sangue." Mas Annelise é linda. "Morda-o." E Fernanda chora de beleza.

"Morda-o."

XXVIII

Fernanda fechou os olhos e imaginou que estava correndo para fora da cabana, para a floresta que ela supunha ser verde e brilhante como as árvores de Natal da casa de suas amigas.

Como as lantejoulas dos cenários de teatro do colégio.

Como o uniforme da inspetora.

Como os sapatos favoritos de Annelise.

Ela nunca tinha estado numa floresta, mas a vira várias vezes na televisão e no cinema.

Mulheres correndo. Meninas correndo.

Ela pensou que estava correndo. Ela inventou que era possível correr na floresta estando fisicamente algemada a uma mesa, sentada numa cadeira, ouvindo a voz gutural, a voz soturna de sua professora:

"Como você pode estar tão doente, garota doente?"
"Como você pode abusar da sua melhor
amiga, forçá-la a sentir dor, entrar na
minha casa como se fosse a sua?"

Fernanda corria pulando pedras, raízes e olhos de alce para fugir daquela voz na temporada de caça enquanto pensava: Não fui eu!

O que eu fiz?, ela se perguntava às vezes.

Em sua mente, as palavras da professora eram linces, cães, ratos que perseguiam sua inocência de pensamento, obra ou omissão.

"Eu sei bem o que você fez."
"Sei muito bem o que você faz com os dentes e as mãos embaixo dos lençóis."

Por minha culpa, por minha culpa, por minha máxima culpa, ela disse a si mesma como quando a forçaram a rezar de joelhos, embora não fosse culpada de nada.

Ela não era culpada, todos diziam, pela cor da piscina.

Ela não era culpada pela testa azulada e quebrada de seu irmão mais novo.

Quando a floresta de sua imaginação desaparecia por causa da voz cinzenta de Miss Clara, Fernanda cerrava ainda mais as pálpebras e então as árvores com suas criaturas voltavam apaziguando aquela voz de caverna, aquela voz de caveira:

"Sua amiga Anne me contou."
"Sua amiga Anne me contou tudo o que você fez com ela; o que você fez para mim."

Mas ela não tinha entrado em nenhuma casa alheia ou forçado Annelise a aguentar sua forma primitiva de morder, disso ela tinha certeza. Embora desconhecesse muitas coisas – como o que aconteceu na piscina com seu irmão morto Martín –, sabia do resto, o importante: que o que sua professora dizia, cuspindo saliva espumosa e batendo na mesa com os punhos, era mentira.

Que sua professora estava louca de pedra.

Que estava falando de modo confuso. Que estava delirando.

Que não a ouvia nem a via tentar parar de chorar, aguentar com as pálpebras cerradas, evitar a visão daqueles olhos que pareciam ter afundado no crânio perfeito de Miss Clara.

Um crânio divino e sujo. Tão brilhante por causa do cabelo oleoso que dava medo.

Cabeça podre.

Cabeça em decomposição.

Ela não podia escapar. Não conseguia fugir daquele cabelo preto e seboso que lhe dizia palavras confusas.

Ela também dizia palavras confusas muito em seu íntimo por causa do medo. O medo que a obrigava a se atropelar, a fazer a mente deslizar pela paisagem elevada de sua imaginação para que as ideias não a pegassem pelo pescoço.

Ela sempre acreditara que as pessoas eram incapazes de pensar quando estavam aterrorizadas, mas ela pensava. Ela pensava muito bem: na desordem, na cascata, no carrossel.

Pensava mais rápido do que corria. Mais rápido do que podia entender.

Ela não queria ficar aterrorizada pelo cabelo.

Ela não queria fazer xixi nas calças de novo, embora já estivesse fazendo isso.

"Eu nunca entrei na sua casa!"
"A Anne mentiu pra você!"
"A Anne te enganou!"

Ela respirou fundo. A professora não a escutava porque era louca da cabeça, lelé da cuca. Suas palavras adultas eram crocodilas que cavalgavam na floresta verde-melancia, verde-vômito, apontando para ela com o fio de suas caudas retorcidas no ar.

Acusavam-lhe de crostas e ela não entendia por que se cortava.

Contavam-lhe histórias de escovas, presas e fechaduras.

Contavam-lhe algo sobre seu suposto abuso a Annelise.

Ela me pediu, ela teria dito se sua língua pudesse fazer qualquer coisa além de tremer.

Ela gostava que eu a mascasse como um chiclete.

Ela adorava que eu apertasse sua traqueia como um trapo velho.

A professora estava à sua frente, do outro lado da mesa, mas em sua imaginação ela estava lá atrás, lá longe, e as árvores a escondiam.

Os filmes de terror não sabiam qual era a verdadeira dinâmica dos sequestros.

Fernanda inventava que era rápida na floresta para sobreviver àquela voz de pedra, àquela voz de montanha que a despia mostrando-lhe os caninos, rugindo perto dela como uma sombra rebelde, cheirando suas lágrimas que não paravam de cair.

A onda entre as pernas.

Os peidos que já não era possível segurar e que soavam alto e cheiravam muito mal.

E na floresta de sua invenção, na cadeira que gotejava xixi, ela pensou que sentia falta de Anne mais do que nunca.

Dela: de sua dupla-boneca, sua dupla-baioneta.

Gostaria de continuar a mordê-la apesar de tudo, não como a voz de Miss Clara que lhe mordia os calcanhares, mas como as louva-a-deus mordiam a cabeça de seus amantes.

Mas agora era tarde demais para seus dentes.

Agora sentia o perigo e queria voltar ao ventre da mãe, ver Martín nascer como um pequeno peixe na imensidão das camas hospitalares.

Fugir na floresta. Que pelo menos houvesse uma oportunidade de se salvar dos cabelos negros que caíam das árvores.

"Você tem que entender que eu não posso ter você dentro da minha casa."

Ter medo era desejar o que ela nunca quis antes: voltar à umidade elástica da placenta, despertar com o primeiro grito do irmão morto.

"Vou ter que tirar você daqui."
"Vou ter que expulsar você."

Ter medo era sentir a verdade como um cílio flutuando sobre o olho: que ela não voltaria, que era impossível retroceder. Intuía isso no som cavernoso da voz de Miss Clara, no revólver que se movia sobre a mesa como um animal com carapaça, nos pássaros que gritavam fora da cabana entoando a cena inacabada lá dentro.

Os pássaros eram seres espantosos quando faziam qualquer coisa que não fosse voar.

Fernanda nunca sentira empatia por nenhuma das pombas que matou no prédio. Viu-as morrer, indiferente, e agora ela era um daqueles animais trêmulos e repulsivos que abrigavam o perigo até no esqueleto.

A natureza era assim: justa e atroz.

Queria se lembrar da risada de Anne, embelezar a violência com que corria pela floresta alta de sua própria negação, mas não conseguia evocá-la. Em sua memória havia apenas um ruído bestial, uma gargalhada de ferro cheia de libélulas que a perseguiam.

"Garotas doentes como você
precisam de uma lição."

A cabeça de Fernanda ziguezagueava entre árvores com copas de nuvens que eram como a pele infinita de sua mãe.

"Vou te dar uma lição."

E enquanto sentia o frio entrando em seu estômago como um verme do gelo, pensou em Anne e que, por mais hiena, por mais réptil que realmente fosse, não poderia ter previsto o que suas mentiras iriam provocar. O que sua tentativa de assustar Miss Clara iria desencadear no mundo real.

"Vou te mostrar uma coisa lá no
seu ninho de baratas."

Annelise devia se sentir culpada, pensou, pelo que fez sem saber.

Coitada, pensou. Ela a perdoava de todo o coração.

"Você está doente."

Eu te perdoo, disse a si mesma sem parar de correr, *mas quero que você sofra.*

"Você está muito doente."

Eu te amo, ela disse a si mesma, quebrando galhos e raízes, *mas espero que você carregue a culpa por isso até o fim.*

"Eu preciso que você aprenda e alguém tem que te ensinar."

Fernanda sabia que havia traído Annelise primeiro, por isso a perdoava; porque a primeira a enfiar a adaga era sempre a que devia calar.

"Alguém tem que se sujar."

E enquanto a voz de Miss Clara dizia coisas sem pé nem cabeça como os vermes do gelo que escorregavam por sua garganta, Fernanda via a verdade: que os animais sabiam quando iam morrer porque a morte era um sentimento.

Uma emoção futurista do corpo.

E enquanto ouvia aquela voz gelada da professora expandindo a madeira, com uma força capaz de quebrar pedras, achou uma pena não ter morrido com Annelise quando teve oportunidade. Quando a terra tremeu na capela do colégio.

Um terremoto de magnitude 4.5 na escala Richter, disseram no noticiário.

Mais um tremor na terra dos tremores, pensaram, mas o movimento não acabava nunca e todas as meninas e os professores começaram a se olhar e, no altar, Deus também tremia.

"O apocalipse!", gritou Anne.

Uivos.

As meninas abraçaram suas melhores amigas e Fernanda abraçou Annelise.

Sua alma-gêmea. Sua gêmea-de-virilhas.

Depois, a magia: suas bochechas se juntaram, a respiração nas têmporas, abraçaram a cintura uma da outra quase cravando os dedos na carne, uniram a ponta do nariz e, enquanto os professores pediam que seguissem o protocolo de evacuação que nunca tinham treinado, elas se olharam com tanta intensidade que gargalharam em meio ao terror.

Devia ter morrido assim, pensou: sepultada pelo teto dourado da capela.

Um amor enterrado.

Uma amizade como um templo crescendo sob a terra.

Sua morte teria sido uma alegria se ela tivesse ousado morrer naquele dia; teria sido linda e perfeita com Annelise apertando-a e gargalhando sem medo enquanto as outras gritavam de olhos fechados.

Devia ter morrido antes do fim do terremoto.

Deus devia ter caído.

Quando saiu viva da capela, não sabia que qualquer morte depois daquela da qual escapou seria sempre pior.

"Comigo você vai ter que aprender, ouviu?"

Em sua mente, ela tropeçou, mas tinha perdido a oportunidade de morrer bem, então isso não importava mais.

A voz de sabres e machados a alcançava, golpeando o vento.

"Você me ouviu?"

A morte era um sentimento.

À sua frente havia uma brancura insuportável que ela imaginou densa e latente: o Deus Branco se impondo no horizonte de sua queda.

"Abra os olhos!"

Não: um vulcão nevado. Mas não era isso que ela queria inventar.

"Abra-os!"

Ela apertou as pálpebras com toda a força e ouviu o som da cadeira se arrastando pelo chão junto com os passos da professora se aproximando.

"Vai custar caro, mas você vai fazer."

Um vulcão gelado prestes a entrar em erupção e o Deus Branco de Annelise emergindo da cratera para salvá-la da crocodila.

"Você vai ver."

Que estúpida, ela pensou. O Deus Branco não salvava ninguém.

"Vai custar muito caro, mas eu vou te ensinar."

Sua queda habitava na floresta em frente a um vulcão em erupção igual ao seu ventre.

"Você só tem que me ouvir."

Mas, quando ela abriu os olhos e procurou na janela, não viu nenhum Deus, nenhum vulcão adormecido de terra. Adormecido de céu.

"Você só tem que entrar no medo.

XXIX

A: Ela vai entrar na sua casa.

C: Chega.

A: Eu sei que ela vai.

C: …

A: Um dia ela vai entrar na sua casa como aquelas outras meninas, todas na idade branca, todas rezando ao Deus Branco, e então ela vai te machucar também, como me machucou.

C: Cale-se.

A: Porque ela está entediada.

C: …

A: Porque ela matou o irmão quando ainda era criança.

C: …

A: Porque eu sou sua melhor amiga e ela me traiu.

C: …

A: Porque todas nós odiamos as segundas-feiras.

XXX

Fernanda e Annelise correram pelo gramado sem se esquivar das margaridas. Seus dedos dos pés penetraram no chão molhado pelos irrigadores que fracionavam a água em milhões de microcristais líquidos. "É como se todas as taças tivessem se quebrado no ar", disse Annelise, matando a água com as palmas das mãos abertas. Elas tinham oito anos e o sol que despenteava a cabeça das duas parecia a gema de um ovo podre. Era um dia amarelo claro, mas o clube estava cheio de pessoas enfurnadas em seus trajes-de-banho-tonalidade-vômito, não como os delas, que tinham cores elétricas e estampas de dinossauros. Fernanda estava com uma boia de *donut* de baunilha com granulados e Annelise se adiantou a ela, jogando-se na piscina como uma bola. *Splash*. Algumas crianças nos cantos engoliram ondas de água com cloro e pedaços de frutas. Duas babás em uniformes cor-de-rosa as puxaram para fora e olharam para Annelise, ainda no fundo, bastante irritadas. Nos arredores havia carrinhos, robôs, boias de Popeye, Hello Kitty, Dora-a-aventureira, chinelos, bolsas impermeáveis, protetor solar, óculos, revistas e mamadeiras. Fernanda olhou para os objetos com tédio e, ardendo em vermelho, entrou lentamente na água com os dedinhos cravados na boia-*donut*-presente-do-papai. O clube tinha uma piscina maior, mas era só para adultos e ela não entendia por que tinha de usar a menor e mais feia do lugar. Ser menina, ela entendeu aos oito anos, significava sempre ter o pior, como aquela boia ridícula que nem se comparava à enorme baleia flutuando na piscina dos adultos. Uma vez Annelise quis roubar a baleia, mas sua mãe a descobriu e deu-lhe um sonoro tapa na bunda na frente dos mais velhos que a fez chorar. Fernanda não gostava da maneira como a mãe de Annelise a tratava. Ela também não gostava da maneira como sua mãe a tratava, mas não havia nada que pudesse fazer a esse respeito. Suas mães eram amigas e sócias do clube. Gostavam de jogar badminton, conversar com o instrutor – um homem gigante de quem a mãe de Fernanda às vezes enxugava o suor da testa – e beber coquetéis à beira da piscina. Quando se reuniam para treinar com o instrutor gigante, as duas mães mandavam-nas ficar longe da área dos adultos, nadar nas águas cheias de catarro e pedaços de melancia e comer do bufê infantil, no qual sempre havia um palhaço ou um Mickey Mouse que animava a sala. "Nunca nos deixam fazer coisas divertidas", dizia Annelise, e Fernanda acreditava que ela tinha razão, mas também gostava de ficar sozinha com a melhor amiga, correr na grama, comer a gelatina com formato de arco-íris e ursos, beber coca-colas e sucos enfeitados com guarda-chuvinhas de papel, acariciar os dedos enrugados das mãos, fazer xixi na piscina sem que ninguém percebesse porque o contraste do frescor da água com a tepidez do seu interior era delicioso. "É nosso segredo", Annelise lhe dizia quando a imitava com um pouco de vergonha. Agora Fernanda a via mergulhar como uma sereia enquanto a trilha sonora de *Toy Story* tocava nos alto-falantes. "Amigo, estou aqui!", cantava uma garota que se balançava a poucos metros da piscina. "Amigo, estou aquiiiiii!" Ao longe, atrás de uma cerca, podia ver sua mãe e a de Annelise, junto com outras mulheres com raquetes e saias curtas que deixavam à mostra suas celulites ao andar. "Se a fase é ruiiiim, e são taaantos problemas que não têm fim…" Já fazia muito tempo que Annelise não gostava quando sua mãe se encontrava com as outras e bebiam drinques que eram proibidos e riam alto como Úrsula em *A pequena sereia*. "… não se esqueça que ouviu de mim: amigo estooou aquiiii!" Pensava que se comportava diferente, e era verdade: quando as mães se encontravam, Fernanda sentia que a dela a amava menos. "Amigo, estou aquiiiiii!" Quando as mães se encontravam, a sua deixava de ser mãe para ser uma pessoa diferente, de quem ela não gostava. "Vamos brincar de missão secreta", disse Annelise, subindo na borda da piscina. "Temos que entrar na área dos adultos sem que as mães nos vejam e salvar o instrutor gigante." "De quê?" "Ah, bem! De que o enfeiticem!" "Que malvadas!" "Elas são muito malvadas." Annelise lhe contou que um sábado, quando sua mãe convidou outras mães para jogar pôquer e tomar drinques e rir como Úrsula, ela não foi para a cama. Em vez disso, foi engatinhando até a sala de estar para ver o que elas estavam fazendo. Durante o caminho, disse ela, estava com medo dos ruídos que ouvia: risos tentaculares, colisões de copos, música com trombetas. "Poooobres almas que não têm a quem recorrer!",[5] cantava Úrsula na cabeça de Fernanda enquanto acompanhava a história de sua amiga. Annelise se escondeu atrás de um móvel e viu as mães com leques de cartas e fichas em cima da mesa. Ela pensou em pular e gritar "Buu!", mas teve medo de que sua mãe batesse na bunda dela ou a insultasse como costumava fazer na frente das amigas. "Todos eles

---

[5] N.T.: Da canção "Corações infelizes", do filme *A pequena sereia*.

chegam implorando: Faça-me um feitiço. O que é que eu faço? Eu ajudo!" Annelise gostaria que Fernanda estivesse ao seu lado para que pudesse ver, ela disse daquela vez, porque de repente as risadas se tornaram estrondosas e, jogando as cartas em cima de uma toalha manchada, uma das mães tirou o vestido e a calcinha enquanto as outras choravam de tanto rir, dando gargalhadas maléficas. "Mas me lembro no começo, alguns não pagaram o preço…" O nariz delas estava enrugado, com os buracos nasais como crateras, e aos poucos foram crescendo estranhas raízes em sua testa. "E fui forçada a castigar os infeliiiiizes!" De acordo com Annelise, suas bochechas inflaram, tremendo, enquanto a mãe nua circulava a mesa, incentivada por uma manada de aplausos ritmados. "Se reclamam não adianta, pois em geral eu sou uma santa para os cooooorações infelizeees!" Todo aquele exercício facial era acompanhado por enormes gotas de suor que as mães enxugaram com guardanapos ou com suas próprias mãos, mas, segundos depois, Annelise viu a mãe se levantar e andar, entre risos de polvo negro, em direção aos seios com veias azuis e o púbis de gato de rua. "Felizmente eu conheço uma magia, é um talento que eu sempre possuí!" Cambaleou um pouco e tomou um gole da mistura-verde-iguana antes de se inclinar para a mãe nua e beijá-la nos lábios. "Sabe quem é mais querida? É a garota retraída!" Fernanda se lembrava do medo e do nojo com que Annelise lhe contou como viu a língua comprida e viscosa de sua mãe entrando na boca da mãe nua. "E só as bem quietinhas vão casar!" E então, sem poder se conter, Annelise gritou para que os olhos vidrados da mãe se voltassem na direção do som estridente. "Arieeel!" Enfurecida, agarrou sua filha pela nuca enquanto as amigas riam e bebiam da mistura proibida para meninas. "Cooooorações

infelizes, precisam de mim! Eu resolvo? Claro que siiiim!"
Fernanda imaginou a cena descrita por Annelise como se
a tivesse visto na televisão: a sra. Van Isschot conduziu a
filha pelo corredor atingindo-a nas nádegas enquanto subiam as escadas e então a empurrou para dentro do quarto, mas isso não foi o mais duro, e sim o que veio a seguir.
"Eu não cobro muito, vai lhe custar uma ninharia, não vai
sentir falta! O que eu quero de você é sua voz!" A filha,
ainda perturbada, agarrou-se ao braço da mãe que estava
prestes a sair e, acidentalmente, arranhou-a do cotovelo até
o pulso. "Coooorações infelizes!" Alguma barbie devia estar no chão, porque as duas tropeçaram e a filha acabou
batendo seus chifres de cabrita contra o útero materno. "O
que é que eu faaaaço? Eu ajudoooo!" A reação foi imedia-
ta e aterrorizante: Annelise jurou que, no meio da noite do
quarto, os olhos da mãe perderam a cor; que a pegou pelos
cabelos, que soprou sobre ela seu hálito de sopa de morce-
go e cravou os dentes em seu ombro, pois foi a primeira
coisa que ela conseguiu morder. Mordeu-a com raiva, com
uma fúria que Annelise só vira em cachorros. Ela explicou
a Fernanda que os dentes da mãe lhe doeram como a morte devia doer. Explicou que não sabia por que não tinha
morrido. "Se quiser atravessar a ponte, existe um pagamen-
to. Vamos lá, tome corageeeem!" Annelise mal conseguia
dormir com o terror causado por sua própria mãe olhando
para ela bem de perto antes de avisá-la, com uma voz pe-
luda, que se ela contasse algo do que acontecera ao seu pai,
ela a mataria. "Foi isto que ela me disse: eu te mato se você
contar ao seu pai", confessou a Fernanda. No dia seguinte,
entretanto, os olhos da sra. Van Isschot eram os mesmos
de sempre, e Annelise ficou surpresa que ela agia como se
nada tivesse acontecido. "Verruga, sifruga eu quero um

vento assim. Laringo la língua, ir lá na laringe e a voz para miiiim." Enquanto se enxugava com sua toalha de foguetes, Fernanda pensou em como as mães se tornavam estranhas quando estavam juntas. "Agora cante!" As filhas, ela pensou, também deveriam ficar estranhas ao se reunirem, ao juntar suas mãos e narizes sob a água, ao se irmanar. "Ei, você quer ser minha irmã?", perguntou-lhe de repente, enquanto espremia os cabelos e o cloro ricocheteava no chão. Annelise sorriu para ela, entusiasmada: "Sim, quero ser sua irmã". A área dos adultos não era protegida, mas cada vez que uma criança entrava, seus pais a devolviam para o menor e mais sujo mundo lá de fora. "E como é que nós vamos desencantar o gigante?", perguntou Fernanda depois de se esconder atrás de uma coluna para evitar ser vista. "Beijando o pescoço das nossas mães, lógico", Annelise disse a ela como se fosse o óbvio, retomando o caminho com seus passinhos firmes e gotejantes. Elas cruzaram a enorme piscina para adultos e viram um homem gordo pular de um trampolim que tocava o céu. SPLASH! Annelise levou a mão à boca e riu quando dois garçons que carregavam bandejas com misturas multicoloridas ficaram molhados. A baleia flutuante da piscina naufragou aos pés de uma mulher que tinha manchas vermelhas em forma de pimenta nas pernas, e embora Fernanda estivesse tentada a levá-la embora ou a furá-la para que nem mesmo os adultos pudessem usá-la, continuou andando com Annelise para as quadras de badminton, esquivando-se de corpos que cheiravam a goiaba e a protetor solar. "Lá estão eles!", Annelise disse, agachando-se. Fernanda a imitou e viu suas mães com outras mães, rindo ursuleanamente, e o instrutor gigante amarrando os cadarços ao lado de algumas arquibancadas vazias. "Noventa por cento da missão foi concluída", disse Annelise para um walkie-talkie imaginário que era na verdade seu punho. "Precisamos desativar o feitiço das mães, câmbio e desligo." Fernanda ergueu um pouco a cabeça e viu ao longe um campo de futebol onde apenas os pais corriam. "E se você contasse ao seu pai o que viu?" Annelise olhou para Fernanda como se ela tivesse dito algo horrível. "Você quer que minha mãe me coma como a bruxa de João e Maria ou o quê?" Fernanda não gostou de ouvir isso e saiu do esconderijo limpando os joelhos com as mãos. "O que você está fazendo?! Vai arruinar a missão!" *As mães não comem as filhas*, pensou sem dizer. A poucos metros de distância, sua mãe conversava com o instrutor apoiando a raquete numa cadeira e fazendo uma meia-lua com a ponta do pé direito. Fernanda teve arrepios ao vê-la assim, mas não entendeu por quê. "Volte!", Annelise gritou, enquanto sua nova-garotinha-das-aventuras empreendia o caminho para a quadra de badminton. O chão tremulava com o sol pálido ao longe e Fernanda seguia em frente deixando rastros de água e gingando como numa passarela. Não tentou se esconder, mas sua mãe não percebeu que Fernanda estava lá até que ela abraçou seu quadril por trás com os bracinhos úmidos de piscina. Então Fernanda sentiu os músculos do corpo materno se contraindo, recolhendo-se para dentro como o mar, e viu o sorriso torto do instrutor salivando nas nuvens. "É sua filha?" "Sim... é minha garotinha", respondeu a mãe como se tivesse acabado de acordar. "Oi, querida, o que você está fazendo aqui?", ela disse enquanto afastava as mãos de Fernanda, disfarçando seu desconforto com palavras doces. Fernanda não gostava que na frente de estranhos sua mãe dissesse "querida", "coração", "meu amor", "garotinha", "minha vida" e, por outro lado, quando estavam sozinhas ou com o pai, ela a chamasse apenas pelo nome. "Volte pra área infantil, meu amor, a mamãe está ocupada treinando." Mamãe tinha uma voz mais aguda quando falava diante do instrutor-gigante-dentes-de-castor. Mamãe usava perfume e se maquiava para jogar badminton. Mamãe pedia que ela se comportasse tão bem quanto seu irmão morto Martín quando estava vivo. "Quero ficar aqui." Fernanda acreditava que era injusto que seu irmão não tivesse tido tempo suficiente para se comportar mal. "Você tem que voltar pra zona das crianças, coração." Portanto, abraçou o quadril que coroou seu nascimento novamente, mas dessa vez de frente, para que sua mãe a visse, e encostou a orelha contra seu monte de vênus. Nas nuvens, o instrutor se virou e caminhou até onde outras mães estavam jogando com uma peteca. "Não me deixe de mau humor e faça o que estou dizendo", murmurou a mamãe num tom mais grave e ameaçador quando ficaram a sós. Tentou se livrar dela, soltar-se do abraço molhado e magro, mas Fernanda se agarrou com força como uma sanguessuga ao sangue. "Fernanda!" Outras mães enxugavam a testa do instrutor e riam olhando para a cor que caía do céu. "Então não tenho o direito de me distrair?", disse a mãe como se estivesse prestes a explodir em lágrimas. Annelise costumava dizer a Fernanda que a invejava porque ela também queria ter o poder de assustar sua própria mãe. "Mamãe quer que você a deixe jogar em paz!" Mas o superpoder de assustar sua mãe não era algo que Fernanda tinha pedido. "Você me cansa! Não te aguento!" Ela soltou a mãe quando sentiu unhas afiadas cravadas em seus braços. "Eu vou ficar aqui!", gritou com ela para não perder terreno, mas a mamãe tremia de alívio quando se viu livre do abraço da filha e olhou para ela com um rosto envelhecido. Uma mulher com cara de corvo aproveitou o momento para se aproximar e, com a intenção de acalmar as coisas, começou a elogiar os cabelos de Fernanda, os olhos de Fernanda. "Mas que princesa! Parece uma napolitana!" Mamãe ficou em silêncio diante dos elogios da desconhecida e voltou para a cadeira onde estavam sua sacola esportiva e sua garrafa de água mineral. Do outro lado da rede, o instrutor se ocupava do jogo de duas mães que usavam bandanas da Nike na testa e que jogaram uma peteca aos pés raivosos de Fernanda. "Está brava, princesa?", perguntou a mulher-cara-de-corvo. "Você vai ficar feia se ficar brava." Estava com vontade de bater na mãe, de empurrá-la no chão, de pular em cima dela, mas nunca faria isso, então caminhou até as costas de sua mãe, que bebia água perto da cadeira. *Vou quebrar o feitiço pra Anne*, pensou, e pulou até conseguir enlaçar o pescoço materno com seus braços quentes. Mamãe fez um som rouco enquanto se dobrava para trás com o peso e deixava cair a garrafa, mas Fernanda continuou a se impulsionar, fazendo um bico com os lábios para beijar aquela nuca suada que só podia ver durante as aulas de badminton. "Filhota, você a está enforcando!", gritou uma senhora em verdadeiro desespero, e foi então que Fernanda percebeu que a mãe estava puxando seus cabelos com força, quase a erguendo no ar, enquanto emitia sons entrecortados e secos. Sentiu dor, porém tudo o mais aconteceu muito rápido: alguém, talvez o instrutor gigante, talvez uma mãe ou a mulher-cara-de-corvo, a pegou pela cintura e a separou de sua mãe, que caiu no chão encharcado pela água da garrafa. Fernanda não soube quem a pôs de volta no chão porque seus olhos estavam fixos nas outras mães que correram para ajudar a sua; a sua que estava com o rosto vermelho e cheio de veias verminosas, a sua que tossia aquários de peixes, a sua que tinha os olhos inchados de lagoas, a sua que respirava como se fosse afundar na piscina dos adultos para sempre. *Eu só queria te beijar*, pensou Fernanda, assustada porque a mãe chorava com outras mães que a ajudavam a se levantar. *Eu só queria quebrar o feitiço.* "Mamiiiiii!", ela gritou caindo no choro, e a mulher-com-cara-de-corvo olhou para ela espantada. "Venha aqui que sua mami precisa de espaço", disse a mãe de Annelise, aparecendo do grupo de mães, pegando-a com delicadeza pela nuca e levando-a para fora da quadra. "Você machucou sua mãe", ela lhe disse enquanto passavam pela área dos adultos. "Você tem que ter cuidado e obedecer mais." Com o olhar, Fernanda procurou por Annelise, mas era como se ela nunca tivesse sido sua irmã. "Se eu fosse sua mãe, não aguentaria nem a metade do que você faz." Quando chegaram à área infantil do clube, Fernanda viu Annelise sentada na beirada da piscina batendo na água com os pés enrugados. "Você vê como a Anne se comporta?", disse a mãe de sua irmãzinha postiça. Nos alto-falantes, soava outra vez a música de *Toy Story*, mas a garota que cantava não estava mais no balanço. "Comportem-se ou vocês não vêm mais com a gente." Fernanda sentou-se ao lado de Annelise e viu como a mãe-da-mordida se afastava balançando a cabeça de um lado para o outro em direção à área de adultos. "Os seus problemas são meus tambééém, e isso eu faço por você e mais ninguééém. O que eu quero é ver o seu beeeem." Não havia nenhuma criança na piscina, mas elas podiam ser ouvidas do outro lado dos arbustos. "Amigo, estou aquiiii!" Fernanda percebeu que ainda estava chorando quando Annelise enxugou suas lágrimas com um beijo em cada bochecha. "Os outros podem ser até bem melhores do que eu, como os brinquedos sãoooo…"

Ela não sabia por quê, mas sentia uma vergonha rasteira empoleirada na testa que ela não queria que ninguém visse, nem mesmo sua melhor amiga, sua nova-irmãzinha-de-missões-secretas. "… porém amigo seu é coisa séria, pois é opção do coooração, viu?" Annelise bufou: "Está vendo? Eu falei pra você voltar". Um menino começou a gritar do outro lado dos arbustos. "Eu te disse que as mães, quando se encontram, são muito malvadas." Fernanda sorriu um pouco porque Annelise imitou seu beicinho e por um momento se imaginou idêntica a ela, com aquele rosto cravejado de estrelas e aqueles lábios de algodão-doce olhando para seu reflexo na água suja da piscina. "O tempo vai passar, os anos vão confirmar as três palavras que proferiiii…" *Irmãs gêmeas não precisam de mães*, ela pensou. "Amigo, estou aqui!" *Irmãs gêmeas cuidam uma da outra*. "Amigo, estou aqui!" Annelise se atirou na piscina e pediu que ela mergulhasse também. "Amigo, estou aquiiiiiii!"

Dessa vez, Fernanda se jogou na água sem boia.

XXXI

A: Qual é o único animal que nasce da filha e dá à luz a mãe?

F: A mulher.

A: Nós somos mulheres?

F: Não! Que nojo. Nós somos siamesas.

A: Siamesas unidas pelo quadril.

F: Siamesas de lóbulo frontal.

A: Mas, quer saber? Um dia seremos mulheres.

F: Isso não te dá medo?

A: Um dia seremos como minha mãe.

F: Isso não te dá muito medo?

XXXII

– Ouça, sim, ouça. Você ainda tem algo importante a aprender, e eu vou te ensinar. Não se preocupe. Lá fora, as nuvens cabem num sapato. Se você soubesse o verdadeiro tamanho das coisas, mas você é muito jovem para saber. Você é só uma menininha doente. O que você pode saber? Eu sei de coisas como o nível do vento nos globos oculares; por outro lado, você nem sabe escovar os dentes da sua melhor amiga. Mas não se preocupe: vou te mostrar como um sapato, uma cama, uma porta doem. Vou te ensinar porque meninas doentes como você têm de ser ensinadas. O que você está dizendo? Não consigo te entender se você gritar assim. No fundo, trata-se de entrar no medo, não de vencê-lo. De que você me assuste tanto quanto me assusta e que, no entanto, seja como minha filha. Não chore com a boca aberta que isso é nojento. Sim, vai doer. Sim, você vai sentir medo. Já está sentindo. Ele sufoca? Fede? Congela? Minha vocação é te educar. Eu sou sua mãe porque sou sua professora e estou pronta para te dar uma lição. Vou te mostrar que, quando se morde a casa de alguém, os cantos desaparecem. As sombras se alongam, você não pode imaginar. Vou te mostrar como é adormecer profundamente dentro da sua sombra, aninhada nos seus pais, nos seus espelhos. Na minha casa quase não há espelhos, mas você já sabe disso. Me dão medo. É por isso que meu único espelho é a coluna torta da minha mãe: sua coluna de carvalho torto que agora é a minha. Pare de gritar. O que você está sentindo é apenas um cano de prata. É frio. Vamos, abra bem as pernas. O que você fez não tem nome, entendeu? Não pode ser nomeado. Abra-as! E quando alguém faz algo indizível aos outros, tem de estar preparada para o que pode acontecer a seguir. Não sou sua melhor amiga para te perdoar ou acreditar em você. Sou sua professora, sua terna mãe das ideias. Você sabe quanta ternura pode caber num golpe? Claro que sim. Claro que você sabe. Mas um golpe nunca deixa de ser um golpe, e o que você fez não pode ser perdoado. É apenas um cano de prata. Você não pode engravidar de pólvora, mas se fosse possível te nasceria uma bala. Pare de gritar! Uma bala que sai e depois volta para te atingir no coração: isso é a filha. Ao contrário, dizem que a mãe é uma mandíbula que guarda suas crias para protegê-las. Poderia mordê-las, poderia comê-las. Ela quer fazer isso. Mas uma cria também pode danificar a boca da mãe, e isso ninguém diz. Uma cria pode morder por dentro, deslizar pela garganta até o estômago: desnascer. E eu, tudo que eu quero é fazer você entender que uma casa é como uma mandíbula que se fecha. Trata-se de entrar no medo, e isso é o mais difícil. Cale a boca! É tão difícil ensinar o inexato, mas a educação é uma questão de forma. Isso que você vê é a única forma. Cheguei ao limite do seu ninho de baratas, da sua imaginação terrível e danosa. Mas tudo isso vai acabar: nós iremos desnascer. Você vai abrir as pernas dentro da minha sombra. Conheço garotas como você, garotinhas doentes que vão caçar, que andam gotejando sua menstruação pelos telhados e arranhando as cortinas. Está vendo o que você me faz fazer? E isso não é nada: isso é o terror, mas eu gostaria de te mostrar o pânico. Eu gostaria de te mostrar o horror: um criovulcão paralisando cada uma das vértebras da minha mãe, uma casa por onde anda aquilo que não se pode ver. Mas eu só posso te mostrar o terror para que você se aproxime das contrações dos músculos; para que você entenda que uma casa é como uma mandíbula que se fecha e que protege, mas que poderia te morder, poderia te comer. Eu gostaria de te perdoar, embora não se trate disso, entende? Trata-se de entrar no medo como se mergulha numa onda. Trata-se de que você me assuste tanto quanto me assusta e ainda assim eu te trouxe comigo para te ensinar algo. Porque esse metal, esse gatilho anestesiado, não é um castigo, mesmo que pareça. Não é um castigo, embora eu pudesse me vingar por todas as vezes que você não me deixou dormir, por causa dos seus cílios na fechadura. Isso é outra coisa, mais limpa e superior. O que eu quero é te corrigir, te endireitar, fazer com que você cresça bem. É minha responsabilidade que você não se quebre, que você avance em linha reta, que você não prejudique os demais. Que responsabilidade sufocante é não fazer de você um monstro quando você já nasceu canibal. Mas toda professora e toda mãe têm que escapar dos dentes da sua cria. Têm de ensiná-la a não escorregar pela garganta, a não morder, e ensinar a si mesma a não engolir o filhote que repousa na sua mandíbula. Dizem que a vida da filha é saborosa, mas ninguém diz como a vida da mãe é deliciosa. Custa o mesmo suportar o desejo de destruir o que se acredita e a vontade de destruir quem te faz, certo, ratazana? É uma coisa feminina. É uma coisa de sangue. Mas alguém tem que assumir o controle dessa violência. E se ninguém pode fazer isso, então a única coisa que resta é entrar no medo. É se desnascer, como o dr. Frankenstein com sua criatura. Pois o que você não pode fazer é deixar o filhote sozinho no mundo, jogá-lo na maior cratera, observá-lo cozinhar no magma familiar sem esperar que ele volte como uma bala para destruir seu peito. Você tem que assumir a responsabilidade. E olhe bem para mim: eu me responsabilizo. Eu sei o que você fez, garota doente. Para sua melhor amiga, para sua mãe, para sua professora. Eu vou te educar. Às vezes sofremos muito e não nos resta mais nada além de rastejar para o local das explosões e explodir: BUM!, e adeus todo mal, chega de esperar que as coisas acabem, chega de rabiscar nas cinzas como se nunca tivéssemos crescido. Sou honesta: não posso mais tolerar a vida do corpo. Não consigo mais franzir a testa ou pentear o cabelo quando a risca do meio já não sai. Não sei fazer uma linha reta. Que ridículo querer te endireitar. Foram horas passando o pente no meio do crânio sem que saísse um horizonte limpo na minha cabeça. Horas usando o pente de dentes quebrados da minha mãe. Mas alguém tem que ter responsabilidade. Cale a boca: você me dá nojo, toda feita de saliva e catarro. Toda feita de lágrimas e urina. Entra-se no medo porque já não é possível viver no limiar, pulsando de pedra e ferroadas, então se penetra no horror para não ter de ficar esperando que algo aconteça. Para fazê-lo acontecer. Porque é melhor se afogar em poucos minutos do que ficar se afogando durante toda a vida, entende? É melhor morrer do que sentir que você morre aos poucos todas as manhãs e não é capaz de desembaraçar o cabelo ou limpar bem a pele sob os seios. Não é capaz de cortar as unhas. Não consegue abrir os armários. Vê nascer sua mãe morta nos vestíbulos. Alguém tem que se tornar responsável pelo que significa se pentear com os dentes da mãe. Olhe seu cabelo. Você deixou fios de cabelo nos meus travesseiros e dedos na banheira. E o que eu poderia fazer se já não conseguia sair ou estar dentro? O que eu preciso fazer é te ensinar algo importante, mas há coisas que, quando aprendidas, são um castigo. Como a frieza de um cano de prata. Como a delicadeza de um gatilho. Só quero que você entenda o que vai acontecer conosco agora: o pânico vai acabar, como acabam todas as coisas num corpo vivo. Iremos desnascer. Você me parindo e eu entrando dentro da sua mandíbula. Abra bem. Não se pode ser tão sujo, tão animal. Ela me disse para não dizer nada e eu não disse nada, embora tivesse algo a dizer, e cá estamos. Porque você a mordeu e gostou daquilo. Porque você é perversa. Porque você entrou na minha casa. E agora vou te tirar da minha casa. Vou te mostrar qual é a sensação. Vou te fazer entender. O que você está dizendo? Não te entendo. Não acredito em você. Eu sei muito bem o que você fez. Você cheira a merda porque carrega um vulcão em meu cérebro pronto para explodir. Olhe o que está acontecendo: você vê como eu suo leite? Beba. Mame. Aprenda. Abra bem as pernas! Trata-se de entrar no medo, não de vencê-lo. Não se pode vencer o medo que alimenta o pânico com o leite fresco da mãe. Não se pode fugir, apenas entrar para fora. Desnascer-se. Algo tem que ser feito. Algo tem que ser feito com meninas doentes como você. Porque quando alguém faz algo inominável para outra pessoa, tem de enfrentar o que virá a seguir. Essa é a forma. Abra! Você me dá nojo. Você me horroriza. Seu cérebro é um ninho de baratas, mas eu não quero que você chore de terror, quero que você chore de empatia. Quero que você sinta o que fez e entenda o que é desprezar o outro. O que você está dizendo? Que ela queria, é isso? Que você não entrou na minha casa, é isso? A gente sabe quanto tempo pode aguentar tanto barulho, tantas mãos. Você só sabe como horrorizar os outros, menina doente, ratazana, ninho aquoso de baratas. Trata-se de entrar no medo. Apagar as luzes. Anular sua mãe para existir acima dela. Fechar as portas da casa. Abrir suas pernas bem dentro da sua sombra. Receber o abraço. Está vendo como eu te abraço apesar do que você fez? Nada acontece. Precisa ser assim, como um raio. Como uma cachoeira do céu. Minha mãe não deixava que ninguém entrasse na sua mandíbula, apenas eu entrava, sua bezerra de lama. E eu escorreguei pela sua garganta. E cocei sua barriga. A filha nunca percebe que algum dia será a vez dela de ser a mãe da mandíbula. Mas você é como minha filha porque você é minha aluna. Eu assumo a responsabilidade por todos os danos que você causa. Abra bem. Vamos juntas apagar as luzes para que o Deus Branco da sua mente apareça. A imensa verdade do nada. Você sabe disso, não é? Claro que sim. Claro que você sabe. Você sabe que as meninas que imaginam muito acabam ficando doentes, mas agora você vai aprender algo importante. Fique contente. Essa é a cor do medo. Branco de leite. Branco da morte. Crânio nevado de Deus. Bem-vinda à mandíbula vulcânica da minha casa. Vamos entrar.

Agradecimentos e créditos

Este romance não poderia ter sido escrito sem o apoio e a leitura de Carlos (meu marido, melhor amigo e companheiro de viagens transoceânicas), nem ser o que é sem Guille e Tania, que me ajudaram a encontrar seus pontos fracos. A eles: obrigada.

Agradeço também à minha família por suportar minhas ausências, minha ansiedade e minha insônia.

Obrigada a Olga Martínez e Paco Robles, da Editora Candaya, por continuar publicando e acreditando em meus exercícios de corda bamba.

Obrigada a Jorge Martillo Monserrate, que sem saber emprestou o verso "O porto é uma pele de elefante", extraído de seu poema "El sur", para este romance.

Agradeço a Bruna Fürst, autora de *Sor Juana: zombies, vampiros y lesbianas*, por me permitir falar sobre seu projeto que, além disso, em breve será lançado.

E, finalmente, obrigada a todos aqueles que escrevem boas *creepypastas* e me lembram com seus textos que o medo não é o quê, mas o como.

Este livro foi composto com tipografia Adobe Garamond Pro e impresso em papel Off-White 80 g/m² na Formato Artes Gráficas.